GREEN DIAMOND
Farbenspiel der Liebe

AF216209

SARA RIVERS

GREEN DIAMOND
Farbenspiel der Liebe

Herstellung und Verlag:
BoD-Books on Demand, Norderstedt
ISBN: 978-3-7460-2567-4

Für die Diamanten unter tausend Steinen.

ANNA

»Wollen wir uns die *Ninja Turtles* ansehen, Annie?«
Ruby sitzt im Schneidersitz auf meinem Bett, streicht
sich seinen viel zu langen Pony aus der Stirn und sieht
mich aus großen, grünen Kinderaugen an. Augen, die
mich anflehen, heute Abend hier bei ihm zu bleiben.
Ich sehe ihm im Spiegel dabei zu, wie er sich durch das
Fernsehprogramm zappt und nervös auf seiner
Unterlippe kaut.

Ich streiche meinen Pulli glatt, bürste mir die Haare,
damit sie geordnet aussehen, und gehe auf meinen
kleinen Bruder zu. Seufzend setze ich mich neben ihn
auf mein Bett und nehme seine kleine Hand in meine.

»Du weißt, dass ich liebend gern hierbleiben und mit
dir *Ninja Turtles* gucken würde, Rubs. Aber ich muss
heute arbeiten.« Seine Miene verfinstert sich
augenblicklich und seine Mundwinkel sacken nach
unten. Ich hasse es, ihn enttäuschen zu müssen. Jedes
Mal, wenn ich ihn hier bei Mom lasse, habe ich das
Gefühl, ihn im Stich zu lassen. Dabei tue ich all das nur
für ihn.

7

Nur seinetwegen wohne ich mit fast zwanzig Jahren immer noch hier, anstatt meinen eigenen Weg zu gehen und etwas von der Welt zu sehen. Stattdessen beschränkt sich mein Leben hier auf fünfundsechzig winzige Quadratmeter.

»Aber du musst immer arbeiten.« Er verschränkt die Arme vor der Brust und pustet sich eine Strähne aus den Augen. Sein Haar ist genau wie meines kupferrot und zahlreiche Sommersprossen übersäen sein Gesicht. *Genau wie bei mir.*

»Morgen habe ich frei. Wir können die Folge aufnehmen und uns morgen Abend ansehen. Was meinst du?« Ich streiche über seine kleine Hand und mein Bruder sieht blinzelnd zu mir auf.

»Können wir auch Pizza bestellen und Gummibärchen essen, bis mir schlecht wird?« Seine Augen tragen diesen Glanz in sich, den ich am liebsten für immer in ihnen sehen würde. Leider versinkt mein kleiner Bruder mit seinen fünf Jahren schon jetzt viel zu oft in eine andere Version seiner selbst. Eine verschlossene Version.

Er redet nicht gern mit anderen, nur mit mir könnte er stundenlang über Gott und die Welt philosophieren. Früher hat er auch mit unserer Mutter geredet und sich von ihr Geschichten vorlesen lassen, mittlerweile habe ich das Gefühl, der einzige Mensch in seinem Leben zu sein, dem er sich noch anvertraut.

Es ist kein Wunder, dass er es schwer hat und keine Freunde findet. Die Kinder finden ihn seltsam, weil er kaum spricht und für sie mit seinen roten Haaren und den Sommersprossen wie ein ›Troll‹ aussieht. Kinder können grausam sein. Wer wüsste das besser als ich? Aber im Vergleich zu meinem Bruder habe ich früh gelernt, die tuschelnden Stimmen der anderen Kinder zu ignorieren und mein eigenes Ding durchzuziehen. Diese Leute halten dich nur davon ab, deine Ziele zu erreichen. Heute würde ich gern jedem von ihnen meinen Mittelfinger zeigen.

»Wenn du Mumsy nichts davon erzählst, können wir uns die Bäuche mit Gummibärchen vollstopfen, bis wir platzen«, verrate ich ihm hinter vorgehaltener Hand. Er presst sich die Fernbedienung gegen die Brust und nickt euphorisch.

»Ich erzähle Mumsy nichts, Indianerehrenwort!« Ruby hält mir seinen kleinen Finger hin und ich verschränke ihn mit meinem. Ich weiß, dass er Mom nichts erzählen wird, weil er sich nicht traut, sie anzusprechen und ins Schlafzimmer zu gehen. Wehmut überkommt mich, als ich mich vorbeuge, meinem Engel einen Kuss auf die Haare gebe und ihm diese anschließend verwuschle.

»Wird mal wieder Zeit für einen neuen Haarschnitt, oder?«

»Nein!« Er schüttelt den Kopf und seine welligen, roten Haare schwingen von links nach rechts. »Ich will aussehen wie Ed Sheeran!« Seine Worte lassen mich lauthals lachen.

»Und wieso willst du aussehen wie Ed Sheeran?«, frage ich ihn neugierig. Ich liebe es, wenn er mir seine Gedanken mitteilt, weil das trotz unserer guten

Verbindung zueinander viel zu selten der Fall ist. Meistens hat er Angst davor, mir zu sagen, was er sich wünscht, weil er weiß, dass wir uns das meiste davon nicht leisten können.

»Na, der kann gut singen und hat ganz viel Geld. Ich will auch viel Geld haben, wenn ich groß bin. Will mir neue, teure Sachen kaufen anstatt diese Lumpen.« Plötzlich fühle ich eine schwere Last auf meinen Schultern.

Ruby und ich wussten nie, wie es ist, Geld zu haben. Normalerweise kam meine Mutter gerade so von einem Monat zum nächsten, ohne sich von jemandem Geld borgen zu müssen.

Mittlerweile bringt sie keinen Penny mehr nach Hause und ich bin diejenige, die dafür sorgt, dass mein Bruder abends etwas zu essen auf dem Tisch hat, damit er nicht mit knurrendem Magen zu Bett gehen muss. Ruby zupft an seinem grauen Pullover herum, den ich ihm aus dem Secondhandladen besorgt habe.

»Eines Tages wirst du so sein wie Ed Sheeran.« Mein Versprechen lässt ihn noch breiter strahlen und sorgt dafür, dass ich mich entspanne. Kinder können so sorglos sein. Sie haben Träume. Etwas, das man im Laufe des Erwachsenwerdens viel zu leichtfertig aus den Augen verliert, bis schließlich nichts mehr davon übrig ist.

»Und jetzt muss ich schnell los.« Ich gebe ihm einen letzten Kuss auf die Wange, gehe zum Videorekorder, lege eine leere Kassette ein und drücke auf Aufnahme, als die *Ninja Turtles* starten.

Danach schnappe ich mir meine Tasche mit meinen Sachen, packe noch meinen Kosmetikbeutel ein, und verlasse anschließend das Zimmer.

»Annie?« Ruby hält mich auf, bevor ich die Tür schließen kann. »Ist Mumsy noch im Schlafzimmer?« Er wirkt nervös und wieder kaut er auf seiner Lippe herum wie jedes Mal, wenn er über Mom redet.

»Ja, sie schläft, denke ich.« Und ich weiß, wieso er mich fragt. Ruby hat schon lange Angst, ihr in der Wohnung zu begegnen, deshalb verschanzt er sich die meiste Zeit in meinem Zimmer und wartet, bis ich wieder zu Hause bin, bevor er es verlässt. Einmal habe ich ihn zusammengerollt auf meinem Bett gefunden. Er musste dringend auf die Toilette, hatte sich aber nicht getraut, das Zimmer zu verlassen.

»Gut.« Er nickt sachte. »Viel Spaß bei der Arbeit, Annie.« Mein Herz fühlt sich schwer an, weil ich Angst davor habe, ihn wieder allein zu lassen. Letztendlich weiß ich aber, dass es keinen anderen Weg gibt. Ich muss in einer halben Stunde am Treffpunkt sein, sonst kann ich nächste Woche die Miete nicht zahlen und dann wird der traurige Blick meines kleinen Bruders nur eines von viel größeren Problemen in meinem Leben sein.

Schweren Herzens schließe ich die Tür und gehe über den Flur und am Schlafzimmer meiner Mom vorbei. Erst will ich einfach weitergehen, doch kurz vorher entscheide ich mich um, klopfe an ihre Tür und höre ein tiefes Seufzen aus dem Inneren des Raumes.

Sachte öffne ich die Tür und werde von dem muffigen Geruch eines seit Tagen nicht gelüfteten Raumes erdrückt. Ohne auf das Murmeln meiner Mutter im Bett zu achten, gehe ich zum Fenster herüber, ziehe die Jalousien hoch, damit wenigstens das letzte Licht des Tages hereinkommt, und öffne das Fenster.

»Annie«, seufzt meine Mutter, und als ich mich zu ihr umdrehe, will ich am liebsten alles rückgängig machen. Meine Mutter, diese viel zu zerbrechliche Frau, liegt in dem riesigen Doppelbett, versteckt unter Schichten von Decken.

Tiefe Ringe liegen unter ihren Augen, ihre früher so schön gebräunte Haut wirkt fahl und blass, weil sie seit Tagen keine Sonne mehr gesehen hat. Mittlerweile könnten es auch Wochen sein, ich habe den Überblick über die Zeit längst verloren. Wann war sie das letzte Mal an der frischen Luft?

»Annie, Schatz. Komm her.« Schwach winkt sie mich zu sich und ich setze mich an den Rand ihres Bettes. Meine Hand findet ihre sofort. Sie so zu sehen, reißt jedes Mal ein weiteres Stück in mir ein.

»Hey, Mumsy«, sage ich grinsend. Sie lächelt, aber dieses Lächeln erreicht seit Monaten ihre Augen nicht mehr, wie es damals immer der Fall gewesen war. Früher war meine Mutter die schönste Frau der Welt für mich. Früher hatte sie noch Leben in sich gehabt. Mittlerweile haben sie die Depressionen so stark im Griff, dass die Dämonen ihre schöne Gestalt verschluckt haben.

»Wo willst du hin?«, fragt sie mit trockenen Lippen. An einigen Stellen sind sie so rissig, dass sie bluten. »Ich muss arbeiten, Mumsy.« Sie blickt an mir und meinen braven Klamotten hinab.

»Im Salon?« Als Antwort nicke ich, auch wenn es gelogen ist. Hätte meine Mutter so etwas wie ein Zeitgefühl in ihrer eigenen Blase, wüsste sie, dass der Laden schon seit zwei Stunden geschlossen hat und ich definitiv nicht in den Salon gehe.

»Du machst wieder Menschen schön«, sagt sie stolz. Falten entstehen um ihre schorfigen Mundwinkel. »Ich mache wieder Menschen schön.« Ich schürze die Lippen. »Wenn du Hunger hast, im Backofen stehen noch die Reste vom Mittag. Ruby hat schon gegessen.« Als ich meinen Bruder und ihren Sohn erwähne, hält sie kurz den Atem an. Manchmal glaube ich, dass sie vergessen hat, dass es ihn gibt.

Er traut sich nicht hier rein und sie verlässt das Schlafzimmer so selten, dass sie sich kaum über den Weg laufen. Vermisst sie ihn gar nicht? Ich weiß, dass er sie vermisst, und dass es ihn alle Kraft kostet, die ein Fünfjähriger aufbringen kann, stark zu bleiben.

»Wie geht es deinem Bruder?« Ihre schwache Hand in meiner zittert und ich schlucke die Wut herunter, weil sie ihn nicht selbst fragt, wie es ihm geht. Weil seine kleine Seele viel zu früh leiden musste und niemand außer ich sie heilen kann. Sie trennen räumlich nur zwei dünne Wände voneinander und doch liegen emotional Welten zwischen ihnen.

»Ihm geht es gut«, lüge ich. Es würde sie nur tiefer nach unten ziehen, wenn sie wüsste, welche Probleme er in seinem jungen Leben schon hat.

»Das ist gut, Annie. Das ist sogar sehr gut.« Und sehr gelogen. Mehr als einmal habe ich ihn sich in den Schlaf weinen hören. Mehr als einmal hat er mir in seinen offensten Stunden verraten, dass er Mumsy vermisst.

Die alte Mumsy, nicht die, die sie jetzt ist. Nicht die Mama, die von ihren Dämonen besessen ist und die ihn an einen Geist erinnert. Es gibt keine traurigere Erinnerung als die an den Abend, an dem Ruby mir sagte, dass er Mumsy an die Hölle verloren hat.

»Ich muss jetzt los.« Langsam ziehe ich meine Hand aus ihrer und stehe auf. Die Tasche hängt über meiner Schulter und ich lasse meine Mom im Bett zurück, weil ich sie ohnehin nicht dazu bewegen könnte, das Zimmer zu verlassen.

»Annie?« Ihre Stimme war früher so warm und weich, jetzt ist sie so gebrechlich und dünn, als hätte sie ihre Farbe verloren.

»Ja, Mumsy?« Tränen brennen in meinen Augen, als ich meine Hand auf der Türklinke lasse. »Ich hab dich lieb, Annie. Du weißt, dass wir ohne dich nichts wären.« Selbst, als sich eine Träne aus meinem Auge stiehlt, lasse ich sie einfach laufen, nicke schmallippig und verlasse anschließend das Schlafzimmer, um so schnell es geht aus dieser Wohnung zu kommen. Erst als ich mir mein Fahrrad aus dem Keller geholt habe und das Wohnhaus verlasse, bekomme ich wieder Luft. Es ist warm draußen und der Wind bläst mir meine langen, roten Haare vors Gesicht. Ich schließe die Augen, atme tief durch, bis meine Tränen versiegen, setze mein Pokerface auf, schwinge mich auf das Fahrrad und fahre los. In diesem Moment ist von der Annie, die mein Bruder über alles liebt, nichts mehr übrig.

***

Sobald ich mein Ziel erreicht habe, stelle ich mein Fahrrad zur Seite, krame meine Schlüssel hervor und schließe das Tor der Garage auf. Meine Mutter weiß hiervon nichts, und ich will, dass es so bleibt, deshalb halte ich sie geheim, seit ich sie vor einem Jahr gemietet habe.

Sobald das Tor offen ist, stoße ich es nach oben auf, schiebe mein Fahrrad hinein und platziere meine Reisetasche auf der Motorhaube. Mit den Fingern fahre ich über den schwarzen Lack und verspüre das seltsame Gefühl von Befriedigung in meiner Brust. »Hey, Black Beauty«, begrüße ich das materiell Kostbarste, was ich besitze.

Anfangs habe ich mit fremden Wagen gewonnen, bis ich genug Geld zusammenhatte, um mir dieses Schmuckstück zu kaufen und aufzupolieren. Das Ergebnis: zweihundertfünfzig PS unter der Haube meines geliebten schwarzen Nissan Skyline.

»Du darfst mich heute nicht im Stich lassen, hörst du?« Ja, ich rede mit meinem Auto, und, ja, das wirkt sicherlich total gestört, aber er ist der Einzige, der mir einfach bedingungslos zuhört und dem ich alles erzählen kann. Schnell reiße ich den Verschluss der Tasche auf und hole mein zweites Ich aus ihr heraus. Eilig habe ich mir den Pulli ausgezogen und in die Tasche gestopft. Ich ziehe das bauchfreie Top aus dem Klamottenstapel heraus, stülpe es mir stattdessen über und binde mir vorne aus den hängenden Stoffzipfeln eine Schleife.

Danach steige ich aus meinen Jeans, um sie gegen eine kurze Lederhose zu tauschen. Das hier ist nichts, worauf ich stolz bin. Ich hasse es, vor meiner Mutter und meinem Bruder in eine Rolle zu schlüpfen, die mir nicht steht. Zu Hause bin ich das brave Mädchen, das tagsüber in einem Salon arbeitet, um uns über Wasser zu halten, aber tief in mir drin war ich schon immer jemand anderes.

Sobald die Jeans in der Tasche verstaut ist, beeile ich mich, meine Shorts anzuziehen, aber als ich warme Hände an meinen nackten Hüften spüre, ist die Hose in meinen Händen in Vergessenheit geraten.

»Du bist echt heiß, Anna.« Grinsend drehe ich mich um, schlinge die Arme um Leos Hals und küsse ihn stürmisch. »Selber heiß«, knurre ich zur Begrüßung dicht an seinen Lippen. Er schiebt mich bestimmend gegen die Motorhaube meiner schwarzen Schönheit und fährt mit seinen Händen hinab zu meinem nackten Arsch in dem hellen String.

»Von mir aus kannst du auch so bleiben«, flüstert er gegen mein Ohrläppchen und bringt mich innerlich zum Zittern. Was das zwischen uns beiden ist? Ich habe

16

keine Ahnung. Ich mag Leo wirklich, würde aber bei Weitem nicht von Liebe sprechen. Im Grunde genommen, genießen wir einfach die Zeit, die wir zusammen haben, und wenn sie vorbei ist, ist keiner von uns beiden am Boden zerstört.

»So kann ich unmöglich gewinnen.« Seine Hand fährt meinen Hintern nach, und als ich mir schließlich die Hose überstreife, zieht er einen Schmollmund.

»Sicher? Du musst bloß so in dein Auto steigen und schon würden alle Kerle den Start vermasseln.« Ein Lächeln huscht über mein Gesicht, als ich über seinen Vorschlag nachdenke, aber die Idee verfliegt in Sekundenschnelle schon wieder.

»Das Rennen ist wirklich wichtig, Leo. Ich darf nichts riskieren. Nicht heute.« Und mit diesen Worten schließe ich die Knöpfe an der Lederhose, schiebe sie auf meinen Hüften ein Stück nach unten und kicke meine Turnschuhe zur Seite.

Stattdessen steige ich in die schwarzen Pumps, die ich zu jedem Rennen trage. Man könnte meinen, die Absätze würden mich beim Fahren stören, doch seit ich mein erstes Rennen mit ihnen gewonnen habe, trage ich keine anderen mehr. Vermutlich ist das so ein alberner Aberglaube von mir, aber ich kann es mir nicht leisten, zu verlieren, also halte ich an meinen Ritualen fest.

»Na gut. Solange ich danach noch mehr von dem sehen darf, was du drunter trägst.« Sein Säuseln sorgt dafür, dass ich fast den Fokus aus den Augen verliere und einfach mit ihm hierbleibe, um den Abend zu feiern, aber ich kann nicht. Am Mittwoch muss ich das

Geld an den Vermieter zahlen, sonst hat meine Mom ein riesiges Scheißproblem an der Backe. Derweil krame ich meine Kosmetiktasche heraus, öffne meinen Handspiegel und zeichne meine Lippen mit einem dunkelroten Lippenstift nach.

Zum Schluss lege ich Wimperntusche auf, toupiere meine Mähne und nicke zufrieden, als ich mich endlich wieder im Spiegel erkenne. Das bin ich. Das hier ist Anna, nicht Annie.

Ich liebe es, mich zu stylen und anderen zu zeigen, wofür ich jeden Tag Sport treibe. Es ist, als würde es zwei Versionen von mir geben, zwischen denen ich täglich hin und her balancieren muss wie bei einem Drahtseilakt im Zirkus. Ein falscher Schritt und mein Leben gerät ins Wanken.

»Vielleicht.« Schulterzuckend lasse ich von Leo ab, stopfe meine Turnschuhe in meine Tasche und schmeiße sie achtlos auf die Rückbank meines Skylines.

Bevor ich auf der Fahrerseite einsteigen kann, hat Leo mich wieder an sich gerissen. Er fährt mit seinen Lippen über mein nacktes Schlüsselbein und bringt mich zum Stöhnen.

Verdammt, dieser Mistkerl weiß genau, wie er mich vom Wesentlichen ablenken kann, dabei dürften wir keine Zeit mehr verlieren, wenn wir pünktlich am Treffpunkt sein wollen.

»Leo, was wird das, hm?« Mit flatternden Lidern sehe ich zu ihm auf. Mit seinen dunklen, raspelkurzen Haaren und der langen Narbe auf seiner Stirn sieht er wahnsinnig verführerisch aus.

Viel zu verführerisch für diesen Moment, indem ich keine Ablenkung gebrauchen kann. »Ich will noch etwas von dir haben, bevor du nachher nur noch Augen für deine Gegner hast, Anna.«

Seine dunkle Stimme jagt eine Gänsehaut über meinen Körper, in dem ich mich schon viel wohler fühle als vor wenigen Minuten noch. Ich hasse es, meinen Körper in diesen braven Klamotten zu verstecken, als würde das hier nicht zu mir gehören.

Aber ich weiß, dass meine Mom Panik bekommen würde, wenn sie mich so sähe. Und wenn sie wüsste, dass ich jede Woche mein Leben auf der Straße aufs Spiel setze, damit sie etwas im Kühlschrank haben.

Damit ich meinem Bruder wenigstens etwas zum Geburtstag und zu Weihnachten schenken und so tun kann, als wären die Geschenke von Mom. Insgeheim bin ich mir sicher, dass er längst weiß, von wem sie wirklich sind und dass sie seinen Geburtstag schlichtweg vergessen hat.

Das Letzte, was ich gebrauchen kann, ist, dass sie sich noch schlechter fühlt als ohnehin schon. Sie kann alles, nur kein neues Drama in ihrem Leben gebrauchen.

»Jetzt lass uns losfahren.« Ich gebe Leo einen letzten Kuss auf die Wange, gehe zur Fahrertür, reiße sie auf und sehe ihn zwinkernd über den Nissan hinweg an.

»Bist du bereit für das Rennen des Jahrtausends?« Er nickt und zieht seine Mundwinkel stolz nach oben. »Das ist mein Mädchen.« Und mit diesen Worten steige ich ein, während Leo nach draußen geht und darauf

19

wartet, die Garage mit seinem Zweitschlüssel hinter mir zu schließen. Sobald ich den Motor starte und meine Schönheit wild aufknurrt, spüre ich Benzin in meine Adern fließen. Eines steht fest: Egal, ob ich an diesem Abend gewinne oder nicht - es gibt kein schöneres Geräusch als das Schnurren eines warmlaufenden Motors.

ANNA

»Gott, Anna, da bist du ja endlich.« Alex tippelt in ihren hohen Schuhen auf mich zu und packt mich zur Begrüßung direkt bei den Schultern. Der Nissan steht bereits neben den anderen Wagen in seiner Position. »Hast du verpennt, oder was?« Ihre braunen Augen sehen mich verständnislos an. Normalerweise bin ich immer die erste am Treffpunkt, heute scheine ich die letzte zu sein.

»Probleme zu Hause«, sage ich angespannt, auch wenn ich lüge und meine Familie als Begründung vorschiebe. Die Wahrheit ist, dass Leo, dieser Mistkerl, meinte, mich ablenken zu müssen.

»Wie auch immer – das Rennen wird verdammt hart«, flüstert sie mir zu. Alexis – kurz Alex – ist nicht nur meine beste Freundin, sondern auch meine Motivationstrainerin.

Sie sorgt dafür, dass ich nie den Fokus aus den Augen verliere und an meinen Zielen festhalte. Und wenn ich demotiviert in ein Rennen gehe, tritt sie mir mit ihren zehn Zentimeter hohen Pumps gewaltig in den Arsch, bis ich aufhöre, mir zu viele Gedanken zu machen. Kurz gesagt: Dieser kleine, schwarzhaarige laufende Meter ist mein Ansporn. »Ich bin vorbereitet und das weißt du.« Ich will sie beruhigen, das gebe ich jedenfalls vor.

Insgeheim glaube ich, dass ich eher mich als sie beruhigen will. Weil dieses Rennen so verdammt wichtig ist, dass ich es nicht in den Sand setzen darf.

Das letzte wirklich ertragreiche Rennen liegt drei Monate zurück und das Geld ist mittlerweile fast weg. Wenn ich diesen Sieg nicht nach Hause hole, werde ich etwas anderes tun müssen, um die Miete nächste Woche zu begleichen, und das ist das Letzte, was ich will.

»Das ist gut. Wirklich. Aber ich sage das nicht nur, um dir Angst zu machen, Honey. Die Konkurrenz schläft nicht.« Alex packt mich am Arm und schiebt mich Richtung meiner schwarzen Schönheit, deren Tür noch offen steht und auf meinen Einstieg wartet.

Die Venen in mir kribbeln und das Blut rauscht völlig unkontrolliert durch meinen Körper. So ist es jedes Mal, wenn ein großes Rennen bevorsteht.

Ob es das Adrenalin oder die Angst vorm Versagen ist, weiß ich bis heute nicht. Und dabei habe ich schon mehr Rennen hinter mir als manch ein offizieller Rennfahrer.

»Wer fährt heute mit?« Ich checke die Wagen meiner Kontrahenten, und erkenne fast alle davon sofort wieder. Gegen die meisten bin ich mindestens einmal angetreten oder habe ein Rennen von ihnen gesehen.

»Die üblichen: Rex, Marc, Lucien …« Sie wirft einen Blick über ihre Schulter und sieht mich danach schmallippig an.

»Was ist, Alex? Du verhältst dich echt verrückt, weißt du das?« Und dabei muss sie doch meine Motivation sein! Wenn sie schon die Nerven verliert, wie soll ich dann meine bewahren?

»Da wäre noch jemand«, murmelt sie und sieht wieder hinter sich. Mein Blick fährt über die Wagen, und als ich an einem hängen bleibe, den ich noch nie gesehen habe, runzle ich die Stirn. Ein dunkelgrüner Toyota Supra steht drei Wagen neben meinem. Und er ist wunderschön.

»Wem gehört der?« Die Stimmung um uns herum ist bereits am Kochen, weil alle auf den Startschuss warten, aber ich kann den Blick nicht von diesem fremden Wagen lassen. »Alex, wem gehört die Karre?«, frage ich spitz.

Sie sucht weiterhin in der Menge, und als sie schließlich mit dem Kopf in eine Richtung deutet, folgt mein Blick ihrem.

»Siehst du den Blonden?« In der Traube stehen vermutlich zehn blonde Kerle, aber mir ist sofort bewusst, wen sie meint. *Dieser* Blonde sticht deutlich hervor, und ich bin mir sicher, dass ich ihn hier noch nie gesehen habe.

»Wer ist das?« Neugierig wandert mein Blick über ihn. Angefangen bei seiner lässigen Jeans und den Nietenketten, die an seinem Gürtel baumeln, hinauf zu seiner Shorts, die hervorlugt, weil die Hose so tief auf seinen schmalen Hüften sitzt. Und anschließend zu dem mehr als breiten Kreuz in dem dunkelgrünen Shirt. *Passend zur Farbe seines Autos.*

Sein Gesicht kann ich von der Entfernung aus nicht genau sehen, aber eines steht fest: Dieser Kerl ist heißer als alle Blonden in L.A. auf einem Haufen. Und davon habe ich schon mehr als einen zu Gesicht bekommen.

»Viel weiß ich nicht über ihn, nur, dass er Rush heißt und neu hier ist. Keine Ahnung, mit Glück ist das sein erstes Rennen und du hast keine Probleme, ihn zu schlagen. Mit viel Pech kennt er sich aus und reißt dir den süßen Arsch in deinen Lederhosen auf.« Sie runzelt die Stirn.

»Aber eins steht fest: Morgen weiß ich mehr über den Kerl und werde dich mit Infos füttern, das verspreche ich dir.« Schweiß bricht auf meiner Stirn aus, also nehme ich meine Haare zusammen und verpacke sie in einem strengen Zopf, damit sie mich beim Fahren nicht stören und nicht an meinem Gesicht kleben bleiben.

»Mir wäre es lieber, du hättest jetzt schon Infos«, grummle ich. Eines ist mir in den letzten Monaten bewusst geworden: Kenne deinen Feind besser als deine Westentasche, sonst sticht er dir einen Dolch in den Rücken, sobald du dich umdrehst.

Zu wissen, wie ein Kerl im Alltag tickt, hilft mir, sie auf der Rennstrecke zu durchschauen, als bestünden sie aus Glas. Und genau darin liegt vermutlich mein Talent: Ich habe gelernt, die Schwächen der Gegner als meine Stärken zu nutzen.

Ich weiß, dass Marc gerne unscheinbar als Windschatten fungiert, damit er das Selbstbewusstsein des Ersten kurz vor Ziel erschüttern kann. Aber nicht mit mir. Dass Lucien ohne Sinn und Verstand einfach aufs Gas drückt, und dass Rex dich gerne vor Kurven ausbremst.

Aber diesen Typen mit dem Supra kenne ich nicht und das macht das hier zu einem Spiel mit dem Feuer. Als ich das nächste Mal zu dem Kerl herübersehe, ist er nicht mehr da.

Stattdessen schlägt Sekunden später die Tür seiner grünen Schönheit zu. Alex schiebt mich bestimmend Richtung Wagen und setzt mich, als würde sie mich fernsteuern, hinters Lenkrad.

»Du packst das, hörst du?« Sie sieht mich eindringlich an wie der Trainer seinen Schützling vor einem wichtigen Kampf im Ring.

»Denk an die 5.000 Scheine, Anna.« 5.000 … so viel hat mir ein Rennen noch nie eingebracht. Allein der Gedanke daran, wie lange ich meine Mutter damit unterstützen und wie viel ich Ruby damit ermöglichen könnte, weckt einen nie dagewesenen Kampfgeist in mir.

Er müsste keine verdammten Secondhandsachen mehr tragen und ich könnte ihm seit Ewigkeiten wieder seine liebsten Cornflakes kaufen.

»Ich weiß, Alex. Und am Ende wird das Geld in meine Taschen fließen.« Zwinkernd schlage ich die Tür zu, und warte, bis Becca mit ihrer Fahne das Rennen eröffnet.

Sie positioniert sich in der Mitte vor unseren Wagen, zwinkert jedem von uns einzeln zu, hält die Fahne in die Luft, und lässt sie anschließend mit einem Schwung nach unten sausen. Sofort befinde ich mich an der Spitze.

»Genialer Start, Beauty«, lobe ich meine Schönheit, lege einen neuen Gang ein, und brettere nach vorne, ohne auf die anderen zu achten.

In den ersten Sekunden eines Rennens habe ich gelernt, nur auf mich und meinen Wagen zu achten. Nichts ist schlimmer, als schon den Start zu versauen. Diesen Abstand wieder aufzuholen, ist fast unmöglich, wenn sich die Gegner nicht völlig dämlich anstellen. Nur einmal hat Thunder es geschafft, diesen Rückstand wieder aufzuholen.

Ich erinnere mich an dieses Rennen, als wäre es erst gestern gewesen. An diesem Abend war ich kein Fahrer, sondern Zuschauer, und das Rennen endete damit, dass er und seine kleine Freundin dem Tod von der Klippe gesprungen sind und im Krankenhaus landeten.

Die Strecke heute ist keine neue für mich, ich bin sie bereits dreimal in den vergangenen sechs Monaten gefahren.

Kenne ihre Tücken und Vorteile. In Marc, Lucien und Rex sehe ich keine ernste Konkurrenz, nur dieser Neue bereitet mir Bauchschmerzen, die ich nicht abschütteln kann.

Die Luft, die eben am Startpunkt noch voll von Kippenqualm und Hash war, riecht jetzt nach verbranntem Benzin. Ich liebe diesen Geruch …

Die Geschwindigkeit, mit der ich den ersten Kilometer hinter mich bringe, presst mich fordernd in den Sitz und ich werfe das erste Mal einen Blick in den Rückspiegel.

Zwei Wagen liefern sich ein direktes Duell. Marcs roter Mustang und der grüne Supra des Fremden. Bittere Magensäure steigt in meine Kehle, als er Marc mit Leichtigkeit hinter sich lässt und zu mir aufschließt.

Die heutige Strecke führt uns durch ein verlassenes Industriegebiet nahe Bunker Hill.

Ein abgewracktes Backsteingebäude reiht sich an das nächste, und hohe Zäune sollen die Gauner davon abhalten, auf den Geländen Scheiße zu bauen oder sie direkt abzufackeln.

Anhand der zahlreichen Löcher im Zaun weiß ich, dass dieses Vorhaben gescheitert ist. Es ist schon acht Uhr am Abend und die Sonne steht noch heiß am Himmel über uns.

Ich hingegen liebe die Rennen bei Nacht, weil ich das Gefühl habe, dass die anderen mit der Dunkelheit nicht so gut zurechtkommen wie ich.

Zwei scharfe Kurven führen mich an einer alten Fabrik vorbei, und mein nächster Blick in den Spiegel zeigt mir die bedrohlich aussehenden Lichter des grünen Supras.

»Verpiss dich, Fremder«, knurre ich und versuche, noch mehr aus dem Motor herauszuholen. Immer wieder stoße ich mit ihm an meine Grenzen, und ich liebe es, wie der Wagen reagiert, wenn nichts mehr geht.

Es bedeutet, dass ich fast am Limit bin. Aber nur fast. Ich habe gelernt, dass jeder sich seine eigenen Grenzen setzen kann.

Ich mache einen weiteren Satz nach vorne und halte die Führung auch nach den nächsten drei gefährlichen Kurven. Laut meiner Erinnerung fehlt nur noch eine und eine gerade Strecke von circa einem Kilometer bis zum Ziel.

Ich atme den Benzingeruch tief ein und werde noch entschlossener. Diese 5.000 gehören mir. Sie müssen mir gehören.

Viele von meinen Gegnern fahren nur, weil es ihnen Spaß macht, weil es ihnen einen Kick gibt, wenn sie aufs Gas drücken. Ich fahre, weil ich es muss. Weil es das ist, was ich am besten kann und was mir am meisten Geld für meine Familie einbringt.

Röhrende Motoren hinter mir bringen mich in Bedrängnis, aber ich ignoriere das Stechen in meiner Brust. Die letzten Rennen gingen zweifelsohne an mich, aber dieser verdammte Wagen hinter mir ist mir viel zu nah!

Der Geruch nach Brennstoff wird penetranter, je weiter wir kommen und je mehr wir unsere Wagen ausreizen und an ihre Grenzen bringen.

Sobald ich die letzte Kurve als Sieger hinter mir gelassen habe, bin ich entschlossen, dass ich es geschafft habe. Auf geraden Straßen ist niemand besser als die Kombination zwischen mir und meiner Schönheit.

Ich packe das Lenkrad so fest, dass die Adern an meinen Unterarmen hervortreten und die Knöchel weiß werden. Die Motoren werden lauter, die Luft dünner und das Herz schlägt schneller unter meinem spärlichen Top. Es dauert keine zehn Sekunden, bis ich die Ziellinie in der Ferne sehe und den Sieg bereits auf meiner Zunge schmecken kann.

Die Scheine auf meiner Haut spüren kann. Rubys glänzende Augen sehe, wenn ich ihm einen seiner Wünsche erfülle und Moms unsicheres Lächeln, wenn ich ihr sage, dass alles gut wird. Dass ich für sie gesorgt habe. Wieder einmal. Und dass wir uns um das Geld in den nächsten Monaten keine Sorgen machen müssen.

Ein Lächeln stiehlt sich auf meine Lippen, und es wird breiter, je näher wir dem Ziel kommen. Meine Gedanken rasen und mein Herz hüpft verrückt in meiner Brust.

Doch als ich mir gedanklich bereits das Geld in den Ausschnitt stecke, entdecke ich Lichter neben mir. Seine Lichter. Die Scheinwerfer dieses verräterischen fremden Wagens.

Sein Auto befindet sich auf einer Höhe mit meinem und uns fehlen nur noch wenige hundert Meter bis zur Ziellinie.

»Vergiss es!« Ich stiere in seinen Wagen, und als mich ein diabolisches Grinsen von seiner Fahrerseite heraus erreicht, verliere ich für einen Moment den Fokus über die Straße. Mein linkes Vorderrad kommt vom Weg ab und der Wagen rüttelt mich von links nach rechts, als ich über einen fetten Stein fahre und an

Geschwindigkeit verliere. »Fuck!« Als ich das nächste Mal nach vorn sehe, hat mich der Supra der Länge nach überholt, und auch, wenn ich Sekunden später wieder in der Spur bin, baut er die Distanz aus. Marc, Lucien und Rex bleiben derweil trotz meines Fauxpas hinter mir.

Aber er ... dieser Fremde in dieser grünen Höllenkarre erreicht Sekunden später als Erstes die Ziellinie. Ich schlage meine Faust aufs Lenkrad, als ich ihm folge und die Leute vor Erstaunen über den Neuen die Münder auf- und die Hände in die Luft reißen.

Mein Herz schlägt immer noch viel zu schnell, als ich auf die Bremse trete und den Wagen mit quietschenden Reifen zum Stehen bringe. Sofort suchen meine Augen nach ihm. Nach seinem Wagen und seinem grässlichen Lachen, das mich abgelenkt und von der Straße hat abkommen lassen.

Es dauert nicht lange, bis Finn an seinen Wagen heranspringt. Sein Fenster fährt herunter, Finn schlägt mit ihm ein und überreicht ihm „heimlich" die Bezahlung. Fünf. Tausend. Und sie fließen in diesem Moment in die falsche Tasche.

Ich kralle mich immer noch an meinem Lenkrad fest, und als Finn von dem Sieger ablässt, fasse ich einen Entschluss.

Entschlossen reiße ich den Wagen auf, und will gerade zu seiner Karre stiefeln, als er bereits den Gang einlegt und davonfährt. Er verpisst sich einfach, ohne sich seinen Gegnern zu stellen!

Galle kocht in mir hoch und ich presse die Zähne so fest zusammen, dass ich mir die Lippe blutig beiße. Alles dreht sich und plötzlich fühlen sich meine Schuhe viel zu hoch an. Viel zu falsch. Ich fühle mich, als wäre ich im falschen Körper gefangen.

»Anna!« Alex rennt von hinten mit klackernden Absätzen auf mich zu und reißt mich an der Schulter zurück. Meine Hände sind zu Fäusten geballt, und als sie sich in der Menge Schaulustiger vor mich schiebt, will ich sie am liebsten von mir stoßen und einfach weitergehen.

»Was war da los?« Sie will mich nicht noch weiter runterziehen, das weiß ich, aber genau das tut sie. Wütend lasse ich sie in der Menge stehen, gehe schnellen Schrittes zurück zu meinem Wagen und will einfach nur verschwinden.

Ich muss mir überlegen, wie ich bis Mittwoch diese eintausendachthundert Dollar zusammenkriegen soll, wenn nicht auf dem Asphalt. Eines steht fest: Sollte ich mir nicht schnell etwas einfallen lassen, werde ich Dinge tun müssen, die ich nie tun wollte.

»Anna, warte!« Alex hat mich eingeholt und stellt sich mit verschränkten Armen vor meinen Wagen, sodass sie mir den Weg versperrt.

»Das kann passieren«, will sie mich atemlos beschwichtigen, aber ich lache nur auf. »Das kann passieren? Das DARF nicht passieren, Alex. Hast du eine Ahnung, wie wichtig die Kohle für mich war?« Hat sie nicht. Weil niemand weiß, wie schlimm es wirklich um meine Familie steht.

Nicht einmal meiner besten Freundin konnte ich anvertrauen, was aus meiner Mutter geworden ist.

»Ich kann dir was leihen.« Ihre Worte breiten einen bitteren Film auf meiner Zunge aus.

»Ich will kein Geld bei dir schnorren, Alex. Du weißt, dass ich mir von niemandem Kohle borge. Ich verdiene sie allein.« Ich donnere meine Faust gegen die Karosserie meines Wagens und laufe nervös auf und ab.

»Woran hat es gelegen?«, will sie noch immer um Luft ringend wissen.

Wieder tauchen die Bilder dieses Lächelns vor mir auf und ich will mir einen Kopfschuss verpassen, weil ich auf den ältesten Trick des männlichen Geschlechts hereingefallen bin, seit es die Menschheit gibt. Dabei bin ich sonst gegen diese Spezies immun!

»Keine Ahnung, woran es gelegen hat, Alex. Ich war die ganze Zeit vorne und kurz vor dem Ziel bin ich von der Straße abgekommen«, knurre ich sie an. Allein der Gedanke an diesen Moment der Hilflosigkeit sorgt dafür, dass meine Schultern vor Wut beben.

Gänsehaut legt sich über meinen Körper und ich frage mich, woher die kommt. Es sind sicher immer noch achtundzwanzig Grad hier draußen.

»Du bist was?« Sie sieht mich fassungslos an. »Du kanntest die Strecke. Das passiert nicht einfach so, Anna! Vor allem nicht dir!«

Als wüsste ich das nicht selbst! Aber die Wahrheit ist mir in diesem Moment viel zu unangenehm. Auf keinen Fall kann ich ihr sagen, dass mich dieses Lachen aus dem Konzept gebracht hat.

»Ich weiß es nicht. Fakt ist, dass die 5.000 Dollar jetzt weg sind. Und sich dieser Feigling sofort verpisst hat, anstatt den Anstand zu besitzen, uns unter die Augen zu treten.«

Schwärze breitet sich in meiner Brust aus, wenn ich an die nächste Woche denke. Daran, dass ich diesem Tyrannen, der die Wohnung meiner Mom vermietet, gegenüberstehen und erklären muss, dass ich das Geld nicht habe.

»Hör zu.« Sie legt den Kopf schief und versucht sich an einem aufmunternden Lächeln, das seine Wirkung verfehlt.

»Die anderen wollen noch ins *Slaughter*. Was meinst du? Ein bisschen Ablenkung kann dir jetzt sicher nicht schaden, oder?« Sie tätschelt meinen Arm und ich verkrampfe mich.

Am liebsten würde ich einfach die Zeit zurückdrehen und das Rennen wiederholen. Oder nach Hause fahren, mich mit Ruby in mein Bett kuscheln und für einen Abend wieder die brave Annie sein, deren größtes Problem es ist, ihrem Bruder einen Wunsch abzuschlagen.

»Ich weiß nicht«, murmle ich.

»Komm schon, Anna. Eine Party ohne dich ist doch keine Party!« Sie wartet nicht auf meine Reaktion, sondern steigt stattdessen auf der Beifahrerseite ein. »Ach ja, du fährst, oder?« Sie grinst mich breit an, wobei das Piercing in ihrem Lippenbändchen hervorblitzt.

»Bleibt mir eine andere Wahl?«, frage ich sie durch die offene Tür des Nissan.

Sie schüttelt wie selbstverständlich den Kopf und ihr schwarzer Bob wackelt von links nach rechts. Ihre Augenbrauen tanzen siegessicher nach oben.

»Natürlich nicht. Also schwing deinen halb nackten Hintern rein und fahr los, bevor wir die letzten sind!« Ich gebe mich geschlagen, setze mich hinters Steuer und versuche, die Demütigung herunterzuschlucken, die mich überkommt, wenn ich an die Niederlage denke.

Eines steht fest: Ich kenne diesen Rush nicht, aber ich hasse ihn bereits wie die Pest. Hasse sein Lachen, das ich nur aus der Ferne kenne und seinen verdammten Wagen. Wenn das nicht der Beginn einer wundervollen Feindschaft ist …

RUSH

»Rush?« Ich nehme einen tiefen Zug meines Joints und genieße, wie sich der Stoff in meinen Lungen ausbreitet. Augenblicklich entspanne ich mich, obwohl sie am anderen Ende der Leitung auf meine Antwort wartet und mich der Gedanke an sie zum Rasen bringen müsste.

»Was ist?«, knurre ich und beobachte das Treiben des Clubs vom Rand aus. Ich war noch nie hier, und wenn ich ehrlich bin, gefällt mir der Club nicht besonders gut. Die meisten der Leute hier sind auf LSD oder Pilzen, jedenfalls benehmen sie sich genauso.

»Wo bist du? Tante Marley ist hier, hast du das Essen vergessen? Ich versuche dich schon seit Stunden, zu erreichen!« Meine Mutter klingt, als stünde sie kurz vor einem Nervenzusammenbruch.

Und genau da will ich sie haben, seit sie das Leben von mehr als einem Menschen ruiniert hat. Seit sie einen Entschluss gefasst hat, den ich ihr nie verzeihen werde. »Ich habe es nicht vergessen.« Wieder nehme ich einen tiefen Zug und die entspannende Wirkung des Krauts verstärkt sich, bis mir niemand mehr etwas anhaben kann. In diesem Moment ist mir einfach alles egal. »Und wieso bist du dann nicht gekommen?«, will sie verwirrt wissen. Weiß sie immer noch nicht, dass ich auf diese Familie scheiße?

Wir sind schon lange keine richtige mehr. Genau genommen, ist unsere Familie vor sechs Jahren gestorben. Wieso versucht sie zwanghaft, etwas Totes wiederzubeleben?

»Weil ich keinen Bock hatte.« Meine simple Antwort lässt sie die Luft anhalten, und ich bin mir sicher, dass sie gleich in theatralische Tränen ausbricht, damit Dad sie in den Arm nimmt, sie tröstet und mich verflucht. So ist es jedes Mal.

Weil ich es wage, so mit meiner Mutter zu sprechen. Dabei weiß er, dass sie noch Schlimmeres verdient hätte.

Und dass er nicht den Arsch in der Hose hat, sich gegen sie und auf meine Seite zu stellen, macht ihn nicht besser. Er ist ein verdammter Feigling, mehr nicht.

»Rush, wieso tust du mir das an? Hast du eine Ahnung, was für ein Licht das vor deiner Tante auf uns wirft?«

Und da ist sie wieder: die einzige Sorge im Leben meiner Mutter. Alles, was sie interessiert, sind die Meinungen anderer. Ihr war immer wichtiger, was andere von uns dachten als das, was ihre eigenen Kinder sagen wollten.

»Dann sieht sie wenigstens mal die Wahrheit.« Und mit diesen Worten lege ich auf, schiebe das Handy in meine Jeans und ziehe so lange an dem Joint, dass es in meiner Brust sticht und es an meinen Lippen heiß wird. Schnell drücke ich ihn an der Wand neben mir aus und lasse ihn zu Boden fallen. In diesem Drecksloch fällt ein Joint mehr auf dem Meer aus Kippen sicher nicht auf.

Gerade als ich beschließe, diese alberne Party zu verlassen, macht mir eine Kleine einen Strich durch die Rechnung.

Sie kommt mit zwei Gläsern auf mich zu und grinst mich kokett an. Sie trägt ihre schwarzen Haare bis zum Kinn und die dunklen Augen unter ihrer Brille sehen mich intensiv an.

»Hey.« Sie gesellt sich neben mich, stützt sich ebenfalls an der Wand ab und reicht mir einen der transparenten Becher.

»Auf deinen Sieg.« Sie deutet auf das Bier, das ich an mich nehme und fast in einem Schluck exe, ohne mit ihr anzustoßen oder sie zu fragen, was das hier soll.

»Auf meinen Sieg«, antworte ich und grinse sie schief an. Auch wenn sie nicht dem typischen Schönheitsideal entspricht, ist die Kleine echt nicht übel. Die schwarze Brille verleiht ihr dieses Lehrer-Image, auf das fast alle Kerle abfahren.

»Ich bin Alexis, aber du kannst mich auch Alex nennen.« Sie reicht mir ihre Hand, die ich nur stirnrunzelnd mustere.

Begrüßt man sich heutzutage noch mit einem Handschlag? Unsicher lege ich meine Hand in ihre und schüttle sie kurz, aber hart.

»Rush«, murmle ich als Vorstellung. Ich hatte keinen Bock, neue Leute kennenzulernen, als ich beschloss, nach dem Rennen herzukommen.

Viel lieber wollte ich Zeit schinden und vielleicht kann ich hier den ein oder anderen Fahrer treffen und ausspionieren.

Ich werde nicht jedes Mal dieses Glück haben und den Sieg einholen, ohne mir Mühe geben zu müssen. »Also, Rush. Du bist neu in der Stadt?« Alex legt den Kopf schief, schiebt sich eine Strähne hinters Ohr und sieht mich fordernd an. Ihr Blick schreit *Fick mich* und meiner sagt *Träum weiter*.

»Wie kommst du darauf?« Ich stütze mich mit der rechten Schulter ab und drehe mich leicht in ihre Richtung.

»Ich bin mir sicher, dass ich mich an dein Gesicht erinnern würde, wenn du schon mal hier gewesen wärst«, erklärt sie sich und nippt an ihrem Bier, das ebenfalls fast leer ist.

»Ich bin nicht neu hier.« Sie zieht ihre Brauen hoch. »Aber ich war immer in anderen Kreisen unterwegs, deshalb kennst du mich vermutlich nicht.«

Die Kleine sieht jedenfalls nicht wie einer der Junkies aus, mit denen ich die letzten Monate verbracht habe, um meinen Kopf und die Gedanken zu betäuben. Die hier hat sicher noch nicht mal gekifft oder eine Pille geschmissen.

»Dein Rennen war wirklich gut. Das war sicher nicht dein erstes, oder?« Scheiße, wieso ist die so neugierig? Und wieso antworte ich ihr überhaupt noch? Die Luft im Club ist vom künstlichen Nebel und den Rauchschwaden des Hashs stickig. Grässlicher Techno erfüllt den Raum und halb nackte Leiber pressen sich rhythmisch auf die winzige Tanzfläche.

»Es war nicht mein erstes«, antworte ich kurz angebunden. Alex ist wirklich heiß, aber ich bin nicht hier, um jemanden abzuschleppen oder mich abschleppen zu lassen. Und die Süße stellt mir eindeutig zu viele Fragen, auf die ich nicht antworten will.

»Ha, ich wusste es!« Sie klatscht in die Hände und ihre Reaktion lässt mich innehalten. Okay, was wird das jetzt?

Sobald sie meine Blicke bemerkt, beißt sie sich auf die Unterlippe und senkt den Blick, als hätte sie sich gerade in irgendeiner Weise verraten. Waren die Weiber hier schon immer so verrückt wie das Exemplar vor mir?

»Wie auch immer. Ich gratuliere dir zu deinem Erfolg. Nicht schlecht, Rush.« Sie klopft mir fast geschwisterlich auf die Schulter, leert ihren Becher und dackelt dann in ihren Pumps, die ihre zu kurz geratene Körpergröße verdecken sollen, davon.

Was zur Hölle war das denn? Ich beobachte Alex, bis sie schließlich mit einem letzten nervösen Blick auf mich in der Menschenmenge auf der Tanzfläche verschwindet.

Kopfschüttelnd verharre ich an Ort und Stelle, nehme den letzten Schluck des Biers und lasse den Becher wie den Joint zuvor zu Boden fallen.

Als mein Handy vibriert und ich eine Nachricht auf dem Display sehe, würde ich am liebsten meine Faust gegen das Gemäuer des schäbigen Clubs rammen und mir die Knöchel brechen.

Hast du mich vergessen? Heute ist doch Freitag.

Die Worte in der SMS sorgen dafür, dass die Wut in meinem Inneren neue Dimensionen annimmt. Um mich und meine tosenden Gedanken zu betäuben, zünde ich mir einen neuen Joint an und schreibe ihr meine Antwort. Meine perfekte Ausrede. Dass ich nicht lache.

Mir kam etwas dazwischen, ich komme morgen vorbei.

Ich sende sie ab und fühle mich beschissen. Selbst das Kraut kann mich nicht aufmuntern und dabei ist es sonst das Einzige, was mich vom Wesentlichen ablenkt. Genervt trete ich den Becher zur Seite und bahne mir einen Weg durch den Club. Vorbei an fast nackten Frauen in viel zu nuttigen Klamotten, an zu testosterongesteuerten und aufgepumpten Kerlen und dem mehr als langweiligen DJ.

Sobald ich das Innere des Clubs hinter mir gelassen habe und an die frische Luft trete, atme ich endlich wieder richtig durch. Ich bleibe vor der Schabracke stehen, lege den Kopf in den Nacken und nehme einen neuen Zug meiner Betäubung.

Dieses Mal wirkt sie sogar und ich entspanne mich wieder. Etwas, das in diesem Club unmöglich geworden ist, nachdem ich die Nachricht gelesen habe. Nachdem ich daran erinnert wurde, dass ich versagt habe, weil ich das Rennen vorgezogen habe, obwohl es in meinem Leben sonst nichts Wichtigeres gibt.

»Na wunderbar.« Eine Frauenstimme reißt mich aus meiner Trance, ich öffne ein Auge und schiele zu der Kleinen herüber.

Sie trägt kurze Lederhosen, ein helles Top, das ihren durchtrainierten Bauch zeigt, und hohe Schuhe. Erst, als ich ihr Gesicht sehe, nehme ich den Kopf wieder aus dem Nacken.

»Ich kenne dich irgendwoher«, sage ich interessiert. Nicht, weil ich Bock habe, sie kennenzulernen, sondern weil ich wissen will, wie viel mein bekiffter Kopf noch zusammenbekommt.

Oder ob ich bereits in dem Stadium bin, in dem ich mein eigenes Spiegelbild nicht mehr erkennen würde. Wäre nicht das erste Mal …

»Wärst du länger am Treffpunkt gewesen, wüsstest du, wer ich bin«, knurrt sie deutlich angepisst. Sie hat rotes Haar, das ihr in großen Wellen über die Titten fällt.

Ihre Augen erinnern mich an die einer Wildkatze und ihre Lippen sind aufeinandergepresst. Ich versuche wirklich, mich an sie zu erinnern, aber mir fällt nicht ein, woher ich ihr überaus hübsches Gesicht kenne.

»Echt jetzt? Erst drängst du mich von der Strecke ab und jetzt erkennst du mich nicht mal?« Sie baut sich vor mir auf und stemmt die Hände in die Hüften. Mir entflieht ein Lachen, als ich weiß, worauf sie hinauswill.

»Du warst die Zweite«, stelle ich tief brummend fest. Ihre Augen wollen mich tot sehen und ihre Nägel krallen sich in das zarte Fleisch ihrer schmalen Hüften. Ich konnte sie nicht direkt sehen, aber das, was ich jetzt sehe, gefällt mir.

Und noch mehr gefällt mir, wie wütend es sie macht, dass ich gewonnen habe. Die Kleine ist es sicher nicht gewohnt, zu verlieren.

»Fick dich.«

»Du bist echt auf den ältesten Trick der Welt reingefallen. Hat dir niemand gesagt, dass man bei einem Rennen die Straße fokussieren sollte, anstatt in andere Wagen zu glotzen?« Ich ziehe sie auf und das macht die Furie nur noch wilder. Feuer. Sie hat Feuer. Das gefällt mir. Wenn ich sie mit einem Element vergleichen müsste, wäre es das.

»Ich hätte dich plattgemacht!« Sie kommt einen Schritt auf mich zu und ich verharre an Ort und Stelle. Die Kleine kann mich nicht einschüchtern, das steht fest.

Ich sollte ihr gleich klarmachen, dass sie bei mir auf Granit beißt und dass sie ihre Krallen wieder einfahren kann, wenn sie keinen Bock hat, sie mir in den Rücken zu rammen, während ich sie nehme.

Hatte ich vorhin keine Lust, jemanden abzuschleppen, hat es sich jetzt geändert. Ich liebe Herausforderungen und die hier scheint besonders hartnäckig zu sein.

»Hättest du?« Meine Augen blicken direkt in ihre und ich erkenne, dass sie grün sind. Sie blinzelt nicht einmal, sondern hält starr den Blickkontakt. Danach wandert ihr Blick zu meinem halb heruntergebrannten Joint und lässt sie die Nase rümpfen.

»Ich habe gegen einen Junkie verloren, das ist garantiert der Tiefpunkt meines Lebens«, speit sie aus. »Warst du vorhin auch drauf?«, setzt sie noch hinterher.

»Ich wüsste nicht, was es dich angeht.« Ich kenne sie nicht und sie kennt mich nicht. Sie sollte einfach auf ihren hübschen Schuhen umdrehen und jemand anderem auf die Eier gehen, bevor ich mich vergesse. Die Nachricht schwirrt immer noch durch meinen Kopf, und ich bin nicht gerade in bester Verfassung.

»Es geht mich sehr wohl etwas an. Die Rennen sind für Junkies tabu. Niemand fährt unter Drogen oder nimmt alkoholisiert an einem teil. Das sind die Regeln.« Scheiße, sie meint das ernst. Sie spielt gerade wirklich den Moralapostel. Ich gehe einen Schritt auf sie zu, und genau wie ich bleibt sie, ohne mit der Wimper zu zucken, stehen, als ich mich über sie beuge.

Ein süßer Duft hüllt mich ein und ich bin mir sicher, dass es der Lipgloss auf ihren feuchten Lippen ist, der so riecht.

Nach Vanille.

Meine Augen wandern über ihren gewagten Ausschnitt, der zu meinem Erstaunen nicht billig, sondern heiß wirkt. Etwas an der Kleinen ist anders als an der Brillenschlange vorhin.

Vielleicht liegt es an dem geheuchelten Interesse, das macht die meisten Frauen für mich eher lästig als interessant.

»Und du denkst, dass mich Regeln interessieren?«, frage ich sie rau. Sie schluckt nicht einmal, nichts. Stattdessen nagelt sie mich mit ihren entschlossenen Augen fest. »Sollten sie, ja.«

»Die Rennen sind illegal, Süße. Mit viel Glück landen wir alle dafür im Knast, wenn wir erwischt werden. Wieso sollte ich mich da an Regeln halten?« Sie weiß keine Antwort auf meine Frage, das sieht man ihr an.

Und das erste Mal habe ich das Gefühl, hinter ihre taffe Fassade zu sehen. Ich lasse den Joint zu Boden fallen und trete ihn mit der Spitze meines Stiefels aus.

»Du machst das zum Spaß, oder? Die Rennen? Du nimmst teil, weil es dir einen Kick gibt.« Ich sehe sie unverwandt an und versuche, zwischen den Zeilen zu lesen.

»Jeder macht es des Kicks wegen«, antworte ich schulterzuckend. Sie schüttelt den Kopf, wobei mich ihre weichen Haare am Unterarm streifen.

»Ich nicht. Ich hätte das Geld gebrauchen können. Nicht. Jeder. Fährt. Zum. Spaß!« Plötzlich wirkt sie außer sich vor Wut und ihre Coolness ist vorüber.

Aber Sekunden später, noch bevor ich den Moment ihrer Schwäche gegen sie nutzen kann, hat sie wieder das Pokerface aufgesetzt. Eben flackerte Angst in ihren grünen Augen, jetzt ist es Entschlossenheit.

»Du kannst das Geld gebrauchen?« Ich muss lachen. Danach hole ich das Bündel aus meiner Jeans, entferne das Gummi und trenne einige Scheine vom Rest ab.

Danach gehe ich noch dichter an sie heran, bis ich mit dem Bauch gegen sie stoße, greife nach dem Bund ihrer heißen Lederhose und fahre mit dem Finger unter den Rand. Und sie lässt es ohne Weiteres zu. Ja, wenn ich nicht alle Zeichen falsch deute, gefällt es ihr sogar, dass meine Finger so nah an ihrer Pussy sind.

»Hier.« Und mit diesem Wort schiebe ich die Scheine in ihren Slip unter der Hose. Einen Moment lang verharrt sie noch, doch als sie nach unten blickt und die Kohle in ihrem String sieht, schlägt sie meine Hände weg.

»Spinnst du? Ich bin doch keine Nutte!« Sie zieht die Scheine aus der Hose und sieht sie einen Moment lang voller Sehnsucht an. Fuck, die Kleine scheint das Geld echt zu brauchen.

Doch nach einem kurzen Moment der Schwäche zerknüllt sie das Geld und wirft es mir gegen die Brust. Danach funkelt sie mich aus feurigen Augen an.

»Fick dich. Fick dich und dein Geld. Fick dich und deinen Sieg!« Sie schiebt sich an mir vorbei, aber ich halte sie am Handgelenk zurück. Mein Atem trifft ihr Ohr und sie erzittert an meinem Körper.

»Die Straßen gehören mir. Hast du das verstanden?« Zerknirscht sieht sie mich an und wieder will sie mich mit dem Feuer in ihren Augen töten.

Aber so leicht bin ich nicht kleinzukriegen, das sollte sie früh genug lernen. Meine Hand umfasst immer noch ihre und ich sehe sie eindringlich an.

»Beim nächsten Mal mache ich dich platt. Und dann sehen wir ja, wer von uns beiden der Profi ist.« Mein Mundwinkel zuckt nach oben, als sie mir droht. Gott, ist das scharf! Mein Schwanz erwacht das erste Mal seit Ewigkeiten zum Leben und drängt sich gegen den Stoff meiner Jeans. Sie bemerkt ihn, ignoriert es aber.

Aber ihr Körper … ihr Körper reagiert. Ich war schon immer besser darin, Körper anstatt Menschen zu verstehen. Langsam fahre ich mit meinen Lippen zu ihrem Ohrläppchen und spüre, dass sie sich unter meiner Nähe versteift.

»Ist das eine Kampfansage?«, frage ich sie, und sobald sie meine Worte verstanden hat, könnte ich schwören, dass sie zu zittern beginnt. Aber sie überspielt es weiterhin.

»Würdest du sie annehmen?«, will sie kokett wissen und lacht mir dreist ins Gesicht. Ich fahre mit meiner Nase über ihren nackten Hals und atme den Duft ihrer Haare ein.

»Darauf kannst du Gift nehmen, Kitten.« Mein Spitzname für sie sorgt dafür, dass sie sich knurrend von mir losreißt.

Danach sieht sie mich herausfordernd an, sammelt den Speichel in ihrem hübschen Mund und rotzt mir anschließend vor die Füße. Dabei hätte ich den lieber an ganz anderen Stellen meines Körpers.

»Zieh dich warm an, Rush.« Und mit diesen Worten lässt sie mich hier draußen stehen und geht mit schnellen, aber energischen Schritten zurück in den Club.

Eigentlich wollte ich den Schuppen kein zweites Mal betreten, aber irgendetwas an der Kleinen sorgt dafür, dass ich mich Sekunden später wieder in die Menge stürze, nachdem ich die Scheine vom Boden aufgehoben habe. *Ich zieh mich nicht warm an, Süße. Viel eher ziehe ich dich ›heiß‹ aus.*

ANNA

»Hey, Anna, was ist denn los?« Wütend stapfe ich in den Club und anschließend als Erstes zur Bar. Ich brauche dringend etwas, das meine Wut auf ihn zügelt. Auch wenn es bedeutet, dass ich den Wagen hier stehen lassen und nach Hause laufen muss.

»Nichts«, grummle ich, bestelle an der Bar einen Tequila und stütze mich am klebrigen Tresen ab. »Du siehst aus, als würdest du gleich explodieren, Süße.« Alex schiebt sich an die Bar und stößt damit die Kleine neben mir weg.

»Ich bin immer noch angefressen, mehr nicht.« Irgendwie habe ich gerade nicht sonderlich viel Lust, ihr von meiner Unterhaltung mit Rush zu erzählen, dabei bin ich mir sicher, dass es sie brennend interessieren würde, was er zu sagen hatte.

»Wann ist das nächste Rennen?«, frage ich sie geradeheraus und nehme einen Schluck des Drinks, ohne auf die Prozedur mit dem Salz und der Zitrone zurückzugreifen. Sobald der Alkohol meine Kehle hinunterrinnt, fühle ich mich besser.

»Moment, ich schau, was ich herausfinden kann.« Alex nimmt ihr Handy, scrollt durch ihre Nachrichten und beißt sich dabei auf die Unterlippe. »Das nächste Rennen startet erst in zwei Wochen, falls sich vorher nichts Neues ergibt«, zerstreut sie meine Hoffnungen.

»Fuck!« Ich donnere meine Faust auf den Tresen und spüre, dass meine Schultern vor Anspannung beben. In zwei Wochen werde ich schon als Blutlache am Boden enden, wenn ich nicht zahlen kann.

»Hey, es sind doch nur zwei Wochen!« Alex tätschelt meine Schulter, aber als Antwort funkle ich sie nur wütend an. Hat sie gar nichts von dem verstanden, was ich ihr gesagt habe?

»Du weißt, dass ich das Geld brauche, Alex. Das hier ist kein Spaß!« Sie zuckt unter der Wucht meiner Worte zusammen und setzt sich auf den Hocker neben mir.

»Das Angebot steht noch. Ich kann dir gern ein paar Dollar leihen.« Sie meint es nur nett, das ist mir bewusst, aber sie hat keine Ahnung, wie albern ihre Worte sind.

»Wenn du keine Tausendachthundert übrighast, wirst du mir nicht helfen können.« Schließlich liege ich schon drei Mieten im Rückstand und meine Schonfrist endet am Mittwoch.

Sofort scheint sie den Ernst der Lage zu verstehen und sieht mich entschuldigend an. Die Musik im Club ist ätzend langweilig, es stinkt in jeder Ecke nach Pisse und Sex.

Das *Slaughter* war nie ein Schuppen, in den ich gern gegangen bin. Das angetrocknete Blut an den Wänden des alten Schlachthofes widert mich jedes Mal an. Und doch ist das hier der Treffpunkt nach fast jedem unserer Rennen, weil der Fusel hier billig und die Security fahrlässig ist.

In kaum einem anderen Club ist es gestattet, sich mit allen Drogen der Welt abzuschießen oder auf der Tanzfläche Sex zu haben. Hier ist alles erlaubt, weil es keine Grenzen gibt. Es gleicht einem Wunder, dass die Bullen ihn noch nicht hochgehen lassen und die Dealer verhaftet haben.

»Er ist aber echt heiß, oder?« Alex will mich auf andere Gedanken bringen und deutet hinter sich. Ich sehe über meine Schulter und spüre wieder Galle aufkochen, als ich ihn sehe.

Rush bahnt sich seinen Weg durch die Menge und geht neben uns an den Tresen. Zuerst bemerkt er mich gar nicht, doch als er seinen Drink annimmt und seinen Blick über die Leute im Club schweifen lässt, entdeckt er mich.

Und der Drecksack grinst mir frech und überheblich ins Gesicht. Arschloch. Seine Augen ruhen auf mir, während ich ihm keine weitere Beachtung schenke. Alex gluckst neben mir und stupst mich an.

»Er starrt dich an.« Als wüsste ich das nicht selbst, schließlich brennen sich seine Blicke wie ein Brandeisen in meine Haut. »Schön für ihn.« Und weniger schön für mich.

»Ich habe ihn vorhin übrigens ein bisschen für dich ausgequetscht«, sagt sie voller Triumph. Ich leere das Glas und schiebe es anschließend zum Barkeeper herüber, um mich auf die Infos gefasst zu machen.

»Wie gesagt, zu spät.« Gott, ich muss heute wirklich unausstehlich sein. Alex rümpft die Nase. »Gern geschehen, du Ziege.« Ich lächle sie entschuldigend an, auch wenn ich nicht in der Stimmung dazu bin. Sie kann schließlich nichts für meine Misere. Sie hat Rush ja nicht in mein Leben geholt und noch weniger hat sie mich dazu gebracht, das Rennen zu verlieren. Das hier geht auf meine Kappe.

»Also.« Sie faltet die Hände und wirft ihm immer wieder über meinen Kopf hinweg neugierige Blicke zu. Als sie ihm schließlich auch noch zuwinkt, könnte ich ihr vor die Füße kotzen. Ich bin mir sicher, dass er sie schon bei den ersten Sätzen um den Finger gewickelt hat.

»Das war nicht sein erstes Rennen. Er hat aber noch an keinem von unseren teilgenommen.« *Erzähl mir was Neues, verdammt!* »Er wohnt wohl hier irgendwo in der Gegend, meinte aber, dass er sich in anderen Kreisen herumtreibt und wir ihn deshalb nicht kennen.«

»Das sind keine sonderlich wichtigen Infos, Alex. Nichts davon hilft mir auf dem Asphalt.« Sie legt den Kopf schief und scheint ein Ass im Ärmel zu haben, das sie mir bis jetzt verschwiegen hat. »Ich glaube, er ist ein Junkie. Er hatte vorhin einen Joint in der Hand«, verrät sie mir hinter vorgehaltener Hand und klatscht siegessicher in die Hände.

»Das weiß ich auch selbst, Alex. Ich hab ihn auch gesehen.« Eines muss man Alex lassen, sie war früher definitiv mal eine bessere Informantin.

»Hey, sorry, aber der Kerl ist nicht gerade ein offenes Buch, ja? Man musste ihm regelrecht was aus der Nase ziehen, gib mir mehr Zeit.« Langsam wird sie bockig und funkelt mich genervt an. Und ich verstehe sie. Ich nerve mich ja selbst. »Sorry, Alex. Der Abend ist einfach scheiße gelaufen. Ich denke, ich sollte nach Hause gehen und mich hinlegen.«

Beim Gedanken daran, ohne Geld nach Hause zu gehen, wird mir übel. Und ich muss mir dringend überlegen, wie ich bis Mittwoch das Geld zusammenbekommen will, wenn ich Ruby nicht im Stich lassen will. Und das würde ich, wenn mich dieser Wichser von Vermieter in seinen Händen wie eine Tomate zerquetscht.

»Ich versteh dich. Leg dich einfach hin und morgen sieht die Welt schon wieder besser aus.« Glaubt sie das wirklich? Ich liebe Alex, aber ihre einzige Sorge beim Aufstehen ist, dass sie nicht weiß, welchen Lidschatten sie auftragen soll.

Sie hat keine echten Probleme. Ich kann es ihr also nicht mal übel nehmen, dass sie sich nicht in mich hineinversetzen kann. »Bleibst du noch?«, frage ich sie und stehe auf. Sie nickt. »Ich denke, ja. Hab Lust, zu tanzen.«

»Okay. Falls du Leo siehst und er mich sucht, sag ihm, dass ich mich morgen bei ihm melde.« Ich gebe ihr einen Kuss auf die Wange, schnappe mir meine Tasche und verlasse den Club ein zweites Mal an diesem Abend, um mich endlich auf den Weg nach Hause zu machen.

***

Die Nacht ist noch warm und so friere ich selbst in den mehr als knappen Klamotten nicht. Und obwohl die Gegend nicht unbedingt als sicher einzustufen ist, habe ich keine Angst vor ihr. Schlimme Dinge können dir überall passieren, das Wichtigste ist, dass du gut vorbereitet bist. Beim Kickboxen habe ich schon vor Jahren gelernt, wie ich mich verteidigen muss, und ein paar Judo Tricks beherrsche ich ebenfalls noch.

Ich laufe mittlerweile seit zwanzig Minuten, und je heruntergekommener die Gegend wird, desto näher komme ich meinem Zuhause. Der einzige Trost ist Ruby, der sicher noch kein Auge zugemacht hat, seit ich die Wohnung verlassen habe.

An der Bushaltestelle zwei Blocks von meinem Zuhause entfernt halte ich an und husche in das kleine Häuschen herein. Ich will nicht riskieren, dass Mom mich in diesem Aufzug nach Hause kommen sieht, auch wenn ich mir sicher bin, dass sie das Zimmer um diese Uhrzeit nicht mehr verlassen wird.

Sicher ist sicher.

Meine Handtasche mit den anderen Sachen lege ich auf der Holzbank ab, ziehe den Reißverschluss auf und hole mein braves Ich in Form von Klamotten aus ihr heraus.

Zuerst steige ich aus meinen Schuhen. Der kalte Boden klart meine verbrannten Nerven auf, als ich mit nackten Füßen auftrete. Danach greife ich den Saum meines spärlichen Tops und ziehe es mir über dem Kopf aus. Unordentlich stopfe ich es neben den Pumps in meine Tasche und hole anschließend auch die Turnschuhe heraus.

Ich nehme meine Haare wieder zu einem Zopf zusammen, fixiere es mit einem Gummi und greife mir eines der Kosmetiktücher aus der Tasche, um mir den Lippenstift vom Mund zu schrubben, damit er auf meinen braven Klamotten keine Spuren hinterlässt.

Das dreckige Tuch lasse ich in den Mülleimer neben der Bank fallen und will gerade aus meinen Shorts steigen, als ich ein Knacken gefolgt von dunklen Schritten hinter mir wahrnehme. Direkt. Hinter. Mir.

Sofort schaltet sich mein Selbstverteidigungssinn ein, ich drehe mich ruckartig um, greife nach dem Eindringling, platziere mein rechtes Bein hinter seinem linken und werfe ihn mit Leichtigkeit zu Boden.

Ich drücke den Kerl mit der Wange auf den Beton und schwinge meine Beine über ihn, sodass er sich nicht bewegen kann. Mein Blick wandert in kristallklare, blaue Augen, die mich erstaunt und interessiert von der Seite anstarren.

»Du«, knurre ich und denke nicht daran, von ihm abzulassen. Rush macht auch keinerlei Anstalten, mich von sich zu schieben, dabei sollte es ihm mit seinen Muskeln nicht gerade schwerfallen, mich zu beseitigen oder zu überwältigen.

»Das war heiß«, sagt er als Begrüßung. Ich lege meine Hand an seinen Hals und drücke leicht zu. »Was wird das? Verfolgst du mich?« Wieso ist er sonst hier? Er sieht nicht wie jemand aus, der hier in der Gegend wohnt. Eher im Gegenteil. Seine Klamotten schreien nach teurem Scheiß, den sich hier niemand leisten kann.

»Du musst dich für wahnsinnig interessant halten, kann das sein?« Seine Frage ist schneidend, aber ich lasse mich nicht von ihm einschüchtern, stattdessen recke ich das Kinn noch weiter nach oben.

»Ich *bin* wahnsinnig interessant«, korrigiere ich seine Worte und halte ihn weiterhin am Boden, lockere aber den Griff meiner Hand an seinem Hals. Dass von diesem Kerl keine ernsthafte Gefahr ausgeht, weiß ich. Immerhin hatte er vorhin schon die Gelegenheit, mich in die Ecke zu drängen, und hat es nicht getan.

Sein Blick spricht Bände: Er gibt mir recht. Er findet mich interessant. Die Frage ist nur: Wieso verfolgt er mich in diese Gegend?

Was will er von mir?

Weil ich keinen Bock auf ein Gespräch mit ihm habe, stehe ich auf und steige aus meiner Lederhose. Rush stemmt sich hoch und sieht mir belustigt dabei zu. Es ist mir egal, dass er seine Augen dabei nicht von meinem Arsch lassen kann.

»Und was wird das? Hör mal, Süße, ich find dich echt heiß, aber ich habe keinen Bock auf einen Quickie in einer Bushaltestelle.« Ich ignoriere seine Worte, kann aber nicht verhindern, dass mein Herz schneller schlägt, weil seine Blicke langsam über meinen halb nackten

Körper fahren. Ihm gefällt, was er sieht, das spüre ich an seiner stockenden Atmung. »Träum weiter«, antworte ich schließlich, steige in die lange Jeans und ziehe mir anschließend den Pulli über. Als ich in meine Turnschuhe steige und die alten Sachen in meine Tasche stopfe, beobachtet er mich weiterhin.

»Du spielst eine Show«, sagt er, als ich den Reißverschluss zugezogen habe und an ihm vorbeigehen will. Rush versperrt mir den Weg und ich bleibe direkt vor ihm stehen.

»Ich habe dich schon mal überwältigt, willst du diese Demütigung echt ein zweites Mal erleben?« Meine Worte stacheln ihn nur weiter an und er denkt nicht daran, mir Platz zu machen, damit ich durchkann. Er stützt seine Arme oben am Gemäuer ab und sein Shirt rutscht so weit nach oben, dass ich den Ansatz seines Bauches sehen kann. Er riecht wahnsinnig interessant, nach Zitronengras und Meer.

»Du weißt, dass du keine Chance gegen mich hättest, wenn es drauf ankommt.« Seine Worte klingen wie eine astreine Drohung, die mich wie immer kaltlässt. Schon vor langer Zeit habe ich mir einen Panzer angelegt, der gegen solche Sachen immun ist.

»Also, was wird das? Bist du insgeheim eine Nonne und verwandelst dich nur nachts in eine egoistische Schlampe?« Seine Worte sollten mich treffen, aber sie jucken mich nicht, weil er in entfernter Weise sogar recht hat. Ja, ich habe zwei Gesichter. Und gerade mustert er zumindest äußerlich mein braves Ich. Seine Augen hingegen sehen hinter meine Fassade.

»Ich wüsste nicht, was es dich angeht. Und jetzt muss ich dich enttäuschen, aber ich muss zurück in mein Kloster und den Priester ficken.« Ich schiebe mich unter seinen Armen hindurch und stiefle schnellen Schrittes mein Wohnhaus an. Rush bleibt mir dabei dicht auf den Fersen.

»Sag mal, hörst du schwer? Lass mich einfach in Ruhe, okay?« Doch als er mir selbst bis zur Haustür noch an den Hacken klebt, drehe ich mich mit einem Schwung zu ihm um und renne direkt in seine Arme. Seine Hände liegen auf meinen Hüften und ich schnappe nach Luft.

Der Druck, mit dem er mich hält, gefällt mir viel zu gut. Weil ich Männer liebe, die wissen, was sie wollen. Sein Daumen streift über meinen Bauch, und seine Augen fokussieren mich. Seine wirklich einnehmenden, blauen Augen.

Einen Moment stehen wir unter dem flackernden Licht meiner Haustür und sehen uns einfach nur herausfordernd an. Er ist heiß, da muss ich Alex zustimmen. Mit seinen vollen, blonden Haaren, dem kantigen Gesicht und den genialen Lippen sieht er aus wie ein Männermodel. Und dass er dieselbe Leidenschaft wie ich teilt, macht ihn nicht gerade unattraktiver für mich.

»Ich gehe jetzt rein.« Doch bevor ich mich von ihm löse, warte ich seine Antwort ab. Und die jagt mir einen Schauer nach dem nächsten über den Rücken. Sein Mund wandert zu meinem Ohr und sein Duft vernebelt mir vollends den Verstand.

»Dank mir später, Kitten.« Und mit diesen Worten ist er mit großen Schritten verschwunden. Wie festgewurzelt stehe ich vor der Eingangstür und sehe ihm nach, bis er in der Dunkelheit der Nacht nicht mehr zu erkennen ist.

»Arschloch«, murmle ich, krame meinen Schlüssel hervor und schließe auf. Sobald ich die Wohnung leise betrete, würde ich am liebsten wieder umdrehen und ihm hinterhergehen.

Alles ist besser, als freiwillig zurück in dieses Gefängnis zu gehen. Aber dann denke ich wieder an Ruby und daran, dass er vermutlich seit Stunden auf mich wartet. Ich will und kann ihn nicht noch öfter enttäuschen.

Ich bücke mich, um die Schuhe auszuziehen, und als etwas zu Boden fällt, knipse ich das Licht an. Mein Atem stockt, als ich sehe, was es ist. *Was* da so wunderschön und hypnotisierend vor mir auf dem Boden liegt.

Eilig hebe ich die Scheine auf und starre sie ungläubig an. Und als ich sie zähle und auf ein Ergebnis komme, wachse ich wortwörtlich am Boden fest.

Eintausendachthundert Dollar. In meinen zitternden Händen. Und vor wenigen Sekunden steckten sie noch im Bund meiner Jeans. Wie konnte ich das nicht merken?

Meine Knie werden weich, als sich meine Zimmertür einen Spalt öffnet und ich die Scheine schnell in die Hosentasche stopfe, damit sie niemand sieht. Ruby schielt durch den Schlitz.

»Ich kann nicht schlafen, Annie«, sagt er müde und reibt sich die Augen. Ich lasse meine Tasche im Flur stehen, gehe zu meinem kleinen Bruder herüber und betrete mein Zimmer.

Sofort wirft er sich in meine Arme. Ich kann nur hoffen, dass er den Alkohol und die Zigaretten nicht riecht … Dabei bin ich mir sicher, dass ich aus jeder Pore nach der Party im *Slaughter* rieche.

»Komm, wir gucken den Anfang der *Ninja Turtles*, okay?« Seine Augen strahlen, als er aufs Bett springt und sich unter meine Decke schiebt. Ich lege mich neben ihn, ziehe ihn an mich heran und schalte den Fernseher an. Es dauert nicht lange, bis mir sein gleichmäßiger Atem verdeutlicht, dass er eingeschlafen ist. Ich streiche über seinen Rotschopf und gebe ihm einen Kuss auf die Stirn. »Alles wird gut, Rubs. Das verspreche ich dir. Das nächste Rennen gewinne ich für dich.«

RUSH

Nachdem ich sie vor ihrer Tür habe stehen lassen, habe ich mich direkt auf den Weg zu meinen Eltern gemacht. Das Kraut vernebelt immer noch meine Sinne, mein Gedächtnis hingegen funktioniert besser als je zuvor.

Noch immer habe ich ihren perfekten Körper vor Augen. Jede Rundung, jeden Muskel. Eines steht fest: Bis jetzt bin ich noch nie einer Frau mit so einer scharfen Zunge begegnet wie ihr.

Die meisten mutieren in meiner Gegenwart eher zu einem Schoßhündchen, so wie die Brillenschlange im Club. Aber Anna. Anna ist erfrischend anders. Und ich könnte mir in den Arsch treten, weil ich sie nicht gleich an der Bushaltestelle gefickt habe. Als ich beschloss, an dem Rennen teilzunehmen, wusste ich bereits, wer sie ist, aber nicht, wie gut sie wirklich ist.

Ich stehe vor dem Eingang unseres Hauses, balle meine Hände zu Fäusten und versuche, einen kühlen Kopf zu bewahren. Für sie.

Ich tue das hier für sie, für niemanden sonst. Nicht für meine Eltern, die sich gewünscht haben, dass ich den Abend bei ihnen und ihrem Besuch verbringe.

Nachdem ich mit zitternden Fingern den Schlüssel aus meiner Tasche gefischt und das Haus aufgeschlossen habe, bereue ich es sofort wieder, überhaupt hergekommen zu sein.

Der Duft ist immer noch Gift für meine Venen, der Anblick wie ein Kopfschuss für meinen brummenden Schädel.

»Hast du das gehört, Raúl?« Die Stimme meiner Mutter wird durch die Tür zum Wohnzimmer gedämpft, und als sie schließlich in ihrem Bademantel vor mir steht, verkrampfe ich mich. Tiefe Schatten liegen unter ihren Augen, die sie sonst unter einer Schicht Make-up versteckt. Damit ja niemand sieht, wie müde und erschöpft sie ist.

»Hast du es dir doch noch anders überlegt?«, fragt sie hoffnungsvoll. Dabei sollte sie am besten wissen, dass ich nicht hier bin, um einen auf heile Familie zu machen.

»Was denkst du?« Ich rede zu barsch mit ihr, aber ich habe meine Gefühle schon den gesamten Abend über nicht im Griff. Jetzt werde ich definitiv nicht mehr damit anfangen, etwas daran zu ändern.

»Deine Tante ist schon im Bett, aber sie würde sich sicher freuen, wenn du morgen zum Frühstück da bist. Sie hat sich auf dich gefreut.« Mein Vater tritt neben sie und grinst mich matt an, dabei würde ich ihm dieses Lächeln gern aus dem Gesicht wischen.

»Meine Tante geht mir am Arsch vorbei. Ich muss nur was holen.« Und mit diesen Worten lasse ich meine Eltern im Flur stehen und steuere die Treppe an. Kurz bevor ich die erste Stufe nehmen kann, packt meine Mutter mich beim Handgelenk und hält mich von meinem Plan ab.

»Rush, jetzt warte doch.« Wütend drehe ich mich zu ihr um, kann aber kaum die Augen offen halten. Sie mustert mein Gesicht, legt ihre Hand an meine Wange und zwingt mich, sie anzusehen.

»Bist du high?« Ihre Frage ist schneidend und traurig zugleich, dabei weiß sie doch, dass ich mich hin und wieder damit betäube. Und dass sie nicht unschuldig an meiner Situation ist. Eher im Gegenteil.

»Selbst wenn – was geht es euch an?« Mein Vater will etwas sagen, hat aber wie immer keinen Arsch in der Hose, um den Mund aufzukriegen. Wie ich es hasse, ihn so sprachlos zu sehen.

»Wieso, Rush? Wieso tust du das deiner Familie an?« Tränen steigen in die Augen meiner Mutter, die mich nicht berühren.

Schon lange nicht mehr. An jenem Tag habe ich aufgehört, darauf zu viel Wert zu legen. Weil ich gesehen habe, wozu diese Monster in der Lage sind und wie leicht es ihnen fällt, ein Spiel zu spielen.

»Weil ich auf euch scheiße«, knurre ich sie an und baue mich vor ihnen auf. »Weil ich euch nicht mehr in eure verlogenen Augen sehen kann, ohne kotzen zu müssen. Ich bin high? Scheiß drauf. Ich bin gern high. Ihr seid Abschaum und versucht mit jedem Mittel, euer Image zu wahren. Aber wisst ihr was? Jeder, der einen Funken gesunden Menschenverstand besitzt, durchschaut euch.«

Meine Mutter zittert und das erste Mal stellt Dad sich zwischen uns. »Rush, das reicht jetzt!« Beinahe schockiert sehe ich ihn an.

Der Kerl kann ja doch den Mund aufmachen. Fast hätte ich vergessen, wie seine Stimme klingt. »Es reicht noch lange nicht. Ihr habt schon vor Jahren das Privileg verloren, dass ich euch zuhöre.

Jetzt lasst mich die Sachen für sie holen, dann bin ich weg und ihr könnt vor eurem Besuch weiter auf heile Familie machen.« Mit diesen Worten stapfe ich nach oben in das Zimmer, das ich in letzter Zeit viel zu selten betreten habe.

Alles hier sieht aus wie damals. Die Wände haben dieselbe Farbe, die Bettwäsche wurde zwar gewechselt, aber es ist immer noch dasselbe Modell. Immer noch dieselben Notizbücher auf dem Schreibtisch. Immer noch dieselben Stifte im Glas daneben.

Einen Moment erlaube ich mir, zu fühlen. Mich zu erinnern. Auch wenn mich die Erinnerungen unter einem Haufen Schutt und Asche begraben. Manchmal brauche ich den Schmerz, um zu atmen. Um zu fühlen.

Danach falle ich vor der Kommode und dem Videorekorder zu Boden, greife mir die alten Kassetten und stopfe sie in meine Tasche.

Sobald ich sie sicher verstaut habe, sehe ich mich noch einmal in dem Raum um. In diesem leblosen Raum. Spüre einen Stich in meiner Brust und Tränen in meine Augen schießen. Hier in diesem Zimmer zu stehen, bewirkt viel zu viel in mir.

Macht mich schwach. Und hier wird mir wieder klar, wer mein eigentlicher Feind ist. Denn es gibt nur eine Person, die ich noch mehr für all das hasse als meine Eltern. Und das bin ich.

ANNA

»Anna Chapman!« René sieht mich wütend an, als ich am Montag den Salon betrete. Ich werfe einen Blick auf die Uhr und fluche in mich hinein. Danach gehe ich hinter den Tresen, schäle mich aus meiner Jacke und verstaue meine Tasche unter dem Tisch.

»Es tut mir so leid!« René verschränkt die Arme vor der Brust und deutet mit dem Kamm in seiner Hand auf mich, als wäre er eine Waffe, mit der er mich erstechen will.

»Hast du mal auf die Uhr geguckt, Madame? Du bist zwanzig Minuten zu spät und ich musste einen Kunden nach Hause schicken.« René ist mein direkter Vorgesetzter, und jedes Mal, wenn ich ihn enttäusche, will ich mir in den Hintern beißen.

»Es tut mir leid, aber ich musste meinen kleinen Bruder noch wegbringen.« Und davor hat Rubs mir verraten, dass Mom sich vor einem halben Jahr bei einem Kuchenbasar angemeldet hat.

Also musste ich ihn absetzen, schnell in die nächste Bäckerei rennen und Kuchen besorgen, damit niemand auf die Idee kommt, Mom anzurufen und sie darauf anzusprechen. Sie würde vermutlich ohnehin nicht ans Telefon gehen, immerhin müsste sie dafür ihr Bett verlassen.

»Und wozu hast du ein Handy?« René kennt meine Ausreden zur Genüge, immerhin kommt es mehr als einmal im Monat vor, dass ich zu spät bin. Ein Wunder, dass ich überhaupt noch hier arbeiten darf und noch nicht auf die Straße gesetzt wurde.

Vielleicht hat er auch einfach nur Erbarmen mit mir, weil er weiß, wie wichtig das Geld ist, was ich hier verdiene. Es ist nicht viel, aber es reicht, um den Kühlschrank zu füllen.

»Ich hab es zu Hause vergessen. Bitte, René, vergib mir. Es kommt auch nie wieder vor, hörst du? Ich beiße mir ab jetzt echt in den Arsch.« Ich ziehe einen Schmollmund und mache große Hundeaugen. Und die ziehen jedes Mal bei ihm. Er winkt mit der Hand ab und verdreht die Augen. »Schon gut, du Nervensäge. Deinen Termin hast du jetzt eh schon verpasst, also mach dir erstmal einen Kaffee und dann ran an den Speck.«

»Ich liebe dich, weißt du das?« Ich presse ihm einen Kuss auf den Mund und umarme ihn stürmisch, bevor ich seine Anweisung befolge und mir in der Küche einen Kaffee koche.

Sobald ich ihn mit ein wenig Honig versüßt habe, gehe ich mit meinem Becher in den Salon zurück. »Sweetheart, den übernimmst du!«, ruft René mir zu und deutet auf den Kunden hinterm Tresen.

Ich bleibe abrupt stehen und verschütte den Kaffee über meiner Hand, als ich sehe, wer da vor mir steht und mich ansieht. »Mist.« Der heiße Kaffee verbrüht meine Haut und ich lasse die Tasse auf dem Tresen stehen. »Doch nicht so unantastbar, was?«

Seine Stimme bringt mich innerhalb weniger Sekunden schon wieder auf die Palme. Dieser Kerl verfolgt mich, eine andere Erklärung finde ich dafür nicht mehr. Erst taucht er beim Rennen auf, dann ist er im selben Club wie ich, lauert mir auf dem Heimweg auf und jetzt das?

Rush steht gewohnt lässig vor mir. Die Hände in den Taschen seiner Lederjacke vergraben, seine Hose wieder so tief auf seinen Hüften, dass man seine Boxershorts sehen kann. Und wieder trägt er die Ketten mit den Nieten an seinen Jeans.

»Ich sagte nicht, dass ich gegen heiße Sachen immun bin. Nur, dass ich gegen dich immun bin«, antworte ich zischend, gehe zum Waschbecken und lasse mir kaltes Wasser über die brennende Haut rinnen.

René wirft mir derweil schon skeptische Blicke zu und deutet mit dem Kopf auf Rush als Zeichen, dass ich ihn gefälligst bedienen soll, wenn ich keinen Ärger mit ihm kriegen will.

Ich setze ihm zuliebe mein bestes Lächeln auf, gehe zu Rush herüber und stütze mich am Tresen ab. Dass sein Blick dabei in meinem Gesicht bleibt und nicht zu meinem Ausschnitt wandert, gleicht einem Wunder. »Was kann ich für dich tun?«, frage ich ihn gespielt freundlich. Seine blauen Augen funkeln belustigt, weil er genau weiß, was er mit mir macht. Weil er weiß, dass ich gerade eine Maske für ihn trage.

Rush beugt sich über den Tisch zu mir herüber und sieht mir tief in die Augen. »Ich bräuchte einen neuen Haarschnitt«, verrät er mir mit raunender Stimme. Fuck, sind das Schauer, die über meinen Rücken laufen? Unsinn! Ich baue mich wieder auf und vergrößere die Distanz zwischen uns, damit mich der Duft nach Zitronengras nicht um den Verstand bringt und Dinge sagen lässt, die ich nicht sagen will.

»Na, dann komm mal mit.« Ich führe ihn zu einem der Spiegel, bitte ihn, Platz zu nehmen, und stelle anschließend den Stuhl auf seine – verdammt große – Größe ein. Ich lege ihm das Cape über die Schultern und verschließe es an seinem Hals absichtlich etwas zu fest.

»Du bist ganz schön mutig, kann das sein?« Mein herausfordernder Blick wird aus strahlenden blauen Augen reflektiert.

»Ich stehe auf Abenteuer«, sagt er schulterzuckend. Danach erklärt er mir, wie ich die Haare schneiden soll und grinst mich frech im Spiegel an. Es gibt nur eine plausible Erklärung für das hier: Alex hat ihm nicht nur verraten, dass ich die Kohle brauche, sondern auch, wo ich arbeite. Die wird was erleben!

»Wer sagt dir, dass du mir trauen kannst?« Eines habe ich in meinem Leben gelernt: Gehe nie zu einem Friseur, dem du nicht vertraust. Mehr als einmal hat man mir die Haare ruiniert, weil man mich nicht leiden konnte.

»Niemand. Ich sagte doch, ich stehe auf Abenteuer.«
Ich versuche derweil, so professionell wie möglich zu
bleiben, schneide die Haare oben etwas ab und stutze
die an der Seite, bis sein Kopf in neuem Glanz erstrahlt.
Dabei hätte ich meine Chance nutzen und sein
perfektes Aussehen mit einem Schnitt ruinieren
können.

Ich fahre mit der Spitze der Schere über seinen
Nacken und anschließend seitlich zu seinem Ohr.
Meine Augen fixieren derweil im Spiegel seine.

»Ich müsste nur einmal zustechen und du würdest
wie ein nasser Sack umkippen«, drohe ich ihm
schmunzelnd. Doch Rush ist abgebrühter, als ich
dachte und so zuckt er nicht mal zurück, als ich die
Spitze etwas tiefer in die dünne Haut unterhalb seines
Ohrläppchens drücke.

»Was macht dich so wütend, *Anna*?« Er sieht mich
interessiert an und tut so, als würde ich sein Leben nicht
in der Hand halten, selbst dann nicht, als ich weiter
nach vorn wandere. Meine Hand hält die Schere jetzt
an seiner Hauptschlagader, aber es interessiert ihn einen
Scheiß, dass ich nur einmal zudrücken müsste.

»Was mich so wütend macht? Soll ich dir jetzt echt
meine Seele ausschütten, damit du mich trösten kannst?
Und was soll es mir bringen?«

Auf keinen Fall werde ich ihm mein Herz
ausschütten, nur weil er nett lächelt. So, wie ich ihn
kennengelernt habe, ist der Kerl alles andere als nett. Er
ist ein manipulatives Miststück, das ein viel zu großes
Ego hat und mit den Frauen spielt, als wären sie

Puppen. »Ich will wissen, was dein Problem mit *mir* ist. Man muss seinen Feind kennen, Anna.« Er kennt meinen Namen sicher, weil wir zusammen an der Startlinie standen. Aber wieso wusste ich dann nichts über ihn?

Aber auch wenn mir die Frage nach der Kohle schon auf der Zunge brennt, seit er den Salon betreten hat, tue ich, als hätte ich das Geld nie gefunden. Es ist besser so. Sonst denkt er noch, ich bin ihm etwas schuldig und ich habe ihn nie um das Geld gebeten.

»Mein Problem mit dir …« Ich beuge mich zu ihm hinab, sodass mein Atem auf seinen Nacken trifft. Er beobachtet mich derweil weiterhin mit ausdrucksloser Miene, als würde ihn meine Nähe kaltlassen. Dabei kann ich unter der Spitze meiner Schere sehen, wie schnell das Blut durch seine Adern pulsiert.

»… ist, dass du mir den Sieg gestohlen hast.« Auch wenn ich darüber mittlerweile hinweg bin. Er lacht aus tiefster Seele, und dass sich meine Schere dabei noch stärker gegen seinen Hals presst, ist ihm egal. Dieser Dreckskerl steht auf Schmerzen, anders kann ich mir das hier nicht erklären.

»Ich bin einfach besser als du, Süße.« Seine Worte entfachen wieder die Wut in mir, die ich Freitagabend verspürt habe, als er mich von der Straße gedrängt hat. Ich drücke noch einmal fest mit der Schere zu, bevor ich sie herunternehme und in meinen Gürtel zu den anderen Werkzeugen stecke. »Du hast mich nur überrascht, Rush. Das heißt noch lange nicht, dass du besser bist als ich. Um besser zu werden, müsstest du noch einiges lernen.« Ich greife nach dem Cape, reiße es ihm vom Hals und schmeiße es wütend neben uns auf den Boden.

Danach stemmt Rush sich hoch und baut sich vor mir auf. Seine Augen fahren über mein weißes Kleid und die braunen Stiefel, die ich dazu trage. Als er mir wieder in die Augen sieht, halte ich den Atem an.

»Das macht zehn Dollar«, sage ich erstickt. Er beugt sich über mich, aber ich bleibe an Ort und Stelle stehen. Er nähert sich mit seinem Mund meinem Ohr und sein Atem fährt rasselnd über meine Haut.

»Ich denke, deine Bezahlung hast du schon bekommen, meinst du nicht?« Und mit diesen Worten lässt er von mir ab und verlässt mit großen Schritten den Salon, ohne mich ein weiteres Mal anzusehen. Ich balle die Hände zu Fäusten und versuche, einen klaren Kopf zu bewahren. »Dieser Mistkerl.«

René taucht hinter mir auf und sieht mit mir gemeinsam nach draußen. Zu meinem Glück scheint er von der Nichtbezahlung nichts mitbekommen zu haben, sonst hätte er ihn schon längst zurück in den Laden geschliffen oder die Bullen gerufen.

»Der war echt süß«, sagt er dunkel. »Wusste gar nicht, dass du einen Fisch an der Angel hast. Und dann auch noch so einen gut aussehenden.«

»Ich habe keinen -«

»Süße. Ich erkenne so was. Der Kerl ist so was von an deiner Angel, ob du willst oder nicht. Wenn du mich fragst, solltest du das nutzen und mitspielen.« Er zwinkert mir zu und deutet anschließend auf den Platz, an dem Rush bis eben noch saß und meine Gedanken infizierte. »Und er hat dir einen Liebesbrief hinterlassen, obwohl du ihn mit der Schere umbringen wolltest«, setzt er hinterher. Ich sehe René mit großen Augen an.

»Du … das hast du gesehen?« Mein Herz schlägt schnell und ich schlucke den Kloß in meinem Hals herunter. René hat gesehen, dass ich ihm gedroht habe, ohne dazwischenzugehen?

»Diese Augen hier sehen alles, Süße.« Er deutet auf seine braunen Iriden. »Aber ich wusste, dass du ihn nur scharfmachen willst.« Mit diesen Worten verschwindet er nach hinten und lässt mich hier allein. Einen Moment stehe ich noch versteinert hinter dem Stuhl, bis mir der Zettel vor dem Spiegel auffällt. Eilig falte ich ihn auseinander und verkrampfe mich am ganzen Körper.

Revanche. Heute Abend, um 20 Uhr, am Pier. Nur du gegen mich.

ANNA

Um kurz vor acht parke ich meinen Wagen auf dem Parkplatz neben dem Pier, an dem das Rennen stattfinden soll. Ich weiß wirklich nicht, wieso ich mich überhaupt hierauf einlasse. Mache ich es nur, weil er mir das Geld gegeben und mir somit den Arsch gerettet hat? Nein. Und auch nicht, weil ich ihm etwas beweisen will. Sondern weil ich *mir* etwas beweisen will. Die Niederlage letzte Woche hat mehr in mir angestellt, als sie sollte.

Jeder kennt Niederlagen. Jeder verliert mal. Aber das hier … diese eine Sache darf ich nicht aus der Hand geben. Sie ist das Einzige, was in meinem Leben gerade noch nach Plan läuft.

Ich blicke in den Spiegel, flechte eilig meine Haare, damit sie mich beim Fahren nicht stören, und lege neuen Lippenstift auf. Wie immer trage ich meine Glücksschuhe und habe eine CD meiner Lieblingsband im Player.

»Du schaffst das, Anna.« Mit diesen Worten steige ich aus und sehe mich am Pier um. Die Sonne steht schon tief und taucht alles in orangefarbenes Licht, nur die wenigen Wolken am Himmel durchbrechen die Farbe. Mein Blick bleibt an der Seebrücke hängen und ich genieße den Anblick des Wassers.

»Du bist tatsächlich gekommen.« Ich zucke unmerklich zusammen, als mich seine Stimme überrumpelt. Ich sehe mich um und entdecke Rush schließlich hinter mir auf seiner Motorhaube sitzend. Er starrt mich an und grinst spöttisch.

»Dachtest du, ich kneife?«, frage ich ihn und runzle die Stirn. In meinen Pumps gehe ich zu ihm herüber und bleibe einen Meter vor seinem Wagen stehen. »Ich kneife nie«, setze ich noch kampflustig hinterher.

Rush springt von seinem Wagen herunter und kommt auf mich zu. Sein neuer Haarschnitt macht ihn noch schöner. Irgendwie so perfekt. Als gäbe es nichts an ihm, das nicht stimmt.

Als er vor mir stehen bleibt und mich – wie jedes Mal – bedrängt, bleibe ich standhaft. Erst als sein Atem auf mein Schlüsselbein trifft, bin ich gewillt, einfach abzuhauen und ihn hier stehen zu lassen. Dieser Atem lenkt mich definitiv zu sehr vom Wesentlichen ab!

»Das sah vorhin noch ganz anders aus, Kitten.« Wieder dieser alberne Spitzname, der mich zur Weißglut treibt.

»Ich weiß nicht, was du meinst.« Und ich weiß es wirklich nicht. Der Typ hat mich zweimal gesehen und tut schon so, als würde er mich in- und auswendig kennen. Dabei gibt es niemanden, der mich wirklich in all meinen Facetten kennt.

»Im Salon?« Er fährt mit seinem Blick über mein Gesicht. »Du hättest mich mit einem Stich töten können. Aber hier stehe ich – lebendig – und bringe dich schon wieder zum Rasen.« Ich balle die Hände zu Fäusten und verenge die Augen, weil er mich an unser Treffen heute Morgen erinnert.

»Du hast recht.« Seine Miene ist unergründlich, während ich weiterspreche. »Ich hätte dich abstechen sollen. Beim nächsten Mal bin ich schlauer, versprochen, *Schoßhündchen*.« Mein Name für ihn bringt ihn zum Strahlen, dabei habe ich damit etwas ganz anderes beabsichtigt.

»Schoßhündchen?«, wiederholt er lachend.

»Du nennst mich Kitten, ich dich Schoßhündchen. Das ist nur fair. Und jetzt lass uns fahren, bevor ich vor Langeweile umkippe.« Rush zieht einen Mundwinkel nach oben und steckt mir anschließend einen Zettel zu. Ich falte ihn auseinander und entdecke eine Adresse darauf.

»Pier F Ave? Ist das nicht der Hafen am Long Beach?«, frage ich neugierig. Rush geht zu seinem Supra herüber und öffnet die Fahrertür. Bevor er einsteigt, verharrt er und sieht mich herausfordernd an.

»Das ist unser Ziel. Wer zuerst da ist, hat gewonnen. Ganz einfach.« Ehe ich etwas erwidern kann, ist er eingestiegen, aber so leicht lasse ich mich nicht abwimmeln. Wütend stapfe ich zu seinem Fenster und klopfe solange gegen die Scheibe, bis er sie öffnet. Sofort strömt der Geruch nach Hash in mein Gesicht.

»Das ist doch kein Rennen!«, protestiere ich und funkle ihn an. »Doch, mein Rennen, meine Regeln. Du kannst alle Wege nehmen, die du kennst. Es zählt nur, wer zuerst da ist. Viel Glück, Kitten.«

Und mit diesen Worten fährt die Scheibe wieder nach oben. Ich drücke ihm meinen Mittelfinger gegen das Glas und sehe ihn wütend an. »Ich werde dir den Arsch aufreißen, Schoßhündchen.« Und mit diesen Worten und einem Zwinkern lasse ich ihn in seiner Karre zurück und gehe zu meinem Baby herüber. Eines steht fest: Wenn ich ihn jetzt nicht schlage, werde ich mir das niemals verzeihen.

Sofort pulsiert das Benzin in meinen Venen, als ich den Motor starte und neben Rush parke, bis es losgeht. Wir werfen uns durch die Fenster letzte Blicke zu, bevor wir nicken und Gas geben. Es dauert nicht lange, bis ich mir im Kopf einen Plan zurechtgelegt habe.

Durch die Rennen in den letzten Jahren habe ich das Straßennetz in unserer Gegend in- und auswendig gelernt. Ich weiß, welcher Weg der schnellste ist, und welcher durch zu viel Verkehr und zu viele Bullen blockiert wird. Ich werde den Waves Ocean Blvd nehmen, um dann über die 20th St. auf meine Zielstraße zu kommen.

Aber die Kunst liegt darin, die kleinen Gassen und Abkürzungen zu kennen, die mich dorthin bringen. Anfangs befinden wir uns auf einer Höhe, wir blockieren beide Fahrspuren, weil wir allein auf dem Asphalt sind, und als uns ein Wagen entgegenkommt, dränge ich Rush soweit zurück, dass er gezwungen ist, hinter mir einzuscheren. Ich werfe einen Blick in den Rückspiegel und könnte schwören, dass er flucht. Dass er es hasst, mich auch nur eine Sekunde lang vorne zu sehen.

Ich stelle das Radio lauter, sodass *Never Be the Same* von Innocence & Instinct den Wagen erfüllt. Ich schließe für einen kurzen Moment die Augen, lasse den Text und die dunkle Stimme des Sängers auf mich wirken, um danach noch entschlossener Gas zu geben.

Rush klebt mir immer noch am Arsch, doch als ich schließlich in eine unscheinbare Gasse links abbiege, sobald die Luft rein ist, fährt er weiter und verliert den Faden.

»Jackpot!«, kreische ich in meinem Auto, weil ich mir sicher bin, dass er gerade seinen ersten gravierenden Fehler gemacht hat. Vom Pier aus bis zum Hafen sind es nur wenige Kilometer und das Rennen sollte nicht länger als zwanzig Minuten dauern, wenn ich mich nicht verkalkuliere.

Ich skippe den Song weiter, und als *Fight Inside* ertönt, weiß ich, dass ich dieses Mal als Sieger aus meiner schwarzen Schönheit steigen werde.

Auch wenn es hier nur um meine Ehre und nicht ums Geld geht, will ich diesen Sieg für mich. Nicht für Ruby, nicht für Mom, und auch nicht für Rushs viel zu großes Ego. Sondern nur für mich allein. In den letzten Jahren hat das, was ich will, viel zu sehr unter den Umständen zu Hause gelitten. Damit muss wenigstens heute Nacht Schluss sein.

Ich bin mir sicher, dass Rush mittlerweile mindestens drei Nebenstraßen von mir entfernt ist, und als ich mit Glück eine Grünphase der Ampeln erwische, will ich innerlich mit mir selbst einschlagen.

Eines steht fest: Der Straßengott ist heute definitiv auf meiner Seite. Und ich bin zu gespannt auf sein dämliches Gesicht, wenn er als Zweiter am Hafen ankommt.

Ein weiteres Lied geht vorbei und macht einem nächsten Platz, als ich endlich den Ocean Waves Blvd erreiche und den Tacho nach oben jage. Prüfend sehe ich mich in den Spiegeln um, aber von dem grünen Supra fehlt bis jetzt jede Spur. Entweder er ist wirklich viel langsamer als ich, oder er hat ein Schlupfloch entdeckt und mich überholt.

Gerade als ich die Einbiegung zur 20th St. nehmen will, taucht Rush auf der Bildfläche auf. »Von der Seaside?«, frage ich verwirrt und versuche, seine Strecke zu rekonstruieren, komme aber zu keinem plausiblen Weg, den er eingeschlagen haben könnte. Sobald er mich entdeckt, drückt er aufs Gas und sein Motor heult auf.

Wir liefern uns auf der 20th St. ein Kopf-an-Kopf-Rennen. »Vergiss es«, knurre ich, bringe den Wagen an seine Grenzen und rausche über den Asphalt, bis die Reifen glühen und ich von unserer Umgebung kaum noch etwas erkennen kann.

Und auch, als wir schließlich die Zielstraße erreichen, bleibt Rush mir viel zu dicht auf den Fersen. Ich dränge ihn gekonnt zur Seite und er muss ausweichen, weil mein Blech sonst mit seinem kollidiert. Typisch Mann. Hauptsache, sein Liebling bekommt keinen Kratzer. Ich gewinne lieber und habe dafür eine Schramme im Lack, als zu verlieren.

Ich dränge ihn so lange ab, bis er schließlich hinter mich fällt und ich die Gerade der Strecke ausnutze, um auch den Rest aus meiner Schönheit herauszuholen.

Sekunden später erreichen wir schließlich das Ende des menschenleeren Hafens, an dem ich mit quietschenden Reifen – und als Erstes - zum Stehen komme.

»Yes!« Mein Herz schlägt schnell in meiner Brust und ich zittere am ganzen Körper, als ich aussteige und auf seinen Wagen zurenne, der jetzt hinter mir zum Stehen kommt. Reines Adrenalin jagt durch meine Venen, als er den Motor abstellt.

»Fick dich, Rush.« Mit diesen Worten feiere ich meinen Sieg und warte auf seine Reaktion. Er steigt langsam aus seinem Wagen aus, sieht mich über das Dach des Autos an und klatscht in die Hände.

»Nicht schlecht«, sagt er schließlich. Weil mir seine immer noch überhebliche Art auf den Zünder geht, stapfe ich zu ihm herüber und baue mich vor ihm auf.

»Nicht schlecht? Ich bin besser als du, Rush. Und jetzt halte dich von meinen Straßen fern, verstanden?« Ich stemme die Hände in die Hüften und sehe ihn feixend an. Auch wenn es ein Kopf-an-Kopf-Sieg war, habe ich gewonnen. Letztendlich zählt nur, wer auf dem Treppchen ganz oben steht. Mehr nicht. Mehr hat nie gezählt.

»Wieso ist dir das so wichtig?« Plötzlich wirkt er ernst und das erste Mal trägt sein Gesicht nicht dieses egoistische Lachen. Etwas überrumpelt von seiner Frage, lasse ich die Hände von meinen Hüften ab.

»Was meinst du?«, frage ich und überspiele meine Unsicherheit, so gut es geht. Solange die Gespräche zwischen mir und anderen oberflächlich bleiben, bin ich gut in meiner Show. Aber sein Blick geht mir viel zu tief. Rush schlägt seine Wagentür zu und kommt auf mich zu. Vor mir bleibt er stehen und mustert mich interessiert.

»Wieso, um Himmels willen, war dir der Sieg hier so wichtig? Wem willst du was beweisen, Kitten?« Er stellt eindeutig die falschen Fragen!

»Weil ich die Bessere von uns bin. Und weil ich es *dir* beweisen wollte. Das letztens war ein Ausrutscher.« Meine Antwort kommt bei Weitem nicht so stark und machtvoll über meine Lippen, wie ich es beabsichtigt habe. Rush fährt mit seinen blauen Augen über meine Lippen und wieder hoch zu meinen Augen.

»Denkst du wirklich, dass du der eine Diamant unter tausend Steinen bist, Süße?« Seine Frage lässt mich schlucken.

»Soll ich dir etwas sagen? Es gibt keine verfickten Diamanten unter uns Menschen.« Noch immer nagelt mich sein Blick an Ort und Stelle fest, während die Luft in meiner Lunge dünn wird. Was wird das? Und wieso habe ich das Gefühl, Schmerz in seinen Augen aufflimmern zu sehen?

»Im Grunde gehören wir alle in die Hölle. Du. Ich. Deine kleine Freundin, die mir ohne Weiteres alles über dich preisgegeben hat. Wir alle haben Dämonen in uns, die uns zu Sündern machen, Anna. Also bleibt uns nichts anderes übrig, als den Teufel zu ficken, anstatt vergeblich zu versuchen, in den Himmel zu kommen.« Ich wende den Blick ab, weil mir die Richtung absolut nicht gefällt. Was zur Hölle soll das?

»Ich sollte jetzt gehen«, antworte ich schließlich, weil ich keine Lust mehr habe, weiter hier mit ihm am Wasser zu stehen und mir von ihm eine Predigt anhören zu müssen. Als wäre der Kerl in der Position, mir Lektionen zu erteilen. Dass ich nicht lache.

Gerade, als ich mich umdrehen und gehen will, hält Rush mich zurück. Seine Hand legt sich um meine Taille und in Sekundenschnelle liege ich in seinen Armen.

In seinen … viel zu warmen Armen. Viel zu starke Arme. Meine Atmung geht schnell, als ich sehe, wie dicht sein Mund an meinem ist. Seine Hand verweilt einen Moment auf meiner Taille, bevor sie nach oben wandert und an meiner Wange innehält.

»Was wird das hier?«, frage ich ihn erstickt und versuche, nicht an seine vollen Lippen zu denken, die meinen viel zu nah sind.

»Ich zeige dir, dass ich kein Schoßhündchen bin, Kitten.« Und mit diesen Worten liegen seine Lippen auf meinen. Erst sanft, dann wild. Seine Zunge schiebt sich bestimmend in meinen Mund und als er meinen Zopf in seine Hand nimmt und an ihm zieht, seufze ich in seine Mundhöhle. Meine Hände fahren automatisch zu seiner stark definierten Brust unter dem dunklen Shirt. Diese Muskeln ... machen mich schwach. Verdammt, wieso lasse ich es zu, dass er mich in der Hand hat? Mich hat nie jemand in der Hand!

Rush beißt mir auf die Unterlippe, sodass mich ein stechender Schmerz heimsucht, und als er mich mit einem Ruck gegen seinen Wagen schubst, zergehe ich in seinen Armen zu Wachs.

Er schiebt sein Knie zwischen meine Beine, küsst mich, hält mich. Und als seine Lippen meinen Mund verlassen und nach unten wandern, werde ich feucht. Viel zu feucht für einen Wichser wie ihn.

Aber die Art und Weise, wie er sich nimmt, was er will, gefällt mir. Weil sie mich daran erinnert, wie ich handle, wenn ich etwas will. Ich kralle mich in seinen frisch geschnittenen Haaren fest und lege den Kopf gegen den Wagen in den Nacken.

Als Rush mein Top nach unten zieht und mit seiner Zunge über meine Brustwarze fährt, zittere ich am ganzen Körper.

Derweil übt sein Knie den perfekten Druck auf meine Mitte aus und ich beginne, mich auf ihm zu bewegen. Ganz langsam. Ganz zaghaft. Ganz ... perfekt. Er fickt mich mit seinem Knie und ich lasse es ohne Weiteres zu.

Je länger er mich mit Küssen bedeckt, die mich das Rennen und all das Adrenalin vergessen lassen, desto willenloser werde ich. Und als er schließlich sanft in meine Brustwarze beißt und sein Knie noch stärker gegen mein Zentrum drückt, komme ich stöhnend zum Höhepunkt. Keuchend spanne ich meine Glieder an, bohre meine Nägel in seinen Nacken und spüre den Orgasmus in jeder Pore meines Körpers.

Unser beider Atem geht schnell und ruckartig, sein Körper steht unter Storm und meiner verwandelt sich in Wackelpudding.

»Steig ein«, raunt er dicht an meiner Schläfe. Ich stelle mich auf, spüre aber, dass meine Beine immer noch keinen festen Halt haben. Als er von mir ablässt, sacke ich beinahe nach unten. »Was?«

Rush öffnet die Beifahrertür und deutet mit dem Kopf in den Wagen. »Steig ein. Ich will dir etwas zeigen.« Seine Augen wirken so ehrlich, dass ich keine Sekunde zögere, sondern sofort zu ihm gehe und einsteige.

Was zur Hölle tue ich hier? Wo habe ich meinen Verstand gelassen? Ich sollte sofort in meine Schönheit steigen, ihm meinen Mittelfinger zeigen und nach Hause zu Ruby fahren, um den Abend bei meinem kleinen Bruder zu verbringen. Stattdessen bleibe ich sitzen und schnalle mich an.

Rush steigt neben mir ein, startet den Motor, und lässt meinen Wagen schließlich hier am Hafen zurück. »Werde ich es bereuen?«

Meine Frage ist auf diese Fahrt hier bezogen, dabei meine ich sie innerlich viel allgemeiner. Rush funkelt mich düster an und grinst dieses teuflische Grinsen, als wüsste er, dass ich mit der Frage so viel mehr meine.

»Definitiv.« Und mit diesen Worten gibt er Gas und ich genieße den Moment. Genieße es, diese Leidenschaft mit jemandem teilen zu können. Auch wenn ich ihn eigentlich gar nicht ausstehen kann.

RUSH

»Ich war noch nie hier«, gesteht Anna mir und ich sehe sie schockiert an. »Moment mal – du wohnst dein ganzes Leben schon hier?« Sie nickt und folgt mir in den Park. Sie senkt den Blick, obwohl sie sonst immer die Nase am Himmel trägt und jedem zeigt, dass sie die Beste ist.

»Wie kann man noch nie im Griffith Park gewesen sein? Meine Eltern haben mich damals immer her geschliffen.« Uns her geschliffen. Aber ich will sie nicht unnötige Fragen stellen lassen, also beiße ich mir auf die Zunge.

Wieso ich überhaupt mit ihr hier bin, weiß ich nicht. Vielleicht hatte ich einfach keinen Bock, jetzt nach Hause zu gehen. Vielleicht finde ich Kitten aber auch einfach nur interessanter, als ich mir eingestehen will. Und eines muss ich ihr lassen: Wenn sie kommt, ist sie das Schärfste, was ich je gesehen habe.

»Meine Familie ist anders«, antwortet sie und zuckt mit den Schultern. *Ja, Anna. Meine Familie ist auch anders.* Und meistens ist anders ein anderes Wort für Scheiße, wer wüsste das besser als ich?

»Gibt es überhaupt noch normale Familien?« Wir laufen über den Sandweg, über den heute sicher schon Tausende Touris geschlendert sind, aber um diese Uhrzeit ist der Park so gut wie leer. Außer zwei dunklen Gestalten, die auf der Bank unter dem Baum links knutschen, sind wir allein hier. Anna hat ihre Arme um ihren Körper geschlungen und sieht verloren auf den Weg und das Observatorium vor uns.

»Ich denke nicht. Die meisten spielen doch bloß eine Show, damit niemand sieht, wie verrückt es hinter verschlossenen Türen abgeht.« Am liebsten würde ich ihr sagen, dass sie gerade meine Familie beschrieben hat, aber, im Grunde genommen, geht es sie nichts an. So wie ihr Drama mich nichts angehen sollte.

»Ich denke schon, dass es irgendwo auf der Welt Leute gibt, die einfach glücklich mit dem sind, was sie haben. Aber die kann man wohl an einer Hand abzählen.«

Eine Weile gehen wir weiter, ohne etwas zu sagen. Und als wir schließlich vor dem Observatorium stehen, stoppt Anna und starrt es wie den Heiligen Gral an.

»Wow.« Sie wächst am Boden fest und sieht auf das kuppelförmige Gebäude, das bei Nacht beleuchtet ist. Und ich weiß, wieso sie so erstaunt ist. Hätte ich es nicht schon tausendmal gesehen, wäre ich vermutlich auch so aus dem Häuschen.

»Ich kann es immer noch nicht fassen, dass du noch nie im größten Park Kaliforniens warst, Kitten.« Sie wirft mir einen wütenden Blick zu und geht weiter.

»Das ist wirklich schön«, wispert sie und dreht sich einmal im Kreis. Dabei bauscht sich ihr Rock auf und ich kann fast einen Blick auf ihren Arsch werfen.

Gott, wenn sie nicht aufpasst, ficke ich sie heute noch ganz unsittlich hier im Park und beschmutze diesen heiligen Ort.

»Und dabei hast du das Beste noch gar nicht gesehen.« Ich gehe, ohne auf sie zu warten, weiter. Und als wir schließlich die Plattform des Observatoriums erreichen, kann ich hören, dass ihr Atem stockt.

Vor uns erstreckt sich L.A. in tausend Lichter getaucht. Von hier aus hat man den perfekten Blick über Los Angeles und den Pazifik.

»Träume ich?« Sie geht an den Rand der Plattform und starrt nach unten, als hätte sie noch nie etwas Schöneres gesehen. Ich zünde mir eine Kippe an und setze mich an den Rand.

»Keine Ahnung. Siehst du mich nackt?« Dank meiner Frage löst sie den Blick von L.A. und sieht fragend und verwirrt zu mir herüber. »Nein?«

»Dann träumst du auch nicht«, sage ich und zwinkere ihr zu.

»Ich kann dich nicht sonderlich leiden, weißt du das?« Mit diesen Worten kommt sie zu mir herüber und setzt sich in den Schneidersitz neben mich. Zu meinem Pech ist der Rock zu lang und ich kann ihren Slip nicht sehen, dabei würde ich nichts lieber, als sie nackt zu sehen. »Kein Problem.« Ich puste den Qualm aus und lege den Kopf in den Nacken. »Ich kann mich selbst nicht leiden«, verrate ich ihr und spüre wieder dieses

Ziehen in meiner Brust. Für einen Moment kehrt Stille zwischen uns ein und sie sieht mich voller Mitleid an. Fuck, Kitten kann Mitleid empfinden?

Nach unserer ersten Begegnung vor dem Club dachte ich, die Kleine wäre der Teufel in Person. Und ich liebe es, mit dem Feuer zu spielen. Vielleicht ist sie die perfekte Ablenkung zu meinem eigenen Drama.

»Kiffst du gerade echt, obwohl du noch fahren musst?« Ich bin ihr dankbar, dass sie nicht nachfragt, wieso ich mich selbst nicht ausstehen kann, immerhin bin ich nicht hier, um mich von ihr therapieren zu lassen.

Ich nehme die Kippe zwischen meine Finger und halte sie ihr gegen die vollen Lippen. Im ersten Moment zögert sie, doch als ich nicke, nimmt sie einen Zug. Danach bläst sie den Rauch aus. Das hier ist sicher nicht ihr erster Zug an einer Kippe, denn sie zieht ihn ohne Probleme in ihre Lunge.

»Nur eine Zigarette also?«, fragt sie mich und ich nicke. »Ich kiffe nicht beim Fahren.« Anna sieht mich stirnrunzelnd an und klopft mit ihren Fingern auf ihre nackten Knie. Dabei würde ich viel lieber meine Finger auf ihren Schenkeln sehen.

»Und was war an dem Abend des Rennens? Du hast gekifft!«, erinnert sie mich an unser erstes richtiges Aufeinandertreffen.

»Und danach habe ich dich zu Fuß verfolgt, wenn ich mich recht erinnere.« Beim Gedanken an unser folgendes Gespräch hält sie den Atem an. Sie drückt die Kippe auf dem Beton aus und schnipst sie weg. »Wie könnte ich das vergessen. Du warst unausstehlich. Außerdem steht niemand auf Stalker.« Doch das erste Mal kann ich ein kleines Lächeln auf ihren Lippen sehen, während sie mich beleidigt.

»Und ich habe gelogen«, setze ich noch hinterher. Neugierig wartet sie auf meine Antwort, während es um uns herum immer dunkler wird und die Lichter der Stadt immer präsenter werden.

»Inwiefern?« Sie dreht sich in meine Richtung.

»Ich habe gesagt, dass ich keinen Quickie mit dir in der Bushaltestelle will.« Sie ahnt schon, worauf das hier hinausläuft, hält aber den Mund. Braves Mädchen.

»In Wahrheit wollte ich dich ficken«, sage ich schließlich schulterzuckend. Sie schüttelt den Kopf und verfällt anschließend in Gelächter. Sie lacht aus ganzem Herzen und so laut, dass man es sicher selbst da unten auf den Straßen L.A.s hören kann.

»Was gibt's da zu lachen?« Sie hat Tränen in den Augen und wischt sie sich mit bebenden Schultern weg. »Ich weiß es nicht. Sicher, dass da kein Kraut drin war?« Sie deutet auf den Kippenstummel in der Ferne. Als sie sich endlich wieder gefangen hat, räuspert sie sich.

»Sorry, Rush. Aber du hast es echt nicht drauf, eine Frau anzumachen.« Will sie mich verarschen? Die Frauen liegen mir zu Füßen, und ich habe ganz sicher nicht übersehen, wie ihr perfekter Körper auf mich reagiert.

Sie lügt. Und ich werde ihr zeigen, dass sie in meiner Gegenwart lieber ehrlich sein sollte, wenn ich die Wahrheit nicht aus ihr herausvögeln soll. In den

89

nächsten Minuten sagt keiner mehr etwas, wir starren einfach nur nach unten auf die Stadt und die Lichter.

»Wieso hast du mich hergebracht?«, fragt sie aus dem Zusammenhang gerissen. Und ich frage mich immer noch, was mich dazu getrieben hat.

Ich hätte mich nicht mal auf dieses Rennen einlassen sollen. Und ganz sicher hätte ich sie nicht an meiner Karre zum Kommen bringen sollen. Und am allerwenigsten sollte ich jetzt mit ihr hier sein.

»Keine Ahnung. Ich komme immer her, wenn ich keinen Bock auf die Stadt hab«, antworte ich ehrlich. Sie sieht mich voller Verständnis an, und ich bin mir sicher, dass sie des Öfteren vor etwas wegrennt. Ihre grünen Augen sehen mich scannend an.

»Das Geld.« Sie spielt nervös am Saum ihres Rockes und lässt mich nicht aus den Augen. »Wieso hast du mir das Geld gegeben?« Bis jetzt hat sie das Thema totgeschwiegen und getan, als hätte ich ihr nicht den hübschen Arsch gerettet.

Ich überlege, ob ich ihr die Wahrheit sagen oder lügen soll. Die Wahrheit ist, dass ich Mitleid hatte, als Alex mir nach ihrer Flucht betrunken erzählt hat, dass Anna Todesangst hat und das Geld braucht.

»Ich brauche die Kohle nicht so dringend«, lüge ich schließlich, weil ich nicht in der Stimmung für die Wahrheit bin. Sie nickt schmallippig, als hätte sie es längst gewusst. Dabei weiß Kitten gar nichts. Nichts, was wichtig ist. Es gibt nur einen Menschen auf der Welt, der mich wirklich kennt, und der wurde mir entrissen.

»Danke.« Es ist das erste Mal, dass sie etwas Nettes zu mir sagt, und wenn ich ehrlich bin, gefällt mir ihre kratzbürstige Art besser. Jetzt wirkt sie wie ein geprügelter Welpe und ich habe keinen Bock, dass sie damit meine Stimmung noch weiter nach unten zieht. Jeder von uns hat seine Probleme.

»Also fährst du wirklich nur zum Spaß«, setzt sie noch anklagend hinterher. Sie vergräbt das Gesicht in ihren Händen und atmet tief durch. Ihr liegen Sachen auf den Lippen, die sie um jeden Preis zurückhalten will.

»Wieso fährst du?« Ich bohre weiter nach, weil ich es aus ihrem Mund hören will. Was zur Hölle ist in mich gefahren? Wieso interessieren mich die Probleme dieser Kleinen? Fuck, ich sollte mich dringend ablenken.

Ich sollte alles tun, aber nicht hier mit ihr an MEINEM Ort hocken und ihren Seelenklempner spielen. Doch als sie den Mund schließlich öffnet und somit auch einen anderen Teil von sich, will ich keinen Rückzieher mehr machen.

»Meine Mutter hat Depressionen«, sagt sie schwach. Ihr Blick ist auf die Stadt gerichtet und sie spielt noch nervöser an ihrem Rock herum.

Weil ich weiß, wie sie sich gerade fühlt, hole ich meine Kippen heraus und halte ihr meine Schachtel hin. Sie nimmt eine heraus und steckt sie dankbar zwischen ihre perfekten Lippen. Sobald ich sie angezündet habe, zieht sie daran und entspannt sich. »Schon als ich ein Teenie war, habe ich den großen Teil der Erziehung meines Bruders übernommen. Habe immer öfter

91

gekocht, weil sie vergessen hat, einzukaufen, oder aufgeräumt, wenn sie zu müde war. Als sie dann ihren Job verloren hat, weil sie es nie pünktlich zur Arbeit geschafft hat, ging es stetig bergab.

Im Prinzip habe ich nur noch für die Schule und meinen Bruder gelebt. Ich habe keine Freunde getroffen und hatte auch sonst keine Freizeit mehr.« Wieder ein Zug an ihrer Kippe.

»Gott, ich weiß gar nicht, wieso ich dir das erzähle. Nicht mal Alex weiß das hier.« Sie lacht lieblos auf. Ich antworte nicht, weil ich weiß, dass sie keine Antwort braucht. Mittlerweile ist es frisch hier oben und ich sehe, dass sie zittert. Ob vor Kälte oder aufgrund der Erinnerungen, weiß ich nicht.

»Wie auch immer. Das Leben ist scheiße. Und vielleicht hast du sogar recht und es gibt keine Diamanten unter uns Menschen. Aber das hindert mich nicht daran, es zu versuchen.

Ich lande eh in der Hölle, wie wir alle, aber ein kleiner Teil in mir versucht, für meinen Bruder daran zu glauben, dass es einen Himmel gibt.« Bei ihrem letzten Satz sieht sie mich aus entschlossenen Augen an. Sobald die Kippe heruntergebrannt ist, schnipst sie den Stummel weg und steht auf. Dabei bin ich kurz davor, etwas zu erwidern.

»Du solltest mich jetzt zurückfahren. Mein Bruder wartet sicher schon auf mich.« Ich stemme mich hoch und folge ihr lautlos zurück durch den Park und zum Wagen. Bevor sie einsteigen kann, halte ich sie zurück und presse sie wie vorhin gegen die Karosserie.

»Was wird das jetzt?«, fragt sie aus dem Konzept gerissen. Die Traurigkeit von eben ist gewichen und sie hat wieder ihre Maske aufgesetzt, die ihre Gefühle verbirgt.

Ich beuge mich hinab und verharre mit meinen Lippen über ihrer Haut, direkt über ihrer Hauptschlagader. Ich sehe, wie sich die Haare an ihren Armen aufstellen und ihr Atem wie vorhin am Hafen abflacht. Und immer noch riecht sie verdammt verführerisch nach einem Abenteuer.

»Ich wollte dich nur daran erinnern, dass ich es sehr wohl draufhabe«, raune ich und spüre, dass sie mit aller Macht versucht, die Zeichen ihres Körpers zu überspielen. Sie dreht den Kopf weg und verkneift sich ein Lächeln.

»Oder hast du vergessen, dass du vorhin auf meinem Knie gekommen bist, Kitten? Ich bin mir sicher, dass es noch nach deiner Pussy riecht.« Ich lege meine Hand an ihren Hals, als würde ich sie würgen wollen, und drehe ihren Kopf in meine Richtung.

Unsere Lippen sind sich so nah, dass ich ihren Atem auf mir spüre und hart werde. Ihre grünen Augen flackern und ich würde sie gern hier auf der Stelle ein zweites Mal vom Gegenteil überzeugen. Aber ich bin an diesem Abend schon in so vielen Hinsichten zu weit gegangen, dass ich mich davon abhalten muss.

»Merk dir eins, Anna. Unterschätz mich nicht.« Sie sagt nichts, weil sie weiß, dass ich recht habe. Ihr Körper zittert unter meinen Berührungen und ich bin mir sicher, dass sie nur einen Kuss bräuchte, um zu kommen. Unsere Körper bleiben an Ort und Stelle, ihrer dicht an meinem, mein Knie wieder zwischen ihren verführerischen Schenkeln.

Und als ich von ihr ablasse und zur Fahrerseite herübergehe, sieht sie mich über den Wagen hinweg an und mustert mein Gesicht, als würde sie darin lesen wollen.

»Weißt du was, Rush?« Ich warte ab, was sie mir zu sagen hat, und kann sehen, dass ihr das folgende Geständnis schwerfällt.

»Ich bin vielleicht ganz froh, dass ich dich im Salon nicht erstochen habe. Mach das nicht kaputt, okay?« Und mit diesen Worten und einem kessen Grinsen auf den Lippen steigt sie ein. Ich tue es ihr gleich, zwinkere ihr zu, starte den Motor und gebe mich mit ihr an meiner Seite unserer gemeinsamen Leidenschaft hin …

ANNA

»Also. Was soll ich zaubern?« Ich stehe hinter Alex und sehe sie im Spiegel an. Sie dreht ihren Kopf von links nach rechts, teilt eine große Strähne vom Rest ab und legt sie über ihre Stirn. »Was meinst du? Pony?« Dann lässt sie die Strähne an ihre ursprüngliche Position fallen. »Oder kein Pony?«

»Definitiv kein Pony. Damit siehst du aus wie zwölf!« Ich muss lachen und kämme ihren dichten Bob einfach kräftig durch. »Hey, nicht so doll!«, jault sie, und schlägt meine Hand mitsamt Bürste weg.

»Hab ich dir irgendwas getan oder wieso massakrierst du mich hier?« Als ich das nächste Mal zum Bürsten ansetze, mache ich es sanft, dabei will ich ihr vielleicht sogar wehtun, damit sie weiß, dass ich sauer auf sie bin. Zwar nicht sonderlich doll, aber trotzdem bin ich wütend.

»Verdient hättest du es«, sage ich und recke das Kinn. Seit dem Rennen am Pier und dem, was danach passiert ist, sind vier Tage vergangen. Vier Tage, in denen Rush nicht mehr versucht hat, mich zu verfolgen oder auf die Palme zu bringen.

Und wenn ich ehrlich bin, vermisse ich es sogar.

»Und was habe ich Schreckliches getan, damit du deiner besten Freundin das Genick beim Kämmen brechen willst?«

Alex steht auf dem Schlauch, dabei liegt die Antwort doch längst auf der Hand. Es gibt nur eine Sache, die sie in unserer Freundschaft bis jetzt verzapft hat.

»Du hast Rush alles erzählt. Alles. Meinen Namen, die Sache mit dem Geld, du hast ihm sogar gesagt, wo ich arbeite!«, blubbert alles aus mir heraus. Sie hält den Atem an und schürzt die Lippen.

»Zu meiner Verteidigung: Er war scharf und ich betrunken. Gefährliche Mischung und das weißt du auch.« Mit einem vernichtenden Blick bringe ich sie zum Schweigen. Alex dreht sich auf dem Stuhl im Kreis, sodass sie mich ansehen kann. Von Angesicht zu Angesicht.

»Es tut mir leid. Kommt nie wieder vor.«

»Wird es auch nicht. Jetzt weiß er ja schon alles.« Zu meinem Schock ist das nicht mal übertrieben, immerhin habe ich ihm an diesem Abend sogar von meiner depressiven Mutter erzählt.

Wie konnte ich nur? Nicht einmal Alex weiß, was genau mit meiner Mutter nicht stimmt, dafür weiß Rush es jetzt.

»Hey, Süße. Verzeih mir, okay?« Sie schmollt und ich knicke Sekunden später bereits ein, weil ich, wenn es sie nicht gäbe und Rush mir nicht das Geld gegeben hätte, vermutlich schon eine Blutlache am Boden wäre.

Zu meinem Glück konnte ich die Miete zahlen und mir den Zorn des Vermieters für weitere dreißig Tage vom Hals schaffen.

»Und was läuft jetzt zwischen dir und Rush?«, fragt sie schließlich und dreht sich wieder um, sodass wir uns im Spiegel ansehen. Ich zucke mit den Schultern.

»Nichts.«

»Nichts?« Sie hebt die Brauen. »Er hat dir 'ne Menge Geld geliehen.«

»Und mich im Salon aufgesucht und zu einem Rennen aufgefordert. Und?« Ihre Züge entgleiten ihr. Mist, ich sollte mehr nachdenken, bevor ich spreche …

»Was für ein Rennen, Süße?« Derweil schneide ich mit der Splissschere die kaputten Haare weg. »Ach, nur so ein kleines. Nur er gegen mich, damit ich meine Revanche habe«, wimmle ich sie schnell ab.

»Und, wer hat gewonnen?« Ich grinse. »Was denkst du?« Stolz legt sich auf ihr Gesicht, der jedes Mal auf ihm auftaucht, wenn ich ein Rennen gewinne.

»Du bist die Beste, das sage ich doch immer wieder! Und gab es danach heißen Belohnungssex?« Ich verschlucke mich an meiner Spucke, weil sie gar nicht so weit von der Wahrheit entfernt ist.

»Nur einen Belohnungsorgasmus«, sage ich, als wäre nichts dabei. Als wäre es nicht seltsam, dass ich das zugelassen habe, obwohl ich ihn nicht sonderlich gut leiden kann. An diesem Abend hatte ich das Gefühl, auf eine andere Art verstanden zu werden.

»Wow. Ich dachte, Leo wäre eher der Sex- anstatt der Pettingtyp.« Sie lacht. Und das erste Mal, seit Rush in mein Leben getreten ist, denke ich an Leo. Meinen Nicht-Freund, mit dem ich dennoch hin und wieder das Bett teile.

Alex sieht mich im Spiegel stirnrunzelnd an und zählt eins und eins zusammen. »Moment!« Sie dreht sich wieder in meine Richtung und ich lasse die Schere sinken. »Was?«

»Nein!« Sie steht auf und baut sich vor mir auf, was aufgrund des Capes und ihrer kleinen Größe witzig aussieht. »Diesen Blick kenne ich!« Sie zeigt auf mich, als wäre ich eine Schwerverbrecherin.

»Der Belohnungsorgasmus kam von IHM?« Sie spricht die Frage so laut aus, dass René zwei Frisiertische neben uns alles mit anhört und in sich hineingrinst.

»Und kurz vorher wollte sie ihn genau auf diesem Stuhl mit einer Schere ermorden. Wenn du mich fragst, sind die beiden total ineinander verschossen«, mischt er sich ein und ich bringe ihn mit einem Blick zum Schweigen.

»Alter, Anna. Wie konnte das denn passieren? Weiß Leo davon?« Ich lege die Hände auf ihre Schultern und drücke sie zurück auf den Stuhl. Danach drehe ich sie um und schüttle den Kopf.

»Ich bin ihm keine Rechenschaft schuldig. Leo und ich sind Freunde«, erinnere ich sie, obwohl sie das längst wissen sollte.

Sie nickt etwas verständnislos und sagt nichts weiter. Dabei habe ich das Gefühl, dass sie in diesem Punkt nicht meiner Meinung ist.

Ohne weiter auf das Thema einzugehen, mache ich meinen Job und hake die Kategorie »Männer« für heute ab …

***

»Hey, Honey.« Es ist bereits mitten in der Nacht und die Party im *Slaughter* ist am Kochen, als Leo sich zu mir an die Bar gesellt und mir einen Kuss auf den Nacken gibt.

»Hey«, antworte ich kurz angebunden. Seit Alex mich auf meine Beziehung zu ihm angesprochen hat, habe ich Angst, dass er vielleicht doch mehr hier hineininterpretieren könnte, als wir zu Beginn abgemacht hatten.

Doch als er einer Kleinen, die neben mir an der Bar sitzt, unverfroren in den Ausschnitt starrt, obwohl ich neben ihm stehe, entspanne ich mich. Definitiv hat er nicht bloß Augen für mich, das steht fest.

»Da bist du ja! Ich dachte schon, du kommst nicht!« Alex schlingt ihre Arme um meinen Hals. »Hey, neue Frisur?« Leo spricht sie auf den neuen Kurzhaarschnitt an, der ihr wahnsinnig gut steht. Sie sieht aus wie eine junge Anne Hathaway mit Brille.

»Jup. Anna hat ganze Arbeit geleistet«, sagt sie stolz. »Wollen wir tanzen gehen, Süße?« Sie wartet nicht einmal meine Antwort ab, stattdessen zerrt sie mich direkt vom Hocker herunter und schleift mich auf die

Tanzfläche. Diese ist zum Brechen voll mit unter Drogen stehenden Häschen und betrunkenen Kerlen.

»Endlich können wir mal wieder abfeiern.« Alex ist zwar klein, aber sie bewegt das, was sie hat, wie eine Göttin. Während ich langsam entspanne und ebenfalls zu tanzen beginne, ist sie bereits so in ihrem Element, dass sie nichts mehr um sich herum mitbekommt. Ich lege den Kopf in den Nacken, wiege die Hüften zur Musik und genieße, dass der Beat durch meinen Körper wabert.

Auch wenn ich oft hier bin, tanze ich an den wenigstens Abenden davon. Weil ich lieber an der Bar sitze und die Leute beobachte, als selbst zur Zielscheibe zu werden.

Als ich den Kopf wieder nach unten nehme und einen blonden Haarschopf in der Menge hinter der Tanzfläche entdecke, den ich sofort erkenne, halte ich an.

»Rush?« Sein Name entflieht mir, obwohl ihn niemand, und vor allem er nicht, hören kann. Und als ich das nächste Mal sogar in sein Gesicht sehen kann, runzle ich die Stirn. Seine Augen, die sonst immer so entschlossen und klar wirken, sehen selbst auf die Entfernung komisch aus.

»Bin mal kurz weg«, sage ich zu Alex, die immer noch in ihrer eigenen Welt tanzt und mich nicht mal bemerkt. Mühsam kämpfe ich mich an den Rand der Tanzfläche und entdecke Rush, wie er sich am Türrahmen zum Klo abstützt.

Sein Stand ist alles andere als stabil, und als ich ihm auf die Schulter tippe, dreht er sich etwas zu verspätet zu mir um.

Als er mich erkennt, was eindeutig zu lange dauert, grinst er mit kleinen Augen. Er ist bekifft, daran besteht kein Zweifel. Und wenn ich raten müsste, würde ich sagen, dass er auch andere Sachen intus hat.

»Kitten«, lallt er. Mit der einen Hand am Türrahmen und der anderen an meiner Hüfte, starrt er mich an. Sein Kopf bewegt sich wie bei einem Wackeldackel. Ich schiebe seine Finger von meiner Hüfte und sehe ihn vorwurfsvoll an.

»Du bist ja völlig dicht«, sage ich etwas zu anklagend. Es sollte mir egal sein, wieso er sich so abschießt, aber irgendwie gibt es da einen Teil in mir, der sich Sorgen um diesen Vollidioten macht, obwohl er mir egal ist.

Nur, weil wir einen netten Abend zusammen verbrachten haben, heißt das noch lange nicht, dass das hier mein Problem sein sollte. In dieser Sekunde mache ich es freiwillig dazu.

»Ein kleines bisschen, Kitten. Was bist du? Die Spaßpolizei?« Bei seinem letzten Wort lacht er lauthals und ich schlage ihm meine Hand einmal ins Gesicht. Nicht stark, aber mit genug Druck, dass sein Blick für einen Moment aufklart und sein Lachen verklingt.

»Du hast mich geschlagen«, sagt er verdutzt und fährt mit seiner Hand zu der Stelle, an der eben noch meine klebte.

Dafür muss er den Türrahmen jedoch loslassen und sackt nach vorn, direkt in meine Arme. Nur mit Mühe und Not schaffe ich es, ihn so zu stützen, dass er nicht am Boden aufschlägt.

Wenn ich mich nicht täusche, kann man sogar den Abdruck meiner Hand auf seiner Wange sehen und ich fühle pure Genugtuung in meiner Brust.

»Und ich schlage dich gleich noch ein zweites Mal, wenn du dich nicht zusammenreißt.« Sein Gesicht ist blass und irgendetwas stimmt nicht mit ihm. Auf keinen Fall habe ich Bock, heute noch einen Krankenwagen rufen zu müssen, weil er sich nicht im Griff hat.

»Warum hast du dir so die Kante gegeben, Rush?«, frage ich über den Lärm im Club hinweg, aber er steht kurz davor, mir auf die Füße zu kotzen, das sehe ich ihm an.

»Ich sag dir, wenn du mir auf meine Glückspumps kotzt, lasse ich dich hier liegen und gucke dich nie wieder mit dem Arsch an«, warne ich ihn spitz.

Meine Warnung scheint tatsächlich durchzudringen, denn er stellt sich augenblicklich aufrechter hin und strafft die Schultern.

»Wäre schade um deinen Arsch.« Da ist er wieder. Der Wichser vom Dienst, der mich in dieser Sekunde auf meinen Hintern reduziert. Eigentlich sollte ich ihm dafür noch ein Bein stellen und ihn auf die Schnauze fliegen lassen. Ich packe ihn am Ärmel und bugsiere ihn zu den Männerklos. Ohne lange zu fackeln, stoße ich die Tür auf. »Hey, Kleine. Leicht verirrt? Oder hast du einen Schwanz?«

Mehrere Kerle stehen an den Pissbecken und sehen mich grinsend an. Die meisten davon sind mindestens genauso dicht wie Rush, und als einer seinen Schwanz in meine Richtung hält und mir vor die Füße pisst, baut Rush sich zwischen uns auf.

»Pack deinen Schwanz ein und scher dich hier raus, bevor ich mich vergesse«, knurrt er, als wäre er ganz bei Verstand. Moment mal – verteidigt er mich gerade? Obwohl er total neben der Spur ist und nicht mal seinen Namen buchstabieren könnte?

Ich kann nicht verhindern, dass ich mich geschmeichelt fühle, als ich ihn zum Waschbecken schiebe, das Wasser anstelle und seinen Kopf mit einem Ruck unter den Strahl presse. Er zuckt unter mir zurück wie ein Fisch an Land.

»Alter«, schreit er, weil das Wasser eiskalt ist. Ich drücke ihn noch einen Moment nach unten, damit er wieder klar im Kopf wird, und als ich der Meinung bin, dass er genug gelitten hat, stelle ich den Wasserhahn ab. Irgendwie befriedigt es mich, ihn leiden zu sehen.

»Spinnst du? Das war scheiße kalt«, knurrt er und baut sich vor mir auf. Während ich schlucke und selbst die pissenden Kerle im Raum vergesse, weil ich nur Augen für ihn habe.

Seine Wangen sind jetzt nicht mehr weiß, sondern leicht rot. Seine Haare sind durch die Nässe dunkel verfärbt und hängen ihm in die strahlend blauen Augen. Augen, die mich auf einmal wieder ganz klar und intensiv mustern.

»Wer sich abschießt, muss damit leben.« Ich reiche ihm ein paar Papiertücher, damit er sich das Gesicht und den Nacken trocknen kann und schleife ihn anschließend wieder nach draußen.

»Und was genau wird das hier, Kitten?« Allmählich kommt wieder die gewohnte überhebliche Farbe in seine Stimme zurück und ich bereue es, ihm überhaupt geholfen zu haben.

Dennoch ziehe ich ihn weiter durch den Club und in Richtung Ausgang. »Die Party ist für dich vorbei. Wonach sieht es denn aus?« Meine Frage klingt spitz und er lacht als Antwort. »Und was bist du? Meine Mutter?«

»Nein. Ich bin dein schlimmster Albtraum«, antworte ich wie aus der Pistole geschossen. Ich vergesse völlig, Alex und Leo Bescheid zu geben, aber als wir nach draußen treten, habe ich auch keine Lust mehr, noch einmal in den Schuppen zu gehen, um es nachzuholen. Ich werde ihnen später einfach eine Nachricht schreiben und sie bitten, mich nicht zu suchen.

Rush stolziert derweil – auf relativ unsicheren Beinen – zum gegenüberliegenden Parkplatz und zückt seinen Autoschlüssel. Sekunden später gehen die Lichter seines Supras an.

»Und was wird das jetzt?«, frage ich ihn und habe Probleme, in den Schuhen mit ihm Schritt zu halten. Rush geht derweil weiter stur auf seinen Wagen zu.

»Ich fahre nach Hause.« Seine Worte sorgen für ein Ziehen in meiner Brust und Sekunden später renne ich, um mich ihm in den Weg zu stellen.

Sein Haar ist noch nass und das Wasser tropft auf mein Gesicht. Wieso muss er so unfassbar gut aussehen? Wieso kann er nicht wenigstens im betrunkenen Zustand abstoßend für mich sein?

»Vergiss es. Du steigst so nicht in dein Auto. Verstanden? Du sagtest, du fährst nicht, wenn du drauf bist«, erinnere ich ihn an seine Prinzipien. Er will widersprechen, aber ich entreiße ihm den Schlüssel und gehe schnellen Schrittes auf den Toyota zu. Als ich vor ihm ankomme und die Fahrertür öffne, schnappt er nach Luft.

»Was wird das, Kitten?« Dabei bin ich mir sicher, dass er längst weiß, was ich vorhabe. Und er wird mich davon nicht abhalten können.

»Ich werde nicht schuld daran sein, dass du am nächsten Baum kleben bleibst. Ich fahre dich, versuche gar nicht erst, mich davon abzuhalten.«

Und mit diesen Worten steige ich ein und eine Gänsehaut überkommt mich, als das kühle Leder meine Haut trifft. Ich liebe meine schwarze Schönheit, aber dieser Wagen strahlt eine ganze besondere Aura aus.

»Ich lasse nie jemanden fahren«, sagt Rush ernst, als er mich durch die Windschutzscheibe mustert. Gott, er ist wirklich viel zu heiß für seinen erbärmlichen Zustand. Kann er nicht wenigstens in den Busch nebenan kotzen, damit er mich abturnt?

»Tja, dann ist das hier die Premiere. Und jetzt steig ein!« Anfangs glaube ich, dass er mich nicht fahren lassen wird, doch als er schließlich neben mir auf der Beifahrerseite einsteigt, kann ich mir ein Lächeln nicht verkneifen. Ich starte den Motor und fahre aus der Lücke heraus.

Gewonnen, Rush.

Wieder einmal.

ANNA

»Was? Gefällt es dir, mich zu beobachten?« Rush hat mir die Adresse gesagt und ich bin froh, dass er die noch im Gedächtnis hatte, obwohl sein Körper nur noch aus Kraut und Alkohol besteht. »Was glaubst du?«, fragt er und sieht mich weiter hemmungslos an. Dieser Kerl kennt wirklich keine Grenzen.

»Wenn du mich fragst, bist du eindeutig ein Stalker. Anders kann ich mir dein Verhalten nicht erklären.« Ich grinse, dabei grinse ich selten ernst gemeint.

Aber dieses Mal … dieses Mal ist es irgendwie anders. Sonst überspiele ich meine wahren Gedanken, aber in seiner Nähe verspüre ich irgendwie das Bedürfnis, die Wahrheit zu sagen.

»Ich habe dich nicht gebeten, meinen Babysitter zu spielen. Und noch weniger, dass du mich in *meinem* Wagen nach Hause fährst. Niemand fährt meinen Wagen außer mir.«

Ich werfe ihm einen Seitenblick zu und würde ihm meinen Triumph am liebsten in jeder freien Sekunde unter die Nase reiben.

»Anscheinend fährt sehr wohl jemand diesen Wagen außer dir. Nämlich ich.« Er rümpft die Nase, legt den Kopf zurück und schließt die Augen. Wetten, dass der Glückspilz morgen nicht einmal mit einem Kater wach wird? Wenn ich zu tief ins Glas schaue, kann man mich drei Tage lang vergessen.

»Wenn ich nachher einen Kratzer im Lack haben sollte, bist du tot. Hoffentlich bist du dir darüber im Klaren, Kitten.« Mittlerweile glaube ich, dass er wirklich klar im Kopf ist. Anscheinend hat die Unter-Wasser-Aktion ihre Wirkung gezeigt.

»Hast du vergessen, dass ich die Beste in dem Gebiet bin? Meine Schönheit hat noch nie einen Kratzer einstecken müssen.« So ganz stimmt das zwar nicht, aber das ist nichts, was er wissen muss. Er soll ruhig im Glauben sein, dass mir niemand etwas anhaben kann. Denn nur so werde ich wirklich unantastbar für die Außenwelt.

»Wie auch immer. Danke«, murmelt er schließlich und bringt mich damit noch mehr aus dem Konzept als mit seinen sonst überheblichen Sprüchen. Er blickt mich nicht an, aber dafür sehe ich ihn einen Moment zu lange an. Sein Profil ist markant und auf seltsame Weise hypnotisierend. Ich sehe viele schöne Männer. Im Salon, bei den Rennen. Aber dieses Exemplar neben mir ist in seiner Schönheit besonders.

Als er die Augen geschlossen hält, konzentriere ich mich darauf, ihn einfach so schnell wie möglich nach Hause zu bringen und mir dann zu überlegen, wie ich selbst nach Hause kommen soll.

Ich war zu Fuß im *Slaughter*, deshalb steht mein Wagen brav in seiner Garage. Entweder ich laufe nach Hause, was ewig dauern könnte, oder ich rufe mir ein Taxi. Aber das Geld, was ich im Salon verdiene, sollte ich definitiv nicht für so etwas aus dem Fenster werfen, sonst stehe ich nächste Woche ohne Essen für Ruby da.

Sobald ich die Adresse erreicht habe, die Rush mir gegeben hat, parke ich vor dem Wohnhaus und halte den Atem an. Beinahe entflieht mir ein verächtliches Lachen.

Ich wusste, dass der Kerl Kohle hat. Die Wohngegend schreit förmlich nach Wohlstand, während man bei uns in der Gegend nach zehn Uhr lieber nicht mehr auf die Straße gehen sollte. Hier reiht sich ein schönes Apartment an das nächste und das Hässlichste, was es hier gibt, ist die etwas abgeranzte Straße.

»Wir sind da.« Rush schlägt die Lider auf, und sobald ich mich im Licht der Laternen in seinen blauen Augen verliere, werden meine Knie weich.

Rush steigt aus, und als er für einen kurzen Moment das Gleichgewicht verliert, bin ich schneller bei ihm, als ich gucken kann. Dabei sollte ich ihn ab jetzt eigentlich sich selbst überlassen und verschwinden, weil das hier garantiert nicht auf meinem Tagesplan stand, als ich heute Morgen wach wurde.

»Okay, okay, du Hecht. Anscheinend kannst du echt nichts ab, kann das sein? Komm.« Der kurze Schlaf im Auto hat seinen Zustand wieder verschlimmert und so muss ich meine ganze Kraft aufwenden, um ihn sicher zur Haustür zu bringen. Ohne auf eine Reaktion von ihm zu warten, suche ich in seinen Taschen nach dem Schlüssel und schließe die Wohnung auf.

Sein Duft hängt überall in der Luft und verpestet meine Lunge. Wieso kann der Kerl nicht wenigstens nach Schweiß stinken? Selbst betrunken riecht er immer noch verführerischer als der Rest der Männerwelt. »Wo ist dein Schlafzimmer?«, frage ich ihn atemlos. Er grinst mich breit an und zieht die Brauen nach oben.

»Das ging schneller als gedacht, Kitten.« Ich tadle ihn mit meinem Blick, weil er sich seine Sprüche jetzt wirklich klemmen kann, und suche selbst nach dem Schlafzimmer.

Sobald ich es in der – wirklich schönen – Wohnung gefunden habe, bugsiere ich Rush zum Bett, auf das er sich sofort wie eine Leiche fallen lässt und knipse ein Nachtlicht an. Weil ich keine Zeit habe, mich hier drin umzusehen, setze ich meinen Tunnelblick ein und fokussiere mich nur auf ihn.

»Ziehst du mich jetzt aus?« Seine Frage lässt mich wieder nur den Kopf schütteln. Dieser Kerl denkt definitiv viel zu viel an Sex. Ich gehe vor dem Bett auf die Knie und streife ihm zumindest die Schuhe ab. Danach setze ich ihn auf, um ihm das Shirt auszuziehen. Die Jeans kann er anlassen, ich werde einen Teufel tun und an seiner Hose spielen.

Im ersten Moment sind die definierten Muskeln alles, was ich sehe. Doch je länger ich ihn mustere, desto mehr fallen mir andere Merkmale an ihm auf.

Merkmale, die ich lieber nicht gesehen hätte. Das Erste, was ich sehe, ist ein Piercing, das durch seine rechte Brustwarze gestochen wurde. Allein bei seinem Anblick schmerzt es in meiner eigenen und ich sehe mir den Körper weiter an. Bis mein Atem stockt.

Weiße Striemen an seinen Armen, die mir bis jetzt nie aufgefallen sind, übersäen seine Haut. Dass es Narben sind, sieht jeder Laie. Dass sie schmerzhaft gewesen sein müssen, auch.

Rush folgt meinem Blick und sieht auf seine Narben, sagt aber nichts. Stattdessen sieht er mich ausdruckslos an und wartet, bis ich ihn darauf anspreche.

Aber das werde ich nicht. Ich weiß zu gut, wie es ist, wenn man gezwungen wird, über Themen zu reden, über die man nicht sprechen will. In solchen Momenten würde man sich am liebsten einfach in Luft auflösen oder auf etwas einprügeln.

»Du solltest jetzt schlafen, Rush.« Ich sammle meine Tasche vom Boden auf und lege sie über meine Schulter. Bevor ich das Zimmer verlassen kann, hält er mich zurück.

Rush sitzt wie ein nasser Sack vor mir auf dem Bett und greift schnell nach meiner Hand. Auch wenn er erschöpft ist, sein Griff ist immer noch kraftvoll und entschlossen.

»Moment – was ist mit dir?« Seine Frage erinnert mich daran, dass ich selbst noch nicht weiß, wie ich jetzt nach Hause kommen soll.

»Ich werde mir ein Taxi rufen. Glaube ich«, antworte ich, denke aber nicht daran, von ihm abzulassen.

Irgendetwas an seinem Blick hält mich hier gefangen und ich kann nicht sagen, was es ist. Was mich hier festhält, ohne dass ich es kontrollieren kann.

»Du kannst hierbleiben.« Sein Vorschlag ist purer Nonsens, das weiß ich. Wieso denke ich dann überhaupt darüber nach?

»Hierbleiben? Und wie stellst du dir das vor? Sollen wir im Bett kuscheln und auf Pärchen machen?«, spotte ich, weil ich überspielen will, dass der Gedanke gar nicht so übel ist. Ich übernachte nie bei einem Mann und nie ein Mann bei mir. Das hier wäre so etwas wie die Premiere.

»Nicht wie ein Paar. Aber … vielleicht wie Freunde.« Mist, wieso sieht er dabei so ehrlich aus? Wieso ist er nicht genauso nervtötend wie sonst auch? Er muss nur einen blöden Spruch bringen und ich suche liebend gern das Weite.

Aber nichts dergleichen passiert. Stattdessen behält er meine Hand in seiner und zieht mich aufs Bett herauf, bis ich neben ihm liege. Meine Tasche rutscht von den Schultern und ich lasse sie neben das Bett auf den Boden fallen.

Rush schlägt die Decke zurück und bittet mich, darunter zu krabbeln. Ich streife mir die Schuhe von den Füßen und folge seiner Bitte. »Das hier ist das Verrückteste, was ich je getan habe«, gestehe ich und lache.

Dabei versuche ich bloß, meine Unsicherheit zu überspielen. Scheiße, ich soll unsicher sein? Dieses Wort kannte ich bis zu diesem Abend nicht einmal.

»Du hast mich vorhin fast unter einem Wasserstrahl ersoffen und wolltest mich im Salon mit einer Schere töten. Ich denke, das hier ist harmlos für deine Verhältnisse.«

Dieses Mal lache ich aus ganzem Herzen und vergesse, dass ich nicht hier sein sollte. Dass ich nach Hause zu Ruby gehen sollte, anstatt hier zu bleiben. Aber das Bett ist viel bequemer als meines und die Matratze tut meinem geschundenen Rücken wirklich gut …

»Das ist es, was man mit Stalkern macht«, antworte ich. Rush legt die Decke enger über mich und schiebt sich anschließend ebenfalls darunter. Mein Blick wandert über den leichten Bartschatten hinunter zu seiner Brust und anschließend wieder zu den weißen Narben an seinen Armen. Ich muss schlucken.

»Ich stalke dich gern«, sagt er so ehrlich, dass mein Herz schneller schlägt und meine Beine wieder zu zittern beginnen.

Er ist mir viel zu nah. Er war mir schon viel zu oft viel zu nah. Wenn Leo wüsste, dass ich hier neben ihm liege. Um neben ihm zu schlafen, anstatt MIT ihm zu schlafen …

Er würde mich für verrückt erklären. Und Alex würde dasselbe tun, weil ich die Chance nicht nutze, sondern meine Finger bei mir behalte.

»Vielleicht finde ich es auch gar nicht mehr so schlimm.« Mein Geständnis entlockt ihm ein zaghaftes Lächeln, das meine Abneigung ihm gegenüber weiter verkleinert. Seine Augen werden schwach und so fallen seine Lider Sekunden später zu.

»Rush?«

Er grinst leicht.

»Ja?«

»Wieso hast du dich heute Abend so gehen lassen? Was ist passiert?« Ich sollte ihn nicht fragen, aber ich muss es einfach wissen. Muss wissen, was ihn derart im Griff hatte, dass er so übertreiben musste und fast im Krankenhaus gelandet wäre. Einen Moment lang sagt er nichts.

»Dämonen«, murmelt er. »Meine Dämonen sind passiert, Anna.« Und dann höre ich an seinem gleichmäßigen Atem, dass er eingeschlafen ist. Dabei würde ich zu gern wissen, welche Dämonen er meint … und ob ich stark genug bin, um gegen sie zu kämpfen. Oder ob jeder Kampf zwecklos wäre.

**

»Ruby, mach die Vorhänge zu«, murmle ich, weil ich noch nicht bereit bin, aufzustehen, und das Licht viel zu grell ist. Und als es hell bleibt, ziehe ich mein Kopfkissen vor das Gesicht und inhaliere einen Duft, der normalerweise nicht meine Bettwäsche benetzt. Ob es das neue Waschmittel ist?

»Ruby?«, rufe ich unsicher. Doch das Einzige, was ich als Antwort bekomme, ist weitere Stille. Ich ziehe mir das Kissen vom Gesicht und blinzle den verschwommenen Film vor meinen Augen weg.

Je länger ich hier liege und an eine Decke starre, die viel zu sauber für die in meinem Zimmer ist, desto mulmiger wird mir. Und als ich mich schließlich an die letzten vierundzwanzig Stunden erinnere, erstarre ich.

Die Party.

Rush.

Sein Absturz.

Ich in seinem Wagen.

Er neben mir.

Ich in seinem Bett.

Er neben mir.

Ich setze mich erschrocken auf und bin plötzlich von null auf hundert hellwach. Wie konnte ich auch nur für eine verdammte Sekunde vergessen, wo und wie ich hier gelandet bin?

Mein Blick wandert durch das Zimmer, und als ich eine Bewegung im Augenwinkel sehe, schnellen meine Augen direkt in seine.

Blaue Augen, die mich fragend mustern. Rush lehnt bereits angezogen neben der Tür, die Hände in den Taschen seiner Jeans vergraben, und sieht mich starr an. Als er meinen geschockten Ausdruck wahrnimmt, zuckt einer seiner Mundwinkel ganz leicht nach oben.

»Wer ist Ruby?« Seine Frage lässt mich schlucken. Ich erinnere mich schon gar nicht mehr daran, seinen Namen ausgesprochen zu haben. Ich blicke an mir hinab und stelle zufrieden fest, dass ich immer noch meine Kleidung von gestern Nacht trage.

»Niemand«, antworte ich und wische mir den Schlaf aus den Augen. Ich darf Rush nicht noch weiter in mein Leben einweihen, und wenn ich jemanden vor allem beschützen will, ist es mein kleiner Bruder. Auch wenn ich mir mittlerweile sicher bin, dass von ihm keine Gefahr ausgeht, will ich nicht, dass er noch mehr von meinem Leben erfährt.

Wenn dich die Leute kennen, wirst du angreifbar. Meine Familie ist mein größter Angriffspunkt und gleichzeitig meine größte Schwachstelle.

»Wie spät ist es?« Ich greife zum Boden, um meine Tasche aufzuheben, fische mein Handy heraus und springe panisch vom Bett, als ich die Uhrzeit sehe. Das kann nicht wahr sein!

»Bitte sag mir, dass meine Uhr falsch geht und es nicht schon zwölf Uhr mittags ist«, jammere ich und schlüpfe eilig in meine Schuhe, die ich unordentlich neben dem Bett ausgezogen habe.

»Deine Uhr geht wirklich falsch. Es ist schon eins«, korrigiert Rush mich und ich lasse mich theatralisch aufs Bett fallen. »Fuck, fuck, fuck.« René wird mich töten! Und nachdem er mich getötet hat, wird er meinen Leichnam als Trophäe in seinen Schrank stellen!

»Wieso hast du mich nicht geweckt, Rush? Es gibt Leute, die arbeiten müssen! Und dazu zähle zufälligerweise ich!« Mit diesen Worten lege ich die Tasche über meine Schulter und renne zur Tür. Vor ihm bleibe ich stehen, weil Rush mir jetzt den Weg versperrt und mich nicht durchlässt. Hätte ich mehr Kraft, würde ich ihn einfach zur Seite schieben oder mit einem Judotrick zu Boden ringen, aber die Nacht steckt immer noch in meinen Gliedern.

»Du hast so friedlich ausgesehen.« Und er hat recht. Ich hatte in meinem Leben vermutlich noch keine erholsamere Nacht als die in diesem Traum von einem Bett.

Noch jetzt fühlt sich mein Rücken von der Matratze gestreichelt. Allein beim Gedanken an die Pritsche in meinem Zimmer bekomme ich wieder Rückenschmerzen. Dabei ist mein Bett wirklich das geringste Übel zu Hause.

»Und ich wäre noch friedlicher, wenn ich pünktlich im Salon sein würde, bevor mein Boss mir den Kopf abtrennt oder ich auf der Straße lande.«

Ich habe ihm versprochen, nie wieder zu spät zu kommen und jetzt? Halte ich mein Versprechen nicht einmal eine Woche durch. Und Schuld ist der Kerl vor mir, der sich durch nichts aus der Ruhe bringen lässt. Hat er mir überhaupt zugehört?

»Wann musst du da sein?« Seine Haare sind noch nass, vermutlich, weil er gerade aus der Dusche gekommen ist. Und er sollte so früh am Tag nicht so schön aussehen.

Ich will lieber keinen Blick in den Spiegel werfen, ich bin mir sicher, dass René mich in meinem Aufzug auf keinen Fall arbeiten lassen wird.

117

Bei meinem Glück schickt er mich zum Duschen heim, aber das ändert nichts daran, dass ich wenigstens pünktlich da sein sollte.

»In zwanzig Minuten?« Dabei weiß ich, dass ich es unter keinen Umständen schaffen kann. Immerhin habe ich kein Auto da und zu Fuß brauche ich sicher das Dreifache an Zeit.

Wieso hat mich sein Wohl gestern überhaupt so geschert? Hätte ich ihn doch bloß in seinem Drama gelassen, anstatt ihm zu helfen. Dann wäre ich jetzt schon auf dem Weg in den Salon und müsste mir keine Sorgen um meinen Job machen.

Eigentlich habe ich mir vorgenommen, früh um sieben aufzustehen und nach Hause zu gehen, bevor Ruby wach wird. Mist. Ich habe wirklich alles gegen die Wand gefahren.

Außerdem werde ich so Rubys Lehrerin erklären müssen, wieso ich ihn heute nicht gebracht habe. Scheiße, wie konnte ich so egoistisch sein? Eines steht fest: Ich muss Ruby anrufen und ihm sagen, dass mit mir alles okay ist, bevor er noch auf die Idee kommt, mich zu suchen.

Rush lächelt mich an, verlässt das Schlafzimmer, um sich im Flur eine Jacke anzuziehen, und öffnet anschließend die Wohnungstür.

»Ich fahre dich.« Auch wenn ich sein Angebot zu schätzen weiß, ist mir klar, dass wir es selbst mit dem Auto nicht schaffen können. Wir bräuchten eine verdammte Zeitmaschine, um noch rechtzeitig anzukommen.

118

»Wenn du nicht zaubern kannst, werden wir nie pünktlich sein, Rush.« Ich tippe bereits eine Nachricht an René ein, aber Rush packt mich so rasch bei der Hand, dass ich die App aus Versehen schließe.

»Du hast vergessen, wie gut ich fahren kann, Kitten. Und jetzt schwing deinen Arsch aus meiner Wohnung, sonst trage ich dich zu meinem Auto.«

RUSH

»Hey, Mrs. Raines.« Ich trommle mit den Fingern auf die Tischplatte zwischen uns, bis sie mich ansieht. Sofort entstehen Lachfalten um ihren Mund herum, weil sie mich sieht. »Oh, Rush. Schön, dass du da bist. Sie ist schon ganz aufgeregt.« Beim Gedanken an sie muss ich lächeln, auch wenn jedes Lächeln Schmerzen bereitet. Sie sollte sich über ganz andere Dinge in ihrem Leben freuen. Nicht nur über meinen Besuch. Aber ich weiß, dass meine Besuche ihre Highlights sind.

»Ist es okay, wenn ich heute etwas länger als sonst bleibe?« Ich stelle meine Tasche auf dem Tresen ab und deute auf sie. Mrs. Raines sieht neugierig hinein.

»Oh, ihre Lieblingsfilme?«, fragt sie und ihre alten Augen strahlen. Sie arbeitet schon seit Ewigkeiten hier und wenn ich ehrlich bin, mag ich die Dame mehr als meine eigene Mutter.

Sie hat mich von Anfang an auf einer Ebene verstanden, auf der ich sonst immer unverstanden blieb.

»So in der Art, ja.« Sie wirft einen Blick auf die Uhr. »Um vier hat sie einen Termin mit dem Doktor, Rush, aber bis dahin kannst du in Ruhe mit ihr die Filme ansehen. Sie wird sich sehr freuen, da bin ich mir sicher.« Sie tätschelt mütterlich meinen Arm, öffnet das Gästebuch und schiebt es zu mir herüber, nachdem sie meinen Namen notiert hat. Ich unterzeichne an der vorgesehenen Stelle und grinse sie dankbar an.

»Na dann mal los. Bevor sie noch einen Aufstand macht, weil du zu spät bist. Du kennst sie ja.« Ich nehme die Tasche mit den Filmen wieder an mich und gehe durch die große Glastür in den Flur, der zu den Zimmern führt.

Jedes Mal, wenn ich den Gang entlanggehe, in dem es nach Medizin und Desinfektionsmitteln riecht, würde ich am liebsten wieder umdrehen. Aber ich kann nicht. Ich habe ihr diesen Besuch versprochen, also werde ich ihn auch einhalten. Auf keinen Fall kann ich sie schon wieder enttäuschen.

Stattdessen steuere ich ihr Zimmer an, das am Zipfel des Ganges auf der rechten Seite liegt. Ich habe die Schwestern so lange belagert, bis sie ihr dieses Zimmer gegeben haben.

Schließlich liebt sie den Ausblick aufs Wasser. Sie sollte wenigstens etwas hier drin haben, was ihr Freude bereitet, wenn ich nicht da bin.

Ein lautes Lachen erklingt aus ihrem Zimmer, das mich die Zähne zusammenbeißen lässt. Ich liebe ihr Lachen, aber nur, wenn es nicht gezwungen ist.

Und das hier klingt gezwungen. Ich klopfe zaghaft an ihre Tür und trete schließlich ein, ohne auf ihre Erlaubnis zu warten.

»Rush!« Sie springt von ihrem Bett herunter und rennt wackelig auf mich zu. Ich lasse die Tasche zu Boden fallen und schlinge die Arme um sie. Inhaliere ihren vertrauten Geruch und vergrabe das Gesicht in ihrem weichen, blonden Haar.

»Hey, Abby. Schön langsam, okay?« Sie löst sich von mir und grinst dieses schiefe Lächeln. Nicht, weil sie es will, sondern weil es nicht mehr anders geht.

Ihre linke Gesichtshälfte macht nur selten das, was sie ihr befiehlt. Anfangs hatte ich Probleme damit, sie anzusehen, mittlerweile weiß ich, dass sie in jedem Zustand schön ist. Ich streiche mit dem Daumen über ihre rosige Wange.

»Gut siehst du aus, Abigail.« Als Antwort lacht sie. Sekunden später hat sie ihre Gefühle wieder nicht im Griff und schluchzt.

Aber ohne Tränen.

Ich habe sie lange nicht mehr weinen sehen und ich wünschte mir, ich müsste es auch nie wieder. Nichts reißt mich stärker zu Boden, als sie weinen zu sehen.

»Du auch«, sagt sie kichernd.

»Komm, setz dich. Ich habe was für dich mitgebracht.« Schnell schnappe ich mir die Tasche, begleite Abigail zu ihrem Bett in ihrem Zimmer und lege sie auf der Matratze ab. »Ein Geschenk? Für mich?« Sie klatscht in die Hände und rutscht auf das Bett herauf. Ich nicke, öffne den Reißverschluss und lasse sie reingucken. Sofort hat sie sich eine der Kassetten geschnappt. »Sind das Filme?«, fragt sie stockend. Und es bricht mir das Herz, dass sie die Kassetten nicht sofort erkennt. Früher haben wir sie so oft gesehen, dass sie jedes Wort mitsprechen konnte, jetzt starrt sie sie an, als hätte sie noch keine davon in der Hand gehalten. *Du kennst sie, Abigail. In- und auswendig. Du hast es nur vergessen.*

»Komm. Ich lege eine ein.« Nachdem ich mir eine aus der Tasche geschnappt habe, gehe ich zu dem Fernseher gegenüber vom Bett herüber und lege sie ein.

Normalerweise gibt es in dieser Einrichtung keine Videorekorder mehr, aber ich habe Mrs. Raines so lange bezirzt, bis sie mich einen hat mitbringen lassen. Für sie. Man könnte sagen, ich habe mir mittlerweile einen Sonderstatus hier erarbeitet.

Wo andere gegen die Wand beim Personal rennen, entdecke ich immer wieder eine Tür. Woran es liegt, weiß ich selbst nicht. Aber vermutlich liegt es daran, dass sie Mitleid mit mir haben.

»Bereit?«, frage ich Abby über die Schulter und sie nickt unkoordiniert. Ich drücke auf Play, gehe zu ihr herüber und schiebe mich neben sie aufs Bett.

Sofort klammert sie sich an meine Schulter und legt ihre dürre Hand in meine. Ich muss die Schwestern definitiv fragen, wieso sie so stark an Gewicht verloren hat, sie ist kaum wiederzuerkennen. Und dabei ist mein letzter Besuch nicht einmal eine Woche her! Das Video setzt ein und ich kann sehen, dass Abigail überlegt, woher sie es kennt.

Es zeigt uns. Sie und mich. Ich war acht, sie drei. Mom filmt, während wir im Garten nach Ostereiern suchen.

»Erinnerst du dich?« Hoffnungsvoll sehe ich auf sie hinab, aber sie scheint in ihrer Welt verschwunden zu sein. Ihre Augen sind starr auf den Bildschirm gerichtet und ihre Fingernägel bohren sich in meine Haut. Es schmerzt, aber das ist mir egal. Für sie nehme ich, verdammt noch mal, jeden Schmerz auf mich, das bin ich ihr schuldig.

»Dieses Mädchen.« Sie legt den Kopf schief. »Die sieht ja aus wie ich als Baby.« Wieder kichert sie und ich spüre, dass mir Tränen in die Augen schießen. *Jetzt bloß nicht heulen, Rush. Reiß dich zusammen.*

»Das liegt daran, dass du das Baby bist, Abby«, sage ich ruhig, weil ich weiß, dass ich sie nicht überfordern darf. Ihre blauen Augen werden groß und sie öffnet den Mund. »Oh.« Danach legt sie ihre Stirn in Falten. »Wirklich?« Prüfend beobachtet sie das Treiben in dem Video, das schon so viele Jahre auf dem Rücken hat und so oft abgespielt wurde.

»Ja, wirklich. Das war dein Lieblingskleid.« Sie fährt mit den Fingern über ihre Jeans. »Einmal habe ich es beim Fußball spielen dreckig gemacht. Man, konnte ich mir was von dir anhören.«

Sie lächelt und dieses Mal zuckt selbst ihr linker Mundwinkel leicht nach oben. Es sieht immer noch etwas seltsam aus, aber kommt ihrem alten Lächeln nahe.

»Können wir den Ton anschalten, Rush?« Alles in mir verkrampft sich, weil ich ihn absichtlich ausgelassen habe. Ob ich es getan habe, um sie oder mich zu schützen, weiß ich nicht.

Sie sieht mich so flehend an, dass ich über meinen Schatten springe, die Fernbedienung vom Tisch fische und den Ton anschalte. Sofort erklingt ihre Stimme und sorgt dafür, dass unbändige Wut in meine Adern schießt. Mein ganzer Körper steht unter Strom.

»Komm schon, Abigail, Schatz. Such weiter!«

»Mama!« Plötzlich zittert ihre Hand in meiner und ich presse die Augen für einen Moment zusammen. Ich wollte, dass sie sich erinnert, aber nicht an sie. Ich wollte, dass sie sich an die schöne Zeit erinnert.

»Das ist Mamas Stimme, Rush!« Sie sieht mich so glücklich an, dass ich für einen Augenblick vergesse, was all das in mir anstellt. Hier geht es schon lange nicht mehr um mich. Hier geht es nur um sie. Und darum, dass ich jedes Mittel nutze, um ihr zu helfen.

»Ja, das ist Mamas Stimme.« Abigail lehnt ihren Kopf wieder gegen meine Schulter und starrt fröhlich auf den Bildschirm.

»Ich vermisse Mamas Stimme.« Sie hat absolut keine Ahnung, wie traurig diese Worte sind. Sie vermisst die Stimme ihrer Mutter. Nicht, weil sie nicht mehr am Leben ist, sondern weil sie sie einfach zu lange nicht mehr gehört hat.

»Abi-« Ein Klopfen an der Tür unterbricht mich. Sekunden später betritt Florence, eine der Schwestern, das Zimmer. Als sie uns kuschelnd auf dem Bett sieht, lächelt sie. Doch sobald ihr Blick auf das Video fällt, das gerade läuft, erstarrt ihre Miene. Mir war klar, dass sie nicht begeistert sein würde, aber ich werde einen Teufel tun und mich für den glücklichen Ausdruck auf Abbys Gesicht entschuldigen.

»Kann ich dich kurz sprechen, Rush?« Ich nicke, gebe meiner Schwester einen Kuss auf die Stirn und gehe zu Florence herüber. Sie bittet mich auf den Flur und zieht die Tür hinter uns ran, sodass wir ungestört reden können. Ich lehne mich gegen die Wand und stütze meine Fußsohle auf ihr ab. Anhand ihres Blickes weiß ich längst, was sie mir sagen will.

»Bist du dir sicher, dass es eine gute Idee ist?« Ehrliche Sorge liegt in ihrem Blick. Etwas, das mir zeigt, wie wichtig ihr die Patienten sind. Wie wichtig Abby ihr ist. Und deshalb bin ich ihr auf ewig dankbar.

»Ich will ihrem Gedächtnis helfen.« *Ist das so schwer zu verstehen?* Sie nickt schmallippig, aber die Sorge aus ihrem Blick will nicht weichen.

»Das weiß ich. Aber ich habe ein wenig Angst davor, was es hier in ihr anstellen könnte.« Sie hält sich eine Hand vor das Herz und senkt den Blick.

»Hör zu, Rush. Ich bin froh, sie so glücklich zu sehen. Aber nachts kommen die Albträume. Und davon hat sie auch ohne Videos und Erinnerungen schon genug, glaube mir. Du bist nicht hier, wenn es abends schlimm wird.«

Ich beiße mir auf die Lippe, bis ich mein Blut auf der Zunge schmecke. Ich wäre auch jede verdammte Nacht hier, wenn man mich lassen würde.

126

»Ich wollte nichts schlimmer machen.« Florence legt ihre Hand an meine Schulter.

»Das weiß ich doch.« Sie ist erst seit drei Jahren in der Klinik, aber neben Mrs. Raines ist sie meine größte Bezugsperson hier.

»Aber manchmal verliert man den Überblick und weiß nicht, was gut und was schlecht für sie ist.« Florence schiebt sich die blonden Haare aus dem Gesicht und sieht mich voller Mitleid an. Gerade als sie zu meiner Schwester zurück ins Zimmer gehen will, halte ich sie auf. Ich muss es einfach wissen.

»Ist *sie* hier?« Meine Glieder spannen sich an. Florence lässt von der Türklinke ab und verengt die Augen. Danach schüttelt sie bedauernd den Kopf.

»Heute nicht. Sie ist übers Wochenende bei ihren Eltern in Phoenix. Ich denke, es ist auch besser so. Sie hat sich wirklich auf den Ausflug gefreut.« Und auch wenn ich es nicht sollte, spüre ich Erleichterung in meiner Brust aufflackern.

»Wie lange willst du das Spiel noch spielen, Rush? Das tut weder dir noch ihr gut und das weißt du. Es ist nicht leicht, das weiß ich, aber vielleicht denkst du ja mal darüber nach?« Sie will mir keine Predigt halten, aber sie kann sich auch nicht jedes Mal auf die Zunge beißen. Verübeln kann ich es ihr nicht. Weil ich weiß, dass sie recht hat. Aber was soll ich tun?

»Ich brauche kurz Luft. Sagst du Abby Bescheid, dass ich gleich zurück bin?« Florence nickt und ich stürme über den Flur zur anderen Seite, um Abstand zu gewinnen … Abstand zu meiner Schwester. Abstand zu ihren traurigen Augen und zitternden Händen. Abstand zu der heuchlerischen Stimme unserer Mutter in dem Video, das Abby so glücklich gemacht hat.

Sobald ich an die frische Luft im Garten trete, hole ich mit zitternden Händen meine Zigaretten heraus und stecke mir eine davon zwischen die Lippen. Sobald ich den ersten Zug nehme, fällt die Anspannung von mir ab. Ich lasse mich auf eine der Bänke fallen, lege den Kopf in den Nacken und verdränge das Gefühl, das sich gerade wie ein Parasit in meiner Brust breitmachen will.

Meine Dämonen.

Gestern Abend vor dem Einschlafen.

Heute Morgen nach dem Aufwachen.

Hier.

Jetzt.

Die Dämonen sind immer da.

Ich muss nur lernen, mit ihnen zu leben.

ANNA

Als ich an diesem Tag vom Salon heimkomme, traue ich meinen Sinnen nicht. Riecht es hier tatsächlich nach Fleisch? Ich rümpfe die Nase, ziehe meine Schuhe aus und verstaue die Tüte mit den Sachen für die Party heute Abend schnell in meinem Zimmer.

Danach sehe ich nach Ruby, aber von ihm fehlt jede Spur. Fuck! Kocht er gerade?

Panisch renne ich in die Küche, aus Angst, er könnte sich dabei verletzen, und erstarre, als ich meinen kleinen Bruder nicht am Herd, sondern am Tisch entdecke. Moment mal – wenn er am Tisch sitzt – wer kocht dann? Unsicher gehe ich um die Ecke und traue meinen Augen nicht.

»Annie, Schatz. Setz dich, es gibt Hackbraten. Den liebt ihr doch so.« Meine Mutter steht am Herd und grinst mich an.

Meine Brust füllt sich mit Gefühlen, die ich so noch nie in mir gespürt habe. Ist das Hoffnung? Sollte ich hoffen? Der letzte gute Tag meiner Mom scheint ewig her zu sein. Fast habe ich vergessen, wie ihr Lächeln aussieht.

Es ist wunderschön.

Und viel zu selten.

Sie trägt das erste Mal seit Monaten normale Sachen, anstelle ihres Bademantels. Man sieht ihr an, dass ihr die Hosen viel zu weit geworden sind, aber sie hat sich tatsächlich das erste Mal seit Langem hübsch gemacht.

Verdammt, sie hat sogar Ohrringe angelegt. Wie konnte das passieren? Ich sehe zu meinem Bruder herüber, der das alles nicht wirklich zu glauben scheint. Er zuckt mit den Schultern und sieht mich aus großen, grünen Augen an.

»Wie war die Arbeit, mein Schatz?« Mom setzt Kartoffeln auf und rührt nebenbei Pudding an. Es gibt sogar unseren Lieblingspudding?

»Gut, Mumsy«, sage ich immer noch von der Rolle. Sie hat Make-up aufgelegt, sodass die Schatten unter ihren Augen verschwunden sind.

Noch immer habe ich keine Ahnung, wie das passieren konnte. In den letzten Tagen hatte ich eher das Gefühl, dass sich ihr Zustand verschlechtert hat. Wieder wird mir bewiesen, wie sehr man sich in der Psyche eines Menschen täuschen kann.

»Das freut mich. Hört mal – wollen wir am Wochenende zusammen in den Zoo gehen? Ich würde so gern mal wieder mit euch in den Zoo gehen«, schlägt sie uns grinsend vor. Ruby und ich tauschen misstrauische Blicke aus, nicken aber beide.

»Gerne. Ich werde René fragen, ob ich dieses Wochenende freibekomme.«

Träume ich etwa? Erst rafft Mom sich aus dem Bett auf und kocht für uns, und jetzt will sie sogar mit uns in den Zoo?

Das letzte Mal ist eine Ewigkeit her, und ich bin mir nicht sicher, ob es Ruby damals schon gab. Soweit ich mich erinnere, war er noch nie im Zoo, weil es Mom schon seit langer Zeit schlecht geht. Seit Dads Tod.

»Das wäre schön, Annie. Heute ist ein guter Tag«, murmelt sie. »Ein guter Tag.« Wieder ein Murmeln. Ihre Hände zittern, aber ich kann gar nicht genau darüber nachdenken, weil ich zu glücklich über ihren Fortschritt bin.

Natürlich weiß ich nicht, wie lange diese Phase dieses Mal anhält, aber ich habe gelernt, diese Tage, so gut es geht, zu genießen. Sie sind viel zu schnell wieder in Vergessenheit geraten, wenn ich sie nicht genieße.

»Annie, schauen wir heute die *Ninja Turtles*?« Ruby wippt unter dem Tisch nervös auf und ab. Er sitzt nur noch selten in der Küche, weil sie mit ihrer trostlosen, grauen Fassade für das steht, was wir vor Jahren verloren haben.

»Ich würde gern, Rubs. Aber heute Abend wollte ich noch ausgehen.« Sofort sacken seine Mundwinkel nach unten. Gerade als ich ihm vorschlagen will, die Party für ihn abzusagen, platzt Mom mit einem Vorschlag dazwischen.

»Lass uns doch schauen, Schatz. Annie braucht auch mal Zeit für sich und ihre Freunde. Sie arbeitet so viel und hart, das hat sie sich verdient.« Mir klappt die

Kinnlade herunter. Das hier muss ein Traum sein! Die Wirklichkeit ist es sicher nicht.

»Wirklich?« Ruby ist immer noch skeptisch, aber man sieht ihm an, wie glücklich es ihn macht, Mom so zu erleben.

»Natürlich. Geh ruhig, Annie. Ich habe das hier im Griff.« Sie zwinkert und widmet sich der aufkochenden Milch in dem Topf.

Während ich das Bild einen Moment in mir aufsauge und für die schlechten Tage in mir abspeichere … Denn nach jedem Hoch folgt ein Tief. Wer wüsste das besser als meine Mutter.

***

Im *Slaughter* gehört es seit Jahren zum Brauch, bereits einen Monat vor Halloween eine Party zu feiern. So stehe ich jetzt, am 30. September, in meinem Kostüm an der Bar und sehe mir die Verkleidungen der anderen an. Wenn ich ehrlich bin, habe ich als Kind nie verstanden, wieso dieses Land so auf diesen Tag pocht, mittlerweile weiß ich es besser.

Je älter ich wurde, desto wichtiger wurde mir dieser Tag und desto mehr Mühe habe ich mir beim Stylen gegeben. Seltsam, oder?

Normalerweise lieben Kinder doch diesen Tag … Aber ich war schon immer anders. Eine Eigenschaft, die Ruby von mir hat, er hält auch nicht viel vom Verkleiden.

»Du siehst scharf aus, Anna.« Leo, der eine Jason-Maske trägt, zieht mich bestimmend an sich heran. Ich überlege, was ich tun soll. Es zulassen, obwohl mir gerade nicht danach ist?

Oder sollte ich ihm sagen, dass ich eine Auszeit von unserer Affäre brauche? Im Grunde genommen, sollte er längst wissen, dass ich keine Lust mehr habe, immerhin sind wir uns seit Tagen nicht mehr nah gekommen.

Früher haben wir es jeden zweiten Tag in der Garage miteinander getan. »Das kann man von dir nicht gerade behaupten.« Ich muss lachen. Er sieht an sich hinab und macht eine ausladende Handbewegung.

»Hallo? Ich bin der schärfste Jason, den die Menschheit je gesehen hat.« Die Musik an diesem Abend passt sich dem Motto der Party an. Von Slipknot bis Marilyn Manson läuft alles, was dunkle Herzen höherschlagen lässt.

»Alter Schwede, Anna Chapman!« Grinsend drehe ich mich zu Alex um, die pfeifend an mir hinabsieht. Dabei habe ich das Kostüm nicht zum ersten Mal an.

Sie befiehlt mir, mich für sie im Kreis zu drehen, und genau das mache ich. Ihr zuliebe. Und, weil ich will, dass sich das zweistündige Stylen gelohnt hat.

»Du bist schärfer als Rosalie Cullen in *Twilight*!« Beim Gedanken an den Film verziehe ich das Gesicht. »Und das soll ein Kompliment sein?«

»Klar. Nikki Reed ist heißer als die Hölle.« Sie begrüßt Leo jetzt erst, obwohl er schon von Beginn an neben uns stand.

»Wie auch immer: Wo ist dein Tiger?« Sie sieht sich prüfend um, während sich in mir alles verkrampft.

»Na ich bin doch hier.« Leo steht auf dem Schlauch und ich wünschte mir, er würde da auch nicht mehr runterkommen.

»Du doch nicht, Leo. Nichts für ungut, aber gegen ihn hast du keine Chance.«

Er fasst sich theatralisch ans Herz, als hätte Alex ihm einen Dolch ins Herz gerammt. Und ich? Ich atme erleichtert aus, weil Leo lockerer mit dem Thema umgeht, als ich befürchtet hatte.

Definitiv sieht ein eifersüchtiger Kerl anders aus. »Aber im Ernst: Wen meint sie?« Jetzt sucht er den Blickkontakt zu mir und ich zucke ahnungslos mit den Schultern.

»Na Rush, du Dödel. Wen sonst?« Ich schlage Alex gegen den Arm und funkle sie wütend an. Mit ihren schwarz geschminkten Lippen formt sie ein Sorry. »Moment. Ihr redet von dem Neuen?«

»Er ist nicht neu. Er wohnte schon immer hier«, korrigiere ich ihn.

»Kaum zu fassen. Deshalb läuft bei uns seit Tagen nichts mehr.« Dieses Mal gilt mein wütender Blick nicht Alex, sondern ihm. Und noch immer ist er die Ruhe in Person.

»Ihr macht mich fertig, wisst ihr das?« Mit diesen Worten drehe ich mich seufzend zur Bar um und bestelle ein Wasser. Keine Ahnung, wieso, aber aus irgendeinem Grund trinke ich lieber keinen Alkohol.

Nur für alle Fälle … Vielleicht taucht ja wieder jemand auf, der sich abschießt und meine Hilfe braucht?

»Komm, Leo. Ich lenk dich ab!« Alex zieht Leo auf die Tanzfläche, auf der Hexen, Serienkiller und Mönche zur Musik tanzen. Derweil bleibe ich an der Bar sitzen, bis das Wasser auf meine Blase drückt und ich aufs Klo muss. Ich stemme mich von der Bar ab und steuere die Toiletten an.

Bevor ich die Tür öffnen kann, werde ich ruckartig nach hinten gerissen und vergesse völlig, dass ich aufs Klo muss. Jemand presst meinen Rücken mit voller Wucht gegen seine Brust, und ich kann mir ein Lächeln nicht verkneifen. Sein Duft hat ihn sofort verraten.

Ich lasse ihn gewähren, hebe mein Knie an, zücke mein Taschenmesser aus meinem Stiefel und drehe mich so schnell in seinen Armen um, dass ich das Ruder übernehme.

Es ist dunkel hier, aber das Licht von der Tanzfläche reicht aus, um seinen überraschten Ausdruck zu sehen. Mit der Klinge des Messers wandere ich zu seinem Hals und drücke ihn gegen die Wand. Sein Atem geht schnell und stockend.

»Fuck, Kitten. Du willst mich wirklich tot sehen, kann das sein?« Mit der Spitze des Messers wandere ich zur Mitte seiner Kehle und anschließend nach unten zu seiner Brust.

Einer Brust, die ich noch zu gut nackt in Erinnerung habe. Eine Brust mit viel zu vielen Muskeln und Narben.

Dämonen … Ich erinnere mich an seine letzten Worte, bevor er einschlief, und verkrampfe mich.

»Hat dir niemand beigebracht, dass es unhöflich ist, sich nicht innerhalb von drei Tagen bei einer Frau zu melden?« Mittlerweile sind seit diesem Morgen, an dem ich in seinem Bett aufwachte, fünf Tage vergangen.

Fünf Tage, in denen ich nichts von ihm gehört geschweige denn gesehen habe. Rush beachtet das Messer an seiner Brust nicht mehr, stattdessen sieht er mir in die Augen.

»Wir hatten keinen Sex, also zählt die Drei-Tage-Regel nicht.« Ich wandere mit dem Messer noch ein Stück weiter nach unten, presse ihn weiterhin gegen die Wand und halte über seiner Jeans inne.

»Das ist echt heiß, Kitten. Aber wenn du mir den Schwanz abschneidest, wirst du nie wissen, wie es mit mir wäre«, raunt er dunkel.

Ich halte kurz inne, fahre mit dem Messer ein letztes Mal über seinen Bauch und anschließend hinab zu seinen Oberschenkeln. Mit einem gekonnten Griff habe ich das Messer wieder in meinem Stiefel verstaut.

»Wer sagt, dass ich wissen will, wie es mit dir ist?« Wem mache ich eigentlich etwas vor? Auch wenn ich es nicht sollte, beginne ich tatsächlich, diesen Kerl zu mögen.

Und dass er Einfluss auf mich ausübt, ist nicht zu übersehen. Er packt mich bei den Hüften und zieht mich an sich. Dabei spüre ich allzu deutlich, dass er mich will.

»Sag du es mir.« Er fährt mit seiner Nase über die Haut unterhalb meines Ohres und atmet meinen Duft ein. »Willst du es, Anna?« Seine Stimme ist so dunkel und rau, dass eine Gänsehaut über meinen Rücken jagt. Ich will, verdammt. Im Grunde genommen, will ich es seit Tagen.

»So leicht lasse ich mich nicht durchschauen, Rush. Dafür musst du dich schon mehr anstrengen.« Sein Blick wandert hungrig über mein knappes Outfit. Ihm gefällt, was er sieht, seine Augen verraten ihn neben seinem Schwanz, der sich unter der Jeans gegen meinen nackten Schenkel presst.

»Ich habe dich längst durchschaut, Kitten.« Seine blauen Augen blitzen voller Triumph auf, während mir viel zu heiß wird.

So heiß sollte mir in seiner Gegenwart nicht werden, aber ich kann es nicht verhindern. Und ich will es auch gar nicht. »Wen stellst du dar?«, frage ich ihn, um mich auf andere Gedanken zu bringen. Je länger ich über uns zwei nachdenke, desto verworrener wird mein Zustand. Ganz ohne Alkohol.

»Niemanden«, sagt er achselzuckend. »Ich halte nicht viel von Halloween.« Ich sehe ihn verständnislos an. »Wieso bist du dann hier?« Sein Blick klebt an meinem Gesicht fest.

»Weil ich dich sehen wollte.« Seine Worte kommen so ehrlich über seine Lippen, dass ich für einen Augenblick vergesse, wo wir sind. Wer wir sind. Und dass ich mich von diesen Worten nicht so geschmeichelt fühlen sollte.

»Was meinst du, Anna.« Er lehnt seine Stirn an meine und blinzelt kein einziges Mal. »Lust auf eine Spritztour?« Seine Worte sorgen dafür, dass Adrenalin in meine Venen fließt.

Ich lasse ihn hier an die Wand gepresst stehen und gehe zum Ausgang, ohne ihn noch einmal anzusehen. Weil ich weiß, dass er mich versteht und mir folgt.

Und in diesem Moment bereue ich es nicht, mich an der Bar nur für ein Wasser entschieden zu haben … Rush beflügelt mich mehr, als Tequila es je könnte.

RUSH

Wenn ich sage, dass sie umwerfend aussieht, untertreibe ich. Und wenn mich jemand fragen würde, was mich an ihrer Aufmachung am meisten um den Verstand bringt, hätte ich keine Antwort.

Der kurze Rock, der in der Mitte ihrer schmalen Oberschenkel endet und einen Blick auf die Strumpfbänder freigibt? Nein. Vielleicht der schmale Streifen Haut, der über dem Bund des Rockes und unter dem Saum des Tops hervorblitzt? Vermutlich nicht.

Denn es gibt eins, das ich noch unwiderstehlicher finde. Und das sind – zu meiner Schande – ihre dunkel geschminkten Augen.

Das Grün sticht deutlich hervor und hypnotisiert mich. Die Kleine verwandelt mich definitiv in eine handzahme Version meiner selbst, die nur Augen für ihre wunderschönen Iriden hat.

»Was hat man von diesem Halloweenquatsch?«, frage ich sie interessiert und steuere den Griffith Park an.

Keine Ahnung, ob es sie langweilt, dass ich sie wieder zu derselben Stelle bringe, aber das ist mir egal. Etwas in mir sagt mir, dass es ihr da oben über L.A gefallen hat.

»Du bist vermutlich der einzige Amerikaner, der diese Frage in den Mund nimmt.« Sie denkt kurz nach, bevor sie mir antwortet.

»Vermutlich lieben es die Leute, in andere Rollen zu schlüpfen. Einmal nicht man selbst sein zu müssen. Ja, vielleicht verkleiden sich gerade die so gern, die mit ihrem Leben und sich unzufrieden sind.« Mir entflieht ein Kopfschütteln, von dem sie interessiert Notiz nimmt.

»Dann müsste ich mich jeden Tag verkleiden«, zerstreue ich ihre Erklärung. Sie schluckt, hakt aber nicht weiter nach. Und genau das reizt mich an ihr. Ich habe nicht das Gefühl, reden zu müssen, wenn ich es nicht will. Und ich wüsste nicht einmal, was ich ihr sagen sollte, außer, dass ich mich nicht sonderlich gut leiden kann.

»Dann liegt es vermutlich am Wettbewerb. Jeder hat an diesem Tag die Chance, besser zu sein als ein anderer. Da geht es nicht darum, was für einen Job man hat oder was man studiert hat. Ob man überhaupt studiert hat.« Ihre Worte lassen mich nachdenken.

»Wenn du mich fragst, wollen die Leute einfach saufen. Da geht es nicht um einen Wettbewerb, nicht um Rollenspiele und nicht um irgendwelche Mythen und Bräuche. Wir Menschen lieben es einfach nur, Ausreden zu suchen.«

»Und wieso dann die Verkleidung? Saufen kann man an jedem Tag im Jahr«, weist sie meine Antwort ab und verschränkt die Arme vor der Brust. Das erste Mal an diesem Abend fällt mein Blick ein Stockwerk tiefer zu ihren Titten. Gott, Anna macht mich in diesem Outfit wahnsinnig. Hat sie eine Ahnung, wie schwer es mir fällt, die Finger von ihr zu lassen?

»Aber unter einem Kostüm kannst du dich danebenbenehmen und niemand erinnert sich am nächsten Morgen an dich.« Ich lache triumphierend, weil ich meine Erklärung für grandios halte, Anna scheint anderer Meinung zu sein.

»Ich glaube, du spinnst.«

»Und ich glaube, du bist angepisst, weil es plausibel klingt.« Ich zucke mit den Schultern. Und wie selbstverständlich wandert meine Hand auf ihren nackten Oberschenkel.

Sofort zuckt sie unter meiner Berührung zusammen, fängt sich aber schnell wieder. Das hier fühlt sich definitiv zu vertraut an. Im Prinzip kennen wir uns ja kaum!

»An dem Abend, als du dich abgeschossen hast, hättest du ein Kostüm gebrauchen können«, erinnert sie mich.

Allein beim Gedanken an den Abend und den Streit mit meiner Mutter könnte ich kotzen, aber ich reiße mich zusammen. Stattdessen denke ich an das, was danach passiert ist. Denn das hat mir deutlich besser gefallen.

»Ich sollte mich vermutlich dafür entschuldigen, oder?« Ich suche ihren Blickkontakt, aber sie schüttelt nur den Kopf. »Jeder hat mal schlechte Tage.« Sie sieht absichtlich von mir weg, und wenn ich mir nicht sicher wäre, dass ihr nie etwas unangenehm ist, würde ich wetten, dass ihr der Abend peinlich ist. Dabei habe ICH mich danebenbenommen, nicht sie sich.

»Wohin fahren wir?« Anna versucht draußen, etwas zu erkennen, aber sie tappt im Dunkeln. »Wir fahren in den Park.« Sie sieht zu mir herüber und ihre Augen strahlen aufgrund meiner Antwort. Ich wusste, dass sie den Ort liebt!

»Ehrlich?« Während ich nicke, legt sie ihre Hand an die Scheibe und sieht erwartungsvoll nach draußen, kann aber immer noch nichts entdecken.

»Es ist wunderschön da. Kaum zu glauben, dass ich ihn vorher nicht kannte.« Meistens zeigt Anna ihre taffe, bissige Seite.

Aber dann gibt es Augenblicke wie diese hier in meinem Wagen. Die eine andere Anna zeigen. Zurückgezogen, still, bewundernd. Was hat sie dazu bewegt, sich zwei Gesichter anzulegen? Es ist kein Geheimnis, dass mich ihre selbstbewusste Art im Griff hat, aber ein verkorkster Teil in mir will auch die andere Art kennenlernen.

»Dann wollen wir mal keine Zeit verlieren.« Ich nehme die Hand von ihrem Oberschenkel, parke den Wagen am Straßenrand und schalte den Motor ab. Anna folgt mir nach draußen und gemeinsam steuern wir das Observatorium an.

***

»Kaum zu glauben, dass ich am Abend der Pre-Halloween-Party hier bin. Und dann auch noch mit dir! Das glaubt mir Alex nie!« Anna geht an den Rand der Plattform heran, legt die Hände auf das Geländer und atmet die Luft tief ein.

»Wieso sollte sie dir nicht glauben?« Ich trete entschlossen hinter sie, lege die Hände am Geländer neben ihr ab und kessle sie damit ein.

»Weil sie weiß, dass ich dich hasse?« Ihre Antwort lässt mich lachen. Ich fahre mit der Nasenspitze über ihren Nacken und inhaliere ihren Duft. »Wenn du mich hasst -« Ich fahre weiter hinab, nach rechts über ihre Schulter und beiße sanft in sie hinein. Annas Körper umgibt eine Gänsehaut. »Wieso reagiert dein Körper dann so auf mich, Kitten?«

Hätte sie mich vor einer Woche für den Namen noch geschlagen, scheint er ihr mittlerweile zu gefallen. Immerhin wehrt sie ihn nicht mehr ab, weil sie weiß, dass er sich bei mir eingebrannt hat, genau wie ihre verdammt perfekten Augen.

»Mein Körper hat nichts mit meinem Verstand zu tun, Rush. Mein Körper kann dich wollen und mein Verstand dich hassen. Das sind zwei unterschiedliche Dinge.« Sie drückt ihren Arsch dichter gegen mich, während ich mit der linken Hand unter ihren Rock wandere und die Innenseite ihres Schenkels streichle.

143

»Ich glaube, du lügst«, unterstelle ich ihr. Die Haare an ihren Armen stellen sich auf, und je dichter ich ihrer Mitte komme, desto weicher wird ihr Körper.

»Ich glaube, du lügst«, kontert sie. Ich nehme die Haare in ihrem Nacken mit der rechten Hand zusammen, ziehe ihren Kopf zurück und lege meinen auf ihrer Schulter ab.

»Wann habe ich dich je angelogen, Kitten?« Ihr Atem geht schnell und meiner stockend. Je dichter sie mir ihren Arsch gegen den Schritt presst, desto härter werde ich.

»Du sagtest, ich bin kein Diamant. Wieso behandelst du mich dann wie einen?« Ihre Frage lässt mich innehalten. Meine Hand verharrt an ihrem Slip und ich lockere den Griff an ihrem Haar. Ich überlege, wie viel ich ihr anvertrauen kann, ohne mich angreifbar zu machen.

»In manchen Steinen täuscht man sich.« Die Wahrheit sorgt dafür, dass sich ihr Körper noch dichter an meinen schiebt. Ich warte nicht darauf, dass sie etwas erwidert, stattdessen schiebe ich bestimmend ihren Slip zur Seite und dringe mit dem Finger in sie ein.

»Oh Gott.« Sie murmelt, sie stöhnt, und als ich einen zweiten Finger nachschiebe, spannen sich ihre Glieder an. Ehe sie sich zu sehr in Ekstase fallen lassen kann, ziehe ich die Finger wieder aus ihr heraus, greife unter den Bund des Slips und gehe auf die Knie. Dabei streife ich ihr die Unterwäsche quälend langsam ab.

Bevor ich wieder nach oben gehe, greife ich entschlossen in ihren Stiefel, stelle mich wieder hinter sie und halte ihr das Messer gegen die Kehle.

»Na, Kitten.« Meine Atmung flacht ab, während ihre schneller wird und ich ihr ihre eigene Waffe an die Haut drücke. »Macht dich das an?« Ich muss nicht auf ihre Antwort warten, weil ich weiß, wie sie lauten würde.

Ohne das Spiel weiterzuspielen, lasse ich das Messer vor dem Geländer zu Boden fallen. »Nur für alle Fälle. Ich traue dir nicht«, flüstere ich ihr ins Ohr. Sekunden später senke ich meine Lippen auf ihren Hals, küsse ihre weiche Haut und genieße, wie ihr Körper auf meine Lippen reagiert.

»Fick mich, Rush.« Ich halte inne und lache dicht an ihrer Haut. Nur Anna kann diese Worte sagen, ohne dass sie billig klingen. Ich fahre ein letztes Mal mit meiner Zunge über ihr Ohrläppchen, hole ein Kondom aus meiner Jeans und streife es mir über. Danach schiebe ich ihren Rock nach oben über ihren Arsch und dringe in sie ein. Fackle nicht lange, weil ich das hier schon tun wollte, als sie das erste Mal vor mir stand.

Anna krallt sich weiterhin am Geländer fest, drückt ihren Rücken durch und streckt mir ihren Arsch dichter entgegen. Je tiefer ich mich in sie schiebe, desto lauter wird ihr Stöhnen. Ich ficke sie über den Lichtern von Los Angeles. Und ich habe, verdammt noch mal, nie etwas Schöneres getan.

***

»Kommen wir dafür in die Hölle?« Anna zieht an einer Kippe und sieht auf die Lichter der Stadt hinab, während ich sie beobachte. Ihre Wangen sind rot, ihr Atem geht immer noch schnell. Und ich? Ich bin immer noch hart, weil ich nicht genug von ihr bekomme.

»Wir sind doch längst in der Hölle, Kitten«, antworte ich schmallippig. Sie sieht mich verwundert an. »Heute ist ein guter Tag.« Sie runzelt die Stirn, schnipst die Zigarette weit weg und bläst den Rauch in die Nacht.

»Meine Mom hat heute das erste Mal seit Monaten wieder für meinen Bruder und mich gekocht.« Sie sieht leblos nach unten auf das Lichtermeer, während sie sich mir anvertraut.

»Weißt du, ich hatte nie eine Jugend. Keine richtige. Die bestand immer nur daraus, für meinen Bruder und meine Mutter da zu sein. Und ich habe es gern gemacht, weil ich sie liebe … aber in letzter Zeit wurde mir alles zu viel.« Ich will etwas sagen, weiß aber, dass sie noch nicht fertig ist.

»Sie heute so glücklich und lebhaft zu sehen, war schön. Aber ich weiß auch, dass auf die guten Tage meist noch schlimmere folgen.« Sie sieht mich wieder an. »Eigentlich sollte ich heute Abend bei ihr sein und die Zeit ausnutzen, oder?« Erwartet sie wirklich meinen Ratschlag? Ich drücke meine eigene Kippe am Boden mit dem Stiefel aus und nicke.

»Wenn du mich fragst, solltest du bei ihr sein.«

Tränen brennen in ihren Augen.

»Aber ich kann nicht. Viel lieber gehe ich auf diese dämliche Party und bin hier mit dir.« Ein Lächeln stiehlt sich auf ihre dunkel geschminkten Lippen.

»Was mache ich, wenn sie morgen wieder am Boden ist?« Eine Träne stiehlt sich aus ihrem Augenwinkel, die sie sofort eliminiert.

»Dann kämpfst du dich durch das Tief bis zum nächsten Hoch.« Mein Vorschlag ist albern, aber aus irgendeinem Grund scheint er sie zu trösten, sodass die Tränen versiegen. Sie dreht sich um und sieht mich an.

»Ich habe dich bei der Klinik gesehen«, platzt es aus ihr heraus. Während ich versuche, zu verstehen, was sie da gerade gesagt hat.

»Ich war auf dem Weg zum Salon, als ich dich in diese Klinik gehen sehen hab«, setzt sie noch hinterher. Alles in mir steht in Flammen, weil sie das anspricht, was ich auf keinen Fall mit ihr besprechen will. Mit niemandem. Weil ich nicht antworte, spricht sie weiter.

»Vermutlich willst du nicht darüber reden, das ist mir klar. Ich wollte ja auch nie über meine Mom reden. Aber … ich will nur, dass du weißt, dass ich hier bin. Falls du doch jemanden zum Reden brauchst.«

Ihre Worte schnüren meine Kehle zu und ich stehe kurz davor, ihr einfach alles zu erzählen. Sie meinen Dämonen vorzustellen. Doch dann halte ich mich davon ab.

Stattdessen gehe ich auf sie zu, nehme ihren Kopf in meine Hände und sehe sie verzweifelt und hungrig zugleich an. »Ich habe mich echt in dir getäuscht, Anna Chapman. Du bist ein Diamant.« Und als ich Sekunden später ein zweites Mal in sie eindringe, ficke ich sie nicht, nein. Ich schlafe mit ihr.

Über den Lichtern von Los Angeles. Und ich habe, verdammt noch mal, nie etwas Schöneres getan.

ANNA

Zwei Wochen sind seit dem Abend der Pre-Halloween-Party vergangen. Zwei Wochen, in denen Rush mich immer wieder abgeholt und zum Park gebracht hat. Zwei Wochen und … unzählige Male, in denen wir uns nähergekommen sind. Wenn mich jemand fragt, was das zwischen uns ist, würde ich abstreiten, dass da etwas ist, aber innerlich weiß ich, dass es nicht stimmt. Und er weiß es auch.

Da Ruby sich einen Virus eingefangen hat, mussten wir den Ausflug in den Zoo nach hinten verschieben, und auch wenn es Mom wieder etwas schlechter geht, schlägt sie sich trotzdem besser, als ich es von ihr gewohnt bin.

Ich bin gerade auf dem Weg in den Salon, als ich den grünen Supra auf der anderen Straßenseite sehe. Und wieder parkt er direkt vor dieser Klinik, in die ich Rush schon mehrere Male habe reingehen sehen. Und immer noch will er kein Wort darüber verlieren, was es damit auf sich hat. Wen er besucht, oder ob er selbst als Patient da drin ist.

Mein Verstand rät mir, einfach weiterzugehen. Aber meine Beine haben einen anderen Plan. Nachdem Rush das Gebäude betreten hat, machen sie sich selbstständig und folgen ihm. Ich gehe über die gepflasterte Einfahrt und spähe durch die Glastür herein in den Empfangsbereich.

Rush steht am Empfang und die ältere Dame dahinter tätschelt ihm die Hand, als wäre sie seine Großmutter. Danach schiebt sie ihm ein Buch herüber und er unterzeichnet, bevor er durch eine weitere Glastür ins Innere der Klinik verschwindet.

Geh einfach, Anna. Mein Mantra nützt nichts, denn ich bleibe einfach an Ort und Stelle stehen, anstatt mich von der Tür zu lösen und zu verschwinden. »Es geht dich nichts an«, knurre ich mich an, aber Sekunden später habe ich bereits die Klinke nach unten gedrückt. Sofort empfängt mich ein Geruch, den ich am liebsten gemieden hätte.

Selbstbewusst gehe ich auf die Dame am Empfang zu, die Rush so vertraut zu sein scheint und trommle mit den Fingern auf die Platte zwischen uns. Mein Blick wandert zu dem aufgeklappten Buch, das vor ihrer Nase liegt und in dem Rush eben noch unterschrieben hat. Eines steht also schon mal fest: Er besucht jemanden. Mir fällt ein Stein vom Herzen. Mit ihm ist alles okay …

»Entschuldigen Sie, wen wollen Sie besuchen?« Die Frau lächelt mich warm an und ich lege mir die perfekte Show bereits im Kopf zurecht.

»Anna Chapman. Sie ist eine gute Freundin von mir und soll erst vor Kurzem hergekommen sein«, lüge ich, ohne rot zu werden. »Den Namen habe ich noch nie gehört. Ich schaue mal nach, warten Sie kurz.« Sie tippt den Namen in ihren PC ein, und bevor sie mir sagen kann, dass keine Anna Chapman hier liegt, stoße ich »aus Versehen« ihre Kaffeetasse um.

Die braune Suppe läuft über den Tresen herunter zu ihrem Schreibtisch, bedeckt die Unterlagen und die gesamte Tastatur. »Oh Mist, das wollte ich nicht, tut mir leid«, sage ich erschrocken und beuge mich über den Tresen. Die Frau versucht schnell, zu retten, was noch zu retten ist, und springt von ihrem Stuhl auf.

»Warten Sie einen Moment hier – ich hole schnell Tücher.« Die Frau verschwindet in einem Nebenraum, während ich meine Chance nutze, das Handy zücke und über Kopf ein Foto von dem offenen Besucherbuch schieße. Eilig schiebe ich das Handy zurück in meine Tasche, rufe der Dame im Nebenzimmer eine Entschuldigung zu und stürme aus der Klinik, bevor sie zurückkommen und mich aufhalten kann.

Draußen renne ich so schnell über die Straße, dass ich beinahe über meine eigenen Beine stolpere. Sobald ich für die Dame am Empfang außer Sichtweite bin, stemme ich die Hände auf die Knie und atme die Anstrengung in meinem Körper weg. Anschließend hole ich mein Handy heraus, öffne das geschossene Foto und drehe es richtig herum. Sobald ich seine Unterschrift sehe, wandert mein Blick nach links über die Spalte.

»Abigail Black«, lese ich den Namen der Patientin vor. Mein Herz stockt. Black ist sein Familienname. Wer liegt bloß in dieser Klinik – und vor allem – wieso?

***

Den ganzen Tag über konnte ich mich kaum auf die Arbeit im Salon konzentrieren. Immer wieder sind meine Gedanken zu Rush gewandert und ich habe mich gefragt, wen er da drin besucht und warum er sich partout weigert, mit mir darüber zu reden, obwohl ich ihm alles erzähle, was mir auf dem Herzen liegt. Mittlerweile weiß er sogar von dem Tod meines Vaters. Er weiß viel mehr über mich, als ich über ihn. Im Grunde genommen, weiß ich außer seinem Namen nichts über ihn, weil er jedes Mal abblockt, wenn ich ihm eine persönliche Frage stelle.

Gerade schließe ich die Wohnung auf und spüre bereits beim Eintreten, dass etwas nicht stimmt. Anscheinend wurde den ganzen Tag über kein Fenster geöffnet, denn es riecht muffig und nach Müll.

Als Erstes sehe ich nach Ruby, der in seinem Zimmer am Boden sitzt und spielt. Ich gebe ihm einen Kuss auf die Stirn und wuschle durch seine Haare.

»Wo ist Mumsy, Rubs?« Bei meiner Frage zuckt er mit den Schultern. »Vermutlich im Schlafzimmer«, sagt er schließlich leise. Alles in mir verkrampft sich, weil ich mir denken kann, was das zu bedeuten hat. Ich stehe auf, werfe einen Blick in die Küche und ins Wohnzimmer, aber von Mom fehlt jede Spur. Dafür ist die Tür zu ihrem Schlafzimmer seit Tagen das erste Mal wieder tagsüber verschlossen. Ich klopfe sanft an, aber als keine Antwort kommt, gehe ich einfach rein.

Es ist dunkel im Zimmer, weil die Jalousien unten sind, und beim Anblick meiner Mutter im Bett dreht sich mein Magen um die eigene Achse.

»Annie, Schatz?« Da ist sie wieder: die viel zu dünne und kraftlose Stimme meiner Mutter. Ich wusste, dass es nur eine Frage der Zeit war, bis sie wieder in dieses Loch fallen würde, aber ich hatte gehofft, mehr Zeit mit ihr zu haben und sie vielleicht dazu bringen zu können, zur Therapie zu gehen. Sie hat vor Jahren beschlossen, dass es keinen Sinn mehr hat, zu Dr. Pearl zu gehen.

»Mumsy, was ist los?« Ich lasse das Licht aus und gehe an ihr Bett heran. Sie greift nach meiner Hand und drückt sie schwach.

»Ich bin heute nur so müde, Annie Schatz. Sonst ist alles gut, hörst du? Morgen ist wieder ein guter Tag.« Sie glaubt es nicht selbst, das hört man, und ich kann ihr genauso wenig glauben. Tränen stehen in meinen Augen, beim Gedanken daran, wie glücklich Rubs in den letzten Tagen dank ihr war. Jetzt soll alles schon wieder vorbei sein?

»Ich schlafe nur ein wenig, ja?« Sie dreht sich von mir weg und dabei gleitet ihre Hand aus meiner. Die ersten Tränen rinnen über meine Wangen und ich versuche, stark zu bleiben. Dabei sehne ich mich in dem Moment, in dem ich die Tür zu ihrem Zimmer schließe und die Dämonen meiner Mutter bei ihr einsperre, nur nach einem … nach ihm.

***

Es ist schon spät am Abend, als ich vor seiner Tür stehe. Was denke ich mir hierbei? Will ich ihm wieder mein Herz ausschütten, und bei ihm weiterhin auf Granit beißen?

Anscheinend, denn Sekunden später klingle ich und atme erleichtert die angestaute Luft aus, als Rush die Tür öffnet. Es dauert nicht lange, bis er den Ausdruck auf meinem Gesicht richtig deutet und mich in seine Arme zieht. Er hält mich, weil er weiß, dass ich nur aus diesem Grund hier bin.

»Hey, was ist los?« Er streichelt meinen Kopf und sieht mich fragend an. Danach stößt er die Tür hinter mir zu. »Ich … denke, ich musste einfach raus.« Nachdem ich Ruby ins Bett gebracht habe, hing ich allein meinen Gedanken nach und die Sehnsucht, mich in jemandes Arme fallen zu lassen, wurde stärker.

Da ich ihm vor Monaten ein Notfallhandy besorgt habe, weiß er, dass er mich jederzeit erreichen kann. Und jetzt, Stunden später, liege ich endlich wieder in diesen Armen und die Last nimmt minimal ab.

»Deine Mutter?« Er sieht mich einfühlsam an, packt mich bei der Hand und zerrt mich in sein Schlafzimmer. Rush führt mich zum Bett, setzt sich selbst rauf und zieht mich auf seinen Schoß. »Du weißt, dass du mit mir reden kannst.« Er legt seinen Kopf auf meiner Schulter ab und ich kann das erste Mal, seit ich heute nach Hause kam, wieder atmen.

»Es wird wieder schlechter. Als ich nach Hause kam, war Ruby allein in seinem Zimmer. Er hat sich wieder zurückgezogen, weißt du? Seine Augen waren viel zu traurig.« Ich schlucke.

»Mom hat sich wieder im Schlafzimmer verschanzt, weil sie so müde ist. So fängt jede schlimme Phase von ihr an.« Allein der Gedanke daran, dass es irgendwann keine guten mehr geben könnte, schnürt meine Kehle zu. »Hey.« Rush legt seine Arme um mich und küsst die Stelle unterhalb meines Ohrläppchens und diese flüchtige Geste lässt mein eingefrorenes Herz auftauen.

»Nach jedem Tief kommt wieder ein Hoch, Anna.«

»Wirklich? Ich habe nur Angst, dass irgendwann keines mehr kommt«, spreche ich meine Ängste das erste Mal laut aus.

Weil Rush in den letzten zwei Wochen derjenige war, der mich am besten verstanden hat. Nicht einmal Alex weihe ich so weit in mein Leben ein, wie ich es bei ihm getan habe.

»Glaub mir, es gibt immer bessere Tage. Auch Dämonen sind irgendwann schwach«, flüstert er in mein Ohr und dabei strahlt jedes seiner Worte Schmerz aus. Ich will ihn nicht darauf ansprechen, will das, was wir gerade haben, nicht kaputtmachen.

Aber ich weiß, dass ich ihn darauf ansprechen muss, wenn mich die Gedanken daran nicht wahnsinnig machen sollen. Und das würden sie, wenn ich mir weiterhin auf die Lippe beiße und alles herunterschlucke wie bittere Medizin.

»Du warst heute wieder in dieser Klinik, oder?«
Sobald die Frage über meine Lippen gekommen ist,
spannt er sich hinter mir an und die Wärme
verschwindet aus seinem Körper. *Mist, Anna!* Wieso
konnte ich nicht einfach die Klappe halten?

»Rush?«, hake ich nach, weil er nicht reagiert. Sein
Atem geht schwer und stockend, während meiner
abflacht. »Stalkst du mich jetzt?« Es soll ein Spaß sein,
aber er kommt nicht sonderlich witzig herüber.

Stattdessen habe ich das Gefühl, ihm auf den
Schlips getreten zu sein. Ich rutsche von seinem Schoß
herunter und setze mich neben ihn aufs Bett, damit ich
ihn ansehen kann. Seine sonst strahlend blauen Augen
wirken dunkler als sonst.

»Wäre es schlimm?«, frage ich zaghaft und greife
nach seiner Hand, aber dort, wo er sonst seine Hand
mit meiner verschränkt, erstarrt er jetzt.

»Ich weiß es nicht«, antwortet er ehrlich und runzelt
die Stirn. »Du weißt, dass du mit mir reden kannst.«
Diese Worte hat er in den letzten Wochen mehr als
einmal zu mir gesagt, und ich habe das Angebot jedes
Mal angenommen. Rush schweigt, aber ich will nicht so
leicht lockerlassen. Irgendwann wird er mir erzählen
müssen, was es mit der Klinik auf sich hat.

»Wer ist Abigail?« Meine Frage rutscht mir einfach
so heraus und ich halte den Atem an. Rush sieht mich
an, als hätte ich gerade eine Todesgrenze überschritten,
die ich nicht hätte überschreiten dürfen. »Woher kennst
du ihren Namen?« Weil ich nicht sofort antworte, steht
er vom Bett auf und beginnt, im Raum auf und ab zu

laufen. Ich rutsche an die Kante heran und greife nach seiner Hand, aber er lässt sich nicht darauf ein.

»Ich war in der Klinik.« Es hat schließlich keinen Sinn, jetzt noch einen Rückzieher zu machen. Sein Gesicht wird bleich und ihm entgleiten die Züge.

»Du warst da?« Er lacht verbittert auf und denkt nicht daran, sich zurück zu mir aufs Bett zu setzen, um sich anzuhören, was ich zu sagen habe. Dabei wüsste ich nicht einmal, wie ich das erklären sollte, immerhin habe ich damit wirklich eine Grenze überschritten.

»Es tut mir leid, aber ich habe dich gesehen und ich … ich wollte wissen, was es damit auf sich hat.«

»Und was hast du an ›ich will darüber nicht reden‹ nicht verstanden, Anna?« Seine Worte sind schneidend und es fällt mir schwer, nicht auf der Stelle loszuheulen. So habe ich mir den Abend sicher nicht vorgestellt, als ich mich aus der Wohnung schlich und auf den Weg zu ihm machte.

Wieso juckt es mich überhaupt? Es ist sein Leben und seine Probleme gehen mich einen Scheiß an, immerhin habe ich selbst genug davon. Aber bei Rush … bei Rush ist es anders. Und das macht mir verdammt viel Angst.

»Ich erzähle dir alles, Rush. Ich kenne dich ja kaum und trotzdem vertraue ich dir alles an. Du weißt von meinem Bruder, du weißt von meiner Mutter. Ich habe dir sogar von meinem Dad erzählt.« Ich zittere mittlerweile am ganzen Körper, und Rushs Wut, die nicht abnehmen will, verschlimmert das Ganze.

»Ich. Will. Nicht. Über. Sie. Reden!« Er schreit mich an und ich zucke unter der Wucht seiner Worte zurück. Er bleibt versteinert mitten im Zimmer stehen, den Blick auf den Boden gerichtet.

»Du solltest gehen, Anna.« Man hört ihm an, dass es ihm schwerfällt, mich wegzuschicken, aber er tut es trotzdem. Während er an Ort und Stelle verharrt, dränge ich die Tränen zurück und stehe vom Bett auf.

»Rush -« Unsicher gehe ich auf ihn zu.

»Nein. Geh einfach, okay? Ich kann nicht.« Er schafft es nicht einmal, mich anzusehen. Stattdessen wartet er stumm darauf, dass ich endlich verschwinde. Meine Beine sind weich wie Butter, als ich das Schlafzimmer verlasse und die Tür hinter mir schließe.

Das Nächste, was ich höre, ist das Zerspringen von Glas aus dem Schlafzimmer. Ich renne durch den Flur zur Haustür und anschließend raus aus der Wohnung. Ich brauche Luft. Ganz dringend Luft.

RUSH

6 Jahre zuvor

»Abby?« Mein Blick fällt auf meine Schwester, die am Boden unserer Diele liegt und nach Luft ringt. Ihre Augen huschen panisch zu mir herüber und wieder zurück zur Decke. »Abby, steh auf!« Ich stürze mich auf die Knie, ziehe sie auf meinen Schoß und spüre Tränen in meine Augen schießen. Was zur Hölle passiert hier?

Sie krächzt, will etwas sagen, aber sie bekommt kein Wort heraus, das ich verstehen könnte. Galle steigt in mir auf und die ersten Tränen rinnen über mein Gesicht.

Tiny kommt derweil sich streckend aus meinem Zimmer und erstarrt, als sie mich und Abby am Boden sieht. Sie wirft sich neben mir auf die nackten Knie und starrt voller Angst auf meine nach Luft ringende Schwester.

»Scheiße, Rush, was ist los?« Ihre Stimme bricht ab, während ich überlege, wie ich ihr helfen soll. In der Schule wurde mir beigebracht, wie man sich in solchen Situationen verhalten soll, aber in dieser Sekunde habe ich jeden Punkt auf der Liste vergessen. Ich bin leer. Ich glaube, ich habe sogar meinen eigenen Namen vergessen.

»Krankenwagen«, krächze ich. »Ruf einen Krankenwagen, Tiny«, schreie ich sie unter Tränen an. Sie nickt verstört, stürmt zu ihrem Handy in meinem Zimmer und wählt den Notruf.

Derweil krame ich mein eigenes Handy aus der Hosentasche und wähle Moms Nummer. Meine Finger zittern und das Handy rutscht mir mehr als einmal fast aus der feuchten Hand. *Geh ran, Mom. Geh einfach ran … Ich brauche dich JETZT.*

Abbys Augen sind geschlossen und sie hat aufgehört, zu krächzen. Ich lege meinen Finger an ihren Hals und warte, dass ich etwas spüre. Aber ich spüre nichts. Nicht den leisesten Hauch von Leben. Ich spüre, verdammt noch mal, nichts! Wieso ist da kein Puls? Wieso schlägt sie nicht die Augen auf und sagt mir, dass alles okay ist?

»Rush? Was gibt es? Wir sind gleich zu Hause. Sollen wir euch etwas vom Italiener mitbringen? Ist Tiny noch da?« Ich schluchze, weil ich nicht antworten kann und meine Worte in der Kehle feststecken wie ein Kloß.

Ich spüre, wie die Farbe aus meinem Gesicht weicht und mein Herz immer schneller gegen meinen Brustkorb donnert. Mein Puls rast. Ihrer bleibt still. Meine Brust hebt und senkt sich heftig. Ihre bewegt sich nicht mehr. Abby … »Rush? Was ist los?« Die Stimme meiner Mutter gerät in Panik, genau wie ich. Ich presse meiner Schwester die Hände auf die Brust

und übe Druck auf sie aus. Einmal, zweimal, dreimal …
irgendwann höre ich auf, zu zählen und drücke wie ein
Verrückter auf ihrer Brust herum. Erinnere mich
schwach und dunkel an die Sachen, die man bei der
Ersten Hilfe machen muss. Viel zu schwach. Viel zu
dunkel.

*Wach auf, Abby. Bitte wach auf. Bitte. Sag mir, dass das
hier nur ein Spiel ist und ich der Verlierer bin. Dass du mir nur
etwas heimzahlen wolltest. Bitte, Abby. Mach einfach deine
Augen auf!*

»Mom.« Ich sehe nichts mehr, weil der
Tränenschleier zu stark ist und immer neue Tränen
nachkommen. »Mom, Abby atmet nicht mehr«,
schluchze ich und presse weiterhin meine Fäuste auf
ihre Brust. Auf das graue Shirt mit der schwarzen
Mickey Mouse darauf.

Sehe sie mit bebenden Schultern an und wünsche
mich in eine andere Welt. Ist das hier die Hölle? Das
hier muss die Hölle sein, eine andere Erklärung gibt es
hierfür nicht.

Oder? Die andere Erklärung würde bedeuten, dass
meine kleine Schwester … gerade stirbt. In meinen
Armen. Und ich ihr nicht helfen kann.

Moms Antwort bekomme ich nicht mehr mit, weil
mir das Handy wegrutscht. Ich schreie Abby an, dass
sie die Augen aufmachen soll, aber sie bleiben zu.
Immer mehr weicht die Farbe aus ihren sonst so
rosigen Wangen und die Stille ihres Brustkorbes ist
ohrenbetäubend.

Gedämpft bekomme ich mit, wie Tiny mit dem Notruf spricht und unsere Adresse durchgibt. Sie müssen schnell sein.

Sie müssen schneller sein als der Teufel, der seine Krallen in den Körper meiner Schwester rammt. Derweil breche ich über Abby zusammen, bedecke ihren leblosen Körper mit meinem und lasse alles heraus. Das alles … das alles muss ein Albtraum sein. Wenn das hier meine Realität ist, weiß ich, dass ich sie nicht überleben kann. Nicht überleben werde.

Bitte, Abby … öffne die Augen.

Bitte … Aber sie bleiben geschlossen. Und in diesem Moment beginnen die Dämonen, in mir zu wachsen.

ANNA

Nervös pule ich am Saum meines Pullovers herum. *Jetzt bloß nicht die Nerven verlieren, Anna.* Das hier war meine freie Entscheidung und davon wird mich keiner abhalten können. Nicht einmal er. Auch wenn ich mir sicher bin, dass er mich zur Hölle schicken würde, wenn er wüsste, was ich hier tue. Dass ich in seine Privatsphäre eindringe wie ein Einbrecher, obwohl er mir mehr als deutlich zu verstehen gegeben hat, dass ich mich aus diesem Bereich seines Lebens heraushalten soll. »Also, wie war Ihr Name noch gleich?« Zu meinem Glück sitzt heute eine andere Frau hinter dem Tresen. Sie hat dunkelrot gefärbtes Haar und scheint in den Fünfzigern zu sein.

»Anna Chapman«, sage ich leise. Meine Knie zittern, weil ich keine Ahnung habe, was ich mir von dieser Aktion erhoffe. Dass ich es so schaffe, zu ihm durchzudringen? Sicher nicht.

»Und wen wollen Sie besuchen?« Sie lächelt mich warm an, aber ihre Augen tragen eine gewisse Skepsis in sich. Kein Wunder, ich benehme mich vermutlich gerade, als wäre ich kurz davor, etwas Verbotenes zu

tun. »Abigail Black. Ich bin eine Freundin der Familie.«
Der Name kommt nur schwer über meine Lippen. Sie
schreibt etwas in das Besucherheft und schiebt es mir
über dem Tresen zu. Dann folgt ein Kugelschreiber.

»Unterzeichnen Sie bitte hier.« Ich setze krakelig
meine Unterschrift in die entsprechende Spalte und
wische mir die feuchten Hände an den Jeans ab. »In
welchem Zimmer finde ich sie? Das ist mein erster
Besuch«, frage ich und versuche, mir nicht anmerken zu
lassen, wie nervös ich bin.

»Kommen Sie mit.« Die Dame steht auf, hält mir
anschließend die Glasfront auf und deutet auf das
andere Ende des Ganges.

»Ganz hinten links ist Abigails Zimmer. Viel Spaß.«
Sie streicht flüchtig meinen Arm, bevor sie mich allein
lässt und zurück zur Arbeit geht. Ich kralle mich an
meiner Jacke fest und gehe zu dem entsprechenden
Zimmer. Wie soll ich ihr meinen Besuch erklären? Und
wie soll ich herausfinden, in welcher Beziehung sie zu
ihm steht?

Mein Herz rast schneller als je zuvor, und als ich
leise anklopfe, setzt es aus. Eine freundliche, helle
Stimme bittet mich herein. Ich öffne zaghaft die Tür
und werde von warmem, orangefarbenem Licht
empfangen, das durch die dicken Vorhänge fällt.

»Wer bist du?« Mein Blick fällt auf das zierliche
Mädchen, das unter einer weißen Decke mit blauen
Punkten im Bett liegt und mich stirnrunzelnd mustert.
Sie hat langes, blondes Haar und strahlend blaue
Augen.

Wenn ich ihr Alter schätzen müsste, würde ich sagen, dass sie fünfzehn ist. Ihre Stimme hingegen klingt eher wie die einer Zwölfjährigen.

»Hallo, Abigail.« Ich straffe die Schultern und gehe in das Zimmer herein. Hier drin riecht es nach Vanille und ein angebissenes Sandwich liegt neben ihr auf dem Tisch, während sie sich einen alten Film im Fernseher ansieht.

»Darf ich?« Ich deute auf den Stuhl neben ihrem Bett und sie nickt. Ihre linke Gesichtshälfte hängt leicht herunter, und als sie lächelt, bewegt sich nur ihr rechter Mundwinkel nach oben.

»Ich bin eine gute Freundin von Rush«, stelle ich mich vor. »Mein Name ist Anna.« Sobald ich seinen Namen ins Spiel bringe, funkeln ihre hellblauen Augen. Dieselben Augen, die er auch hat.

»Hallo, Anna.« Sie setzt sich aufrecht hin und grinst mich an. »Mein Bruder hat Freunde?« Mein Atem stockt und ich spüre Wärme in mein Herz fließen. Seine Schwester. Wieso bin ich nicht gleich darauf gekommen? Die Ähnlichkeit ist nicht von der Hand zu weisen.

»Den ein oder anderen«, antworte ich und sehe mich in dem Zimmer um. Ein Blick nach draußen zeigt den Hafen, an dem gerade die Sonne aufgeht. »Wie geht es dir, Abigail?« Meine Frage ist albern, schließlich wird sie nicht aus freien Stücken hier sein.

Ich mustere sie, und als mein Blick auf ihre zitternde Hand fällt, frage ich mich einmal mehr, was sie durchmachen musste. Was ist mit ihr passiert? Und wieso hat Rush sie nie erwähnt? Bis jetzt ging ich davon aus, dass er keine Geschwister hat. Wieder einmal wird mir bewiesen, dass ich diesen Mann überhaupt nicht kenne, weil er es nicht zulässt. Weil er mich innerlich auf Distanz hält, obwohl wir uns körperlich so nahe sind.

»Okay. Heute ist wieder ein Therapietag. Ich mag die nicht.« Sie zieht die Nase kraus und deutet auf den Fernseher.

»Rush hat mir Kassetten von zu Hause mitgebracht. Würdest du sie dir mit mir ansehen?« Sie sieht mich so flehend an, dass ich nicht lange überlege, sondern gleich nicke. »Klar. Machst du mir Platz?« Auch wenn ich sie nicht kenne, habe ich sie jetzt schon unfassbar in mein Herz geschlossen.

Sie rutscht bereitwillig zur Seite und ich schlüpfe unter ihre Decke. Danach lehnt sie ihre Stirn an meine Schulter, als würden wir uns ein Leben lang und nicht erst seit einigen Minuten kennen.

»Siehst du? Das ist Rush, als er kleiner war.« Lachend sehe ich der jungen Version von ihm dabei zu, wie er seine Schwester jagt. Und als Abigail nach meiner Hand greift, durchflutet Wärme meine Brust.

Solange, bis die Kassette zu Ende ist und im selben Moment die Tür zum Zimmer geöffnet wird. »Anna?« Seine Stimme ist hart, und als ich Rush ins Gesicht sehe, rutscht mir das Herz in die Hose. Abigail springt vom Bett auf, rennt Rush entgegen und wirft sich in seine Arme. Er küsst ihren Kopf, behält mich dabei aber im Auge.

»Sieh mal, Rush. Eine Freundin von dir hat mich besucht.« Auch wenn ich Abigail auf fünfzehn schätze, scheint sie im Kopf noch viel mehr Kind zu sein, als ich es in dem Alter war. In ihrem Alter habe ich die ganze Verantwortung für meinen Bruder zu Hause übernehmen müssen.

»Das sehe ich, Abby.« Er presst die Lippen zusammen und funkelt mich scharf an. »Ich mag sie wirklich gern. Sie ist eine tolle Freundin, oder?« Abby kuschelt sich an seine Brust, während er weiterhin versteinert in der Tür steht und mich nicht aus den Augen lässt.

»Können wir kurz reden?« Ich nicke, spüre, dass die Luft in meiner Lunge dünn wird, und schlage die Decke zurück. Abigail grinst mich breit an und setzt sich zurück aufs Bett, als Rush mich nach draußen zieht. Danach schlägt er die Tür etwas zu kraftvoll zu und ich erzittere unter der Wucht.

»Was hast du hier zu suchen, Anna?« Seine Blicke durchbohren mich, und auch wenn es mir leidtun sollte, tut es das nicht. Ich bereue es nicht, hergekommen zu sein. Wenn er mich schon nicht freiwillig hinter seine Mauern blicken lässt, nehme ich die Sache selbst in die Hand. Ich bin zu oft in meinem Leben vor wichtigen Sachen davongerannt.

»Ich wollte deine Schwester kennenlernen.« Meine Antwort lässt ihn den Atem anhalten. »Du hast doch keine Ahnung.« Er rauft sich die Haare und blickt die ganze Zeit panisch hinter sich. Als hätte er Angst, hier mit mir gesehen werden zu können.

»Anna. Das hier ist kein Spiel. Verstehst du das?«
Seine Worte sind wie ein Schlag mitten ins Gesicht.
»Was zur Hölle ist dein Problem, Rush? Ich mag sie und
sie mag mich. Wieso versuchst du, mich die ganze Zeit
davon fernzuhalten?« Ich gehe einen Schritt auf ihn zu,
aber er wendet sich von mir ab. Immer wieder gleitet
sein Blick panisch über den leeren Flur und dann wieder
zu mir herüber.

»Weil du keine Ahnung hast, was du mit deinem
Besuch hier anrichten kannst.« Ehe ich etwas antworten
kann, öffnet Abigail die Tür und schielt durch den
Schlitz zu uns auf.

»Kann ich mit Anna noch eine Kassette gucken,
Rush?« Sie scheint unseren Streit mitbekommen zu
haben, ihre Augen schreien es förmlich heraus und
bitten uns darum, aufzuhören. Er zögert, nickt dann
aber verkrampft. Ich lasse Rush auf dem Flur stehen
und gehe zu Abby ins Zimmer, ohne ihn noch einmal
anzusehen. Eines steht fest: So leicht gebe ich nicht auf.

RUSH

Mein Körper steht von den Zehen bis zu den Haarspitzen unter Strom, als ich Anna hinterhersehe und sie mit einem letzten Blick auf mich in Abbys Zimmer verschwindet. Sie ist wirklich hier. Und ich weiß nicht, ob ich sie für das Lächeln auf den Lippen meiner Schwester küssen oder verfluchen soll.

Von meinen Gefühlen attackiert, laufe ich auf dem Flur nervös auf und ab, und als ich meine Faust schließlich gegen die Wand donnere, knacken meine Fingerknöchel. Sofort ist Florence bei mir.

»Hey, Rush.« Sie ist zwar nur einen Meter fünfzig groß, aber sie hat Kraft.

Und mit dieser presst sie mich mit dem Rücken gegen die Wand, nimmt mein Gesicht in ihre Hand und sieht mich mahnend an.

»Ich würde dir gern sagen, dass du dir nicht wehtun sollst, aber wenn ich ehrlich bin, hast du die Schmerzen verdient.« Sie sieht auf meine blutende Hand hinab und zerrt mich mit sich über den Flur.

Vor dem Personalraum für die Schwestern halten wir schließlich an und sie bugsiert mich erst rein und dann auf einen der Plastikstühle neben dem Tisch.

»Das muss verbunden werden.« Sie kramt in den Schränken nach Verbänden, kommt auf mich zu, kniet sich vor mich und nimmt meine pochende Hand in ihre.

»Du musst mich nicht verarzten«, sage ich zischend, als sie die Desinfektionsmittel über meine offene Haut streicht und ein Brennen durch meine Hand fährt. Ich verdiene das hier. Ich verdiene das hier. Und noch viel mehr.

»Stimmt. Ich sollte warten, bis du dir Tetanus einfängst. Verdient hättest du es.« Ich frage sie nicht, was ich falsch gemacht habe, weil ich mir dessen mehr als bewusst bin.

Nachdem sie die Wunde desinfiziert hat, schlägt sie die Mullbinde um meine Hand und fixiert sie. Aber sie bleibt am Boden knien und sieht mich mitfühlend an. Dabei wissen wir beide, dass ich dieses Mitgefühl nicht verdient habe. Das Anrecht darauf habe ich schon vor Jahren verloren.

»Wer war das Mädchen auf dem Flur?« Sie spricht das an, was ich am liebsten totschweigen würde. Nämlich, dass sie hier ist, obwohl sie nicht hier sein sollte. Nie.

Nicht heute, nicht morgen, nicht in zwanzig Jahren. Anna sollte, verdammt noch mal, nie hier sein. Wie konnte sie das tun? Wieso hat sie diese Grenze überschritten, ohne vorher mit mir zu reden?

»Eine Freundin«, antworte ich emotionslos, obwohl in mir alle Gefühle überkochen. Florence schüttelt den Kopf und sagt nichts mehr.

»Abigail scheint sie zu mögen. Sie hat regelrecht gestrahlt, als ich ins Zimmer kam«, gestehe ich mir selbst ein.

Wenn meine Schwester sie für diese Aktion liebt, wie kann ich sie dann dafür hassen? Ich weiß, dass ich es muss, aber etwas in mir weigert sich dagegen, sie dafür zu bestrafen.

Sie weiß schließlich nicht, was dieser Besuch hätte anrichten können. Anna hat, verdammt noch mal, keine Ahnung, was sie damit ins Rollen gebracht hat.

»Es freut mich, dass Abby sie mag. Aber … denkst du auch mal an *sie*?«

Ihre mahnende Stimme sticht sich in meine Brust vor wie ein verdammter Dolch. Natürlich denke ich an sie. Jeden verdammten Tag. Jede verdammte Nacht. Weil ich es satthabe, Leute zu verletzen. Also nicke ich als Antwort.

»Sie ist heute wieder da. Das Wochenende hat ihr wirklich gutgetan. Mach das nicht kaputt, Rush.«

»Kann ich sie sehen?« Meine Idee ist albern, das weiß ich. Aber irgendetwas in mir will das, was ich verzapft habe, wiedergutmachen. Wie auch immer ich mir das vorstelle, wenn Anna hier in der Klinik ist.

»Hast du jetzt völlig den Verstand verloren?« Sie stemmt sich hoch, schmeißt den übriggebliebenen Müll der Binden in den Eimer unter der Spüle und läuft vor mir auf und ab.

»Du solltest dir deine Kleine schnappen und gehen, Rush. Hörst du? Du kannst nicht einfach mit ihr hier sein und hoffen, dass alles gut wird. Sie ist instabil. Sehr instabil. Und so wirst du ihr bloß den Gnadenstoß verpassen.«

Ich balle meine Rechte zur Faust, um den Schmerz zu spüren, der unter dem Verband auf mich lauert. Florence hat recht. Und noch nie wünschte ich mir stärker, dass es anders wäre.

»Hast du gehört, Rush? Bring deine Freundin von hier weg und sorge dafür, dass es das erste und letzte Mal war. Okay? Sie. Darf. Nicht. Wieder. Herkommen.«

Alles in mir widerstrebt dem Nicken, das ich Sekunden später als Antwort gebe. Ich stemme mich vom Stuhl hoch und sehe Florence flehend an.

»Ich wusste nicht, dass sie herkommen würde. Ich habe ihr nie von Abby erzählt.« Meine Worte sorgen wie erwartet nicht dafür, dass Florence sich beruhigt. Dafür ist sie zu wütend auf mich und die Situation.

»Das ändert nichts an der Tatsache, Rush. Wenn du es ihr nicht sagst, werde ich sie auf die Verbotsliste setzen müssen.«

»Ich weiß.« Gott, ich weiß es. Aber in diesem Moment fahren meine Gefühle mit voller Wucht gegen die Wand in meinem Inneren, die ich für mich selbst erstellt habe.

Ich gehe zur Tür und atme ein letztes Mal tief durch, bevor ich sie öffne. Ich blicke Florence über die Schulter hinweg an.

»Ich wollte nie jemanden verletzen.« Und mit diesen Worten stoße ich die Tür auf und gehe, um Anna von hier wegzubringen.

ANNA

Einige Tage später

»Du hast es mir versprochen, Annie!« Ruby sitzt vor mir auf dem Boden und lässt seine Dinosaurier aus den Händen auf den Teppich fallen. »Du hast mir versprochen, dass wir in den Zoo gehen!« Er stemmt sich hoch und wirft sich auf sein Bett. Ich gehe zu ihm herüber und setze mich auf die Bettkante, aber sobald ich meine Hand auf seinen Rücken lege, boxt er mich weg.

»Mumsy hat mir versprochen, dass wir in den Zoo gehen! Und jetzt?« Seine grünen Augen stehen unter Wasser und er presst das Gesicht ins Kissen.

»Jetzt ist sie wieder ein Geist und sie hat das Versprechen gebrochen. Wie immer!« Seine Worte treffen mich so stark in meiner Brust, dass mir schwindelig wird. Würde ich nicht sitzen, wäre ich spätestens jetzt zusammengebrochen. Mein Bruder hat seine Gefühle immer im Griff, aber jetzt läuft das Fass in seinem Inneren über.

»Hör zu, Ruby. Wir gehen in den Zoo, versprochen!« Er dreht sich in meine Richtung und wischt sich die Tränen aus dem Gesicht. »Aber du sagtest, dein Auto ist kaputt«, schluchzt er. Innerlich suche ich nach einer Möglichkeit, ihm diesen Wunsch trotzdem zu erfüllen. Wir könnten uns ein Taxi nehmen … Auch wenn das mein Budget für den Monat sprengen würde. Auf keinen Fall kann ich mein ganzes Geld dafür aus dem Fenster schmeißen, der Eintritt im Zoo wird schon zu viele Löcher in mein Konto stampfen.

»Wir finden einen Weg. Hörst du?« Ich streiche über seine nasse Wange und drücke bestärkend seine kleine Hand. »Wirklich?« Die Tränen versiegen und seine fleckige Haut wird langsam wieder ebenmäßig. »Versprochen. Ich muss nur kurz telefonieren.« Ich gebe Ruby einen Kuss auf die Stirn und verlasse sein Zimmer, um Rush anzurufen. Eine andere Möglichkeit fällt mir in diesem Moment nicht ein. Er geht sofort ran.

»Hey, Kitten.« Seit meinem Besuch in der Klinik schweigen wir das Thema tot. Ich spreche ihn nicht auf Abby an und er fragt mich nicht, was das sollte. Und auch wenn Redebedarf besteht, halte ich mich zurück, weil ich nichts kaputtmachen will. Rush ist wie ein Reh, ein falscher Schritt und er macht dicht.

»Hast du heute zufällig Zeit?« Ich kaue auf meiner Lippe und sammle währenddessen bereits alle Sachen zusammen, die wir brauchen könnten. Ich kann Ruby nicht wieder enttäuschen. Nicht noch einmal. Das hat

Mom schon zur Genüge, als sie sich ihren Dämonen hingegeben hat. »Kommt drauf an. Was hast du vor?« Ich liebe seine Stimme. Liebe es, wenn wir ganz normal miteinander sprechen, als wären wir ein Paar. Aber das sind wir nicht.

Schließlich sprechen wir nie aus, was das zwischen uns beiden sein soll. Und es ist okay so, ich will ihn nicht unter Druck setzen und er respektiert, dass ich es genauso wenig will.

»Ich würde heute gern in den Zoo gehen.« Als Antwort ertönt sein tiefes Lachen. »In den Zoo, Kitten? Deine Artgenossen besuchen?«

»Halt die Klappe, Rush. Es geht um meinen Bruder. Bitte … ich habe es ihm versprochen, aber als ich vorhin bei meinem Wagen war, ging die Kontrollleuchte an.

Ich denke, irgendetwas stimmt nicht und ich will das erst abklären lassen.« Allein beim Gedanken an die Kosten, die bei einer Reparatur auf mich zukommen würden, dreht sich mein Magen um. Auf unangenehme Art. Mit einem kaputten Wagen lassen sich keine Rennen gewinnen und ohne Rennen verdiene ich kein Geld. Ich stecke in einem bilderbuchähnlichen Teufelskreis.

»Rush? Bist du noch da?« Ein Rascheln ertönt am anderen Ende der Leitung, und als er endlich wieder rangeht, kann ich mir ein Grinsen nicht verkneifen. »Ich hole euch in zehn Minuten ab.«

***

Ruby strahlt über das ganze Gesicht, als wir zehn Minuten später unten vor der Tür an der Straße stehen und auf Rush warten.

»Danke, Annie.« Er schmiegt sich an meine Seite und ich ziehe ihn in die Arme. Und auch wenn ich Angst vor dem Ausflug habe, freue ich mich darauf. Ruby ist mein Allerheiligstes. Und dass Rush ihn gleich kennenlernen soll, macht mich verdammt nervös.

»Ist das der Wagen?« Seine Augen werden groß, als der grüne Supra vor uns anhält. Rush steigt aus und kommt auf uns zu. Er trägt eine dunkle Sonnenbrille, die zu meinem Bedauern seine strahlend blauen Augen verdeckt.

Seine Lederjacke spannt über seinen Armen und das hautenge Shirt darunter lässt mein Herz wild auf und ab hüpfen. Bevor er mich begrüßt, geht er vor Ruby auf die Knie und reicht ihm die Faust.

»Hey, du musst Ruby sein?« Mein Bruder sieht mich scheu an, und erst, als ich ihm nickend zu verstehen gebe, dass es okay ist, drückt er die kleine Faust gegen seine.

»Ich bin Rush.« *Und ich verliebe mich gerade in dich, Rush.* Die Art, wie mein Bruder ihn ansieht, macht mich glücklich. Und als er aufsteht und mich bestimmend in seine Arme zieht, will ich zu Wachs zerfließen.

Wieso kann es nicht immer so unbeschwert zwischen uns sein? Wieso muss es immer wieder diese Dämonen geben, die alles zerstören? Manchmal wünschte ich mir, mein Leben wäre fiktiv. Denn in fiktiven Leben wird am Ende immer alles gut. Es gibt immer ein Happy End. Ich wünsche mir ein Happy End für uns.

»Na dann wollen wir mal los, was?« Ich lege meine Hand auf Rubys Rücken und leite ihn zum Wagen. Hinten rutscht er auf die Sitzbank und sieht sich ehrfürchtig im Wagen um. Sobald wir vorn eingestiegen sind, kribbelt meine Haut, als sie auf das Leder trifft.

»Dann schnall dich mal an, Ruby Chapman. Ich bin der beste Rennfahrer der Stadt.« Rushs Augenbrauen tanzen nach oben, während mein Bruder euphorisch grinst. Ich werfe ihm einen Blick zu, der Bände spricht. Und der sagt: Träum weiter, Baby. Du weißt, dass ich die Bessere von uns beiden bin.

***

»Er ist toll.« Rush und ich laufen hinter Ruby zu den Eisbärgehegen. Er stopft sich den Mund mit Popcorn voll und scheint uns komplett vergessen zu haben. Wenn ich mich recht erinnere, haben die Augen meines Bruders noch nie so gestrahlt wie an diesem Tag im Zoo mit uns.

»Ist er.« Wärme füllt mein Herz, und als Rush selbstverständlich nach meiner Hand greift, platzt es fast. Das hier ist so normal. So schön. Und doch weiß ich, dass wir weit davon entfernt sind, das als unseren Alltag anzusehen. Dafür lastet noch viel zu viel Schutt auf unseren Schultern und viel zu viele Geheimnisse stehen zwischen uns. Ob wir sie je aus dem Weg räumen können? Ich bin bereit, ihm mein Chaos zu zeigen, sonst wäre ich nicht hier mit ihm. Aber er ist nicht bereit, mir seines zu zeigen.

»Er spricht nicht viel. Vor allem nicht mit Fremden. Du musst ihm gefallen«, sage ich glücklich. Mein Bruder hatte schon immer Probleme damit, sich anderen Menschen zu öffnen, aber bei Rush fällt es ihm erstaunlich leicht. Er hat sogar über seine Witze gelacht!

»Rush, schau mal!« Als hätte er uns gehört, winkt er ihn zu sich heran. »Sorry, Kitten, aber dein Bruder erhebt Ansprüche auf mich.« Seine Hand gleitet aus meiner und er steuert meinen Bruder an, der vor dem riesigen Eisbären mit geöffnetem Mund stehen bleibt.

»Die sind riesig!« Ich bleibe mit gesundem Sicherheitsabstand stehen, weil ich sie beobachten will, ohne sie zu stören. Ruby streckt seine Hand aus, und als seine kleine Hand in Rushs große wandert, weiß ich, dass ich nie etwas Schöneres gesehen habe. Dieser Moment ist perfekt. Und ich würde ihn gern mit aller Macht in mir verankern.

Bis jetzt wollte ich es nie wahrhaben, aber hier mit Rush wird mir klar, dass Ruby immer die männliche Bezugsperson in der Familie gefehlt hat. Er hat Dad nicht kennenlernen dürfen. Und, im Grunde genommen, hatte er immer nur mich und die kleinen Fetzen von Mom, wenn sie gute Phasen hatte.

»Weißt du, dass es in Europa eine Insel gibt, auf der mehr Eisbären als Menschen leben?«, fragt Rush meinen Bruder und der reißt die Augen auf. »Wirklich?«

»Jap. Spitzbergen. Liegt irgendwo nördlich von Norwegen. Da leben über dreitausend Eisbären«, sagt Rush triumphierend.

»Annie, hast du das gehört?« Ruby winkt mich heran und ich gehe auf die beiden Männer zu, die meine Gedanken für sich einnehmen. Ruby schon sein ganzes Leben lang, Rush erst seit wenigen Monaten. Und doch kann ich mir nicht mehr vorstellen, wie mein Leben ohne ihn aussah.

»Rush hat mir von einer Insel erzählt, auf der es mehr Eisbären als Menschen gibt!«, sagt Ruby völlig aus dem Häuschen. »Können wir irgendwann mal auf diese Insel, Annie? Bitte!« Er faltet die Hände flehend zusammen und ich gehe vor ihm auf die Knie. »Irgendwann werden wir auf dieser Insel sein. Versprochen.«

***

»Er ist total fertig.« Ich blicke nach hinten zur Rücksitzbank und sehe meinem Bruder zu, der friedlich schläft. Nach dem Besuch im Zoo haben wir uns mit Fast Food die Bäuche vollgestopft und danach ist er sofort eingeschlafen. Kein Wunder, immerhin war der Tag anstrengend für ihn.

»Danke, Rush.« Nur schwer löse ich den Blick von Ruby und sehe stattdessen ihn an. Er stellt den Motor ab und dreht sich in meine Richtung. Und immer noch kann ich kaum glauben, was sein Anblick in mir anrichtet. Ich war noch nie in meinem Leben verliebt, weil ich dafür keine Zeit und keine Nerven hatte. Aber immer, wenn ich mich in seinen blauen Augen verliere, will ich mich fallen lassen, ohne an die Konsequenzen zu denken.

»Wofür denn?« Gott, war er schon immer so bescheiden? Eigentlich hatte ich eine andere Art von ihm in Erinnerung, aber in den letzten Tagen verschwand diese Art immer mehr hinter seinem wahren Gesicht.

»Du weißt, wofür«, sage ich und verdrehe die Augen. Er nimmt meine Hand in seine und hinterlässt einen Kuss auf ihr. Als ich den Verband an seiner Hand dabei genauer mustere, lässt er sie wieder los und steigt wortlos aus dem Wagen.

Ich habe mich bis jetzt nicht getraut, ihn darauf anzusprechen, auch wenn ich genau weiß, wann das passiert ist. Und dass ich der Grund dafür bin, weil ich an diesem Tag gegen seinen Willen in der Klinik war, um seine Schwester zu besuchen.

Seufzend steige ich ebenfalls aus. Rush presst mich Sekunden später gegen den Wagen und küsst mich so hart, dass meine Knie weich werden. Sein Kuss schreit nach Schmerz und bettelt um Ablenkung, die ich ihm zu gern gebe.

»Würdest du …« Meine Worte werden durch seine Zunge unterbrochen, die meine Lippen teilt. Rush löst sich nur widerwillig von mir.

»Würde ich was, Kitten?« Seine blauen Augen strahlen selbst bei Dunkelheit. »Würdest du noch mit hochkommen?« Die Worte kommen nur schwer über meine Lippen, weil ich nie jemanden mit nach Hause nehme. Aber ich ertrage den Gedanken nicht, ihn jetzt gehen zu lassen, nachdem er den Tag für meinen Bruder perfekt gemacht hat. Für mich perfekt gemacht hat.

»Bist du dir sicher?« Seine Fürsorge bringt mein Herz noch schneller zum Rasen. Verdammt, wieso kann ich nicht immun gegen ihn sein? Wieso lasse ich es zu, angreifbar für ihn zu werden? Es gibt schon zu viele Baustellen in meinem Leben. Rush Black könnte sich in diesem Moment zu der größten entwickeln.

»Ja. Meine Mutter ist ohnehin nicht da.« Jedenfalls nicht im Geist. Körperlich ist sie vielleicht da, aber sie wird das Zimmer nicht verlassen, das weiß ich. Er nickt und grinst mich danach so liebevoll an, dass ich vergesse, was ich hier eigentlich für diesen Mann riskiere.

ANNA

Als ich an diesem Morgen wach werde, habe ich das erste Mal seit Ewigkeiten keine Rückenschmerzen dank der harten Pritsche, die sich mein Bett schimpft, weil ich die ganze Nacht über auf seiner Brust geschlafen habe. Ich schlage die Lider auf und verspanne mich, als ich sehe, dass er mich beobachtet. Rush hat einen Arm um meine Schulter gelegt, den anderen hinter seinem Kopf verschränkt.

»Guten Morgen, Kitten.« Seine Augen strahlen mich an und machen mich hellwach. »Guten Morgen, Schoßhündchen«, murmle ich und vergrabe das Gesicht an seiner Brust. Er riecht selbst früh am Morgen ohne Dusche viel zu gut.

»Tut es noch weh?« Er sieht mich besorgt an, und als ich an den Grund für seine Frage denke, muss ich schlucken. Mir ist nie etwas peinlich, aber ich wurde schließlich auch noch nie so lange gefickt, bis ich wund wurde. Ich grinse ihn an und schüttle den Kopf. »Die Schmerzen sind schon vergessen«, versichere ich ihm, und seufze in seine Mundhöhle, als er mich an sich zieht und küsst. Sein Mund wandert über mein nacktes Schlüsselbein hinunter zu meiner Brustwarze.

»Gut«, murmelt er und beißt sanft hinein. »Was wird das, Rush?«, frage ich ihn lachend, als er sich unter die Decke schiebt und Richtung Süden wandert. Seine blauen Augen funkeln mich an und ein Lächeln entsteht auf seinem Gesicht.

Ein verdammt überhebliches Lächeln, das mich auf Wolke sieben schickt. Denn auch wenn ich die fürsorgliche Art an ihm lieben gelernt habe, ist es dieses Lächeln, das mich um den Verstand bringt.

»Ich sorge dafür, dass du in den nächsten Tagen nirgendwo mehr sitzen kannst, ohne an mich zu denken.« Und mit diesen Worten schiebt er zwei Finger in mich und ich kralle mich im Laken fest. Verdammt, wieso kann nicht jeder Tag so beginnen?

***

Zwei Stunden später stehe ich an der Tür, um mich von ihm zu verabschieden. »Danke, dass du geblieben bist.« Ich schlinge die Arme um seinen Nacken und küsse seinen Mundwinkel.

»Sehen wir uns heute?« Seine Frage lässt mich lächeln. Mittlerweile sehen wir uns jeden Tag und ich kann mir gar nicht mehr vorstellen, wie ein Tag ohne ihn ist. Also nicke ich und beiße mir auf die Lippe.

»Ich habe heute frei. Wollen wir was unternehmen?« Allein der Gedanke an den Tag gestern lässt mein Herz aufblühen. Die Erinnerung an Rubys Lächeln schickt mich in den Himmel. Rush zieht mich an sich und vergräbt sein Gesicht in meinem wirren Haar. »Ich muss noch kurz in die Klinik. Danach rufe ich dich an.« Sobald er die Klinik und seine Schwester ins Spiel bringt, verkrampft sich mein Herz und der Himmel rückt wieder weiter weg in Ferne.

Aber ich lasse mir nach außen hin nichts anmerken. Er soll nicht sehen, dass es mich kränkt, im Dunkeln zu tappen. Dass es mir wehtut, in diesem Bereich von ihm ausgeschlossen zu werden.

»Okay.« Zum Abschluss gebe ich ihm noch einen Kuss und lasse dann schweren Herzens von ihm ab. »Okay.« Als er schließlich die Treppe ansteuert, lässt er mich nicht aus den Augen. Diese verdammt schönen, blauen Augen … werden mein Untergang sein. Ich schließe schweren Herzens die Tür, husche in meiner spärlichen Bekleidung zurück in mein Zimmer und lasse mich zufrieden aufs Bett fallen.

Und als ich meine Hand zu der Bettseite wandern lasse, auf der er bis eben noch lag und mich liebte, stoßen meine Finger auf etwas Kühles. Ich stemme mich hoch und entdecke sein Handy.

»Mist.« Schnell springe ich vom Bett auf und gehe zum Fenster, aber der Supra steht nicht mehr an der Straße. Weil ich ohnehin frische Luft schnappen will, und er sein Handy braucht, wenn wir uns verabreden wollen, ziehe ich mir rasch frische Kleidung über und mache mich auf den Weg in die Klinik, um es ihm zu bringen.

***

»Wen wollen Sie besuchen?« Dieses Mal sitzt wieder die ältere Dame von meinem ersten Besuch hinter dem Tresen. Aber zu meinem Glück scheint sie sich nicht an mich und mein Ablenkungsmanöver mit dem Kaffee zu erinnern. Bei der Anzahl der Bewohner und deren Besucher ist das auch kein Wunder. Glück gehabt. Vermutlich würde sie mich nicht reinlassen, wenn sie wüsste, wer ich bin und was ich getan habe.

»Abigail Black«, sage ich dieses Mal ohne Zittern in den Beinen. Die Dame notiert die Daten in ihrem Heft und reicht mir das Buch, um zu unterzeichnen.

Eilig setze ich meine Unterschrift in das Feld, und als ich seine Unterschrift in der Zeile darüber entdecke, muss ich grinsen. Solange, bis ich einen Namen in der ersten Spalte lese, der mir die Luft abschnürt. Dort, wo der Name seiner Schwester stehen sollte, steht ein anderer. Einer, den ich noch nie in meinem Leben gehört habe. Audrey Field. Wer zur Hölle ist das?

»Sind Sie fertig?« Die Dame wird ungeduldig, also schiebe ich das Buch mit zitternden Fingern zu ihr herüber. »Ja, danke.« Ich setze meinen Tunnelblick auf, lasse die Dame am Empfang zurück und gehe durch die Glastür nach drinnen. Meine Beine tragen mich über den sterilen Flur, Schwestern begrüßen mich, aber ich bin nicht in der Lage, ihnen zu antworten.

Stattdessen finde ich mich Sekunden später an einer Tür wieder, die nach draußen zum angrenzenden Garten führt. Als wüsste ich, was ich dahinter finden kann. Meine Beine werden weich und mein Herz pocht schnell und hart in meiner Brust.

Rush ist da draußen.

Und er ist nicht allein.

Meine Kehle schnürt sich zu, als mein Blick auf die Hand des Mädchens fällt. Eine Hand, die in seiner liegt. Eine Hand, die viel zu vertraut über seine streichelt.

Tränen steigen in meine Augen, als ich die Tür aufstoße und die Blicke der beiden auf mich ziehe. Ich halte sein Handy in der Hand. Und die Reste meines Herzens, das gerade in zwei Teile zerbricht, in der anderen.

RUSH

»Liebling? Wer ist dieses Mädchen?« Audrey krallt ihre Nägel in das Fleisch meiner Unterarme, während ich auf der Bank sitzen bleibe und erstarre. Das hier kann unmöglich wahr sein. Anna kann unmöglich vor mir stehen. Ich muss träumen. Ich träume, oder?

»Liebling?« Sie rüttelt an mir, aber ich bin nicht in der Lage, etwas zu erwidern. Annas Schultern beben, ihr Blick wirkt verloren und leer. In diesem Moment sehe ich, wie etwas in ihren Augen bricht. Wie ich etwas in ihren Augen zerbreche.

»Anna.« Meine Stimme gleicht einem Kratzen, und als ich aufstehe und auf sie zugehe, schüttelt sie unter Tränen den Kopf. »Nicht.« Sie hebt abwehrend ihre Hand hoch und geht einige Schritte zurück, bis sie mit dem Rücken gegen die Glasscheibe stößt und mich aus scheuen Augen ansieht.

»Anna, hör mir zu.« Währenddessen höre ich an den leichten Schritten hinter mir, dass Audrey mir folgt. Fuck, das hier darf einfach nicht real sein. NIE! »Rush, wer ist dieses Mädchen? Wer ist Anna?« Alles in mir dreht sich wie auf einem Karussell, während sich die

Krallen der Wahrheit um meine Kehle legen und zudrücken. Annas Blick wandert nach unten zu ihren leblosen Händen.

»Du hast dein Handy in meinem Bett vergessen. Ich wollte es dir bringen.« Ihre Worte hallen durch den Garten und ich beiße mir so heftig auf die Lippe, dass sie blutet.

Nein.

Das hat sie gerade nicht gesagt. Nicht in ihrer Gegenwart. Verdammt, das darf sie nicht laut gesagt haben! Hat sie eine Ahnung, was das anrichten kann? Nein. Sie hat keine Ahnung, weil sie nichts von meinem Chaos weiß. Weil ich sie immer im Dunkeln tappen lasse, um sie und mich zu schützen.

»In ihrem Bett?« Audrey zerrt mich am Ärmel zurück, aber ich bleibe versteinert zwischen den beiden Frauen stehen, die mein Herz für sich einnehmen. Und deren Herzen ich in diesem Moment – von einer Sekunde auf die andere – mit den Händen breche.

»Rush, was meint sie?« Tränen schießen in ihre grauen Augen, und als ich die Panik in ihrem Blick aufflimmern sehe, wird mir übel. »Ich kann es dir erklären«, sage ich matt, aber, im Grunde genommen, ist es gelogen. Ich kann ihr nur die Wahrheit sagen und die wird sie zerstören. Anna schnaubt verächtlich, und als sie auf mich zutritt, gleicht ihr Blick einer heftigen Ohrfeige.

»Fick dich, Rush Black. Du bist das Allerletzte.« Und mit diesen Worten dreht Anna sich um und rennt durch die Tür hinein in die Klinik. Rennt vor mir und der Wahrheit weg, obwohl sie nicht ansatzweise versteht, was das hier zu bedeuten hat. Mein Herz will, dass ich ihr nachgehe, dass ich ihr alles erkläre, bevor sie mich verurteilt. Aber mein Verstand weiß, dass ich hier dringender gebraucht werde. Langsam drehe ich mich zu Audrey um, die sofort zurückweicht.

»Was bedeutet das, Rush?« Tränen rinnen über ihre Wangen wie Bäche und sie schüttelt so heftig den Kopf, dass sich mein Herz verkrampft. Ich weiß, was jetzt passiert. Ich kenne diesen Ausdruck auf ihrem Gesicht. Viel besser, als ich ihn kennen will.

»Liebling, beruhige dich.« Aber als ich nach ihrer Hand greifen will, sinkt sie zu Boden. Sie ringt um Luft. Vergeblich. Ihre Schultern beben heftig, ihr Brustkorb hebt und senkt sich im Sekundentakt. Mit den Fingern krallt sie sich im Boden fest, der vom Regen heute Morgen noch feucht ist, und bohrt sie anschließend in ihre Handflächen.

»Liebling.« Ich falle vor ihr auf die Knie, aber sie rutscht über den Rasen vor mir weg, als hätte sie Angst, ich könnte ihr wehtun. »Geh weg!« Ihre Stimme schneidet sich wie ein Messer durch meine Mauer, ihr verstörter Blick weicht einem panischen. Und als die Tränen versiegen und sie immer noch keine Luft bekommt, rollt sie sich am Boden zusammen und schreit sich alles von der Seele.

»GEH WEG! GEH WEG! GEH WEG!« Sie wiederholt die Worte wie ein Mantra, aber ich ignoriere sie, weil ich weiß, dass sie mich jetzt mehr denn je braucht.

»Ich lasse dich jetzt nicht allein!« Mit diesen Worten schiebe ich meine Hände unter ihren Rücken, stemme sie nach oben, und renne mit ihr in die Klinik. Sie hat nicht mal die Kraft, sich dagegen zu wehren. Ich muss sie zu den Schwestern bringen. Sofort. Sonst verliere ich an einem Tag alles, was mir je etwas bedeutet hat.

***

Noch immer brennen die Schuldgefühle in meiner Brust wie Feuer. Audrey schläft, aber sie hat keinen friedlichen Schlaf. Immer wieder verkrampfen sich ihre Hände und ihre Augen huschen unter den Lidern hin und her. Ich sitze an ihrem Bett, die Arme auf der Matratze abgestützt und das Kinn auf ihnen abgelegt. Es gab nur einen Moment in meinem Leben, an dem ich mich noch mehr gehasst habe.

»Sie wird wieder.« Florence tätschelt meine Schulter, aber ich spüre nur den dumpfen Druck auf meiner Haut unter der Jacke. Ich bin taub.

»Es wäre fast zu spät gewesen«, sage ich erstickt. Jeder Atemzug schmerzt, als ich in ihr gequältes Gesicht sehe. Ich habe alles in den Sand gesetzt. Alles.

»Ich habe dir gesagt, dass du sie nicht herbringen darfst, Rush. Wieso hast du es getan? Wieso hast du sie nicht hiervon ferngehalten?« Florence weiß, dass mir ihre Vorwürfe nichts bringen und nichts ändern werden, aber sie hat eine Antwort verdient. Ich greife nach Audreys lebloser Hand und presse sie gegen meine Brust.

»Ich wollte es. Aber … ich war nicht vorsichtig genug.« Die Wahrheit trifft mich mit voller Wucht und Florence sieht mich starr an. »Du musst dein Leben auf die Reihe kriegen, Rush. Dabei kann dir niemand helfen. Audrey nicht, Abigail nicht. Deine Eltern nicht. Und diese Anna auch nicht. Das ist etwas, das du schaffen musst.«

Sie verlässt den Raum und die leisen Schritte hallen in meinen Ohren nach, während ich Audrey mustere. Dieses Mädchen, das mir auf zu viele falsche Weisen etwas bedeutet.

»Ich kriege das wieder hin.« Meine Lippen wandern zu ihrer Hand und eine Träne stiehlt sich dabei aus meinem Gesicht direkt auf ihre warme Haut.

»Irgendwie.« Ich muss. Aber egal, wie viele Möglichkeiten ich in meinem Kopf auch durchgehe. Egal, wie lange ich hier vor dem falschen Mädchen sitze. Eines steht fest: In diesem Moment habe ich die Herzen zweier Frauen gebrochen … und indem ich eines heile, zerbreche ich das der anderen endgültig.

ANNA

»Du siehst nicht gut aus, Babe.« René nimmt mein Gesicht in seine Hände und mustert es misstrauisch. Wie sollte es mir auch gut gehen? Noch jetzt sitzt der Schock tief, obwohl mittlerweile schon vierundzwanzig Stunden vergangen sind. Nachdem ich Rush mit diesem Mädchen im Garten gesehen habe, und sie ihn Liebling nannte, habe ich sein Handy am Empfang gelassen und bin nach Hause gerannt, um mich in meinem Zimmer zu verschanzen.

Und er kam nicht, um sich zu erklären. Rush hat versucht, mich anzurufen, aber es schien ihm nicht wichtig genug gewesen zu sein, mir von Angesicht zu Angesicht zu erklären, was das zu bedeuten hat. Dementsprechend habe ich heute Nacht kein Auge zubekommen und sehe aus wie eine wandelnde Leiche.

»Danke, René. Die Worte habe ich echt gebraucht«, murmle ich und exe meinen Kaffee. Da ich seitdem keinen Bissen mehr herunterbekommen habe, fühle ich mich schwach auf den Beinen und der Kaffee sorgt dafür, dass ich zittere, weil ich nur noch aus Koffein bestehe.

»Hey, setz dich. Du kippst mir ja gleich aus den Sandalen.« Er drückt mich auf den Stuhl hinter der Kasse und sieht mich voller Mitgefühl an. »Was ist los, hm? Ärger zu Hause?« Ich lache, weil ich mir in diesem Moment wünschte, es würde nur darum gehen, dass ich vergessen hätte, Rubys Klasse Kuchen zu bringen. Ich schüttle den Kopf.

»Ich will nicht unbedingt darüber reden.« Dasselbe habe ich Alex gestern Abend auch schon am Telefon verklickert, als sie mich anrief und mich auf eine Party schleppen wollte.

Sie weiß noch nicht, was passiert ist, aber sie stand kurz davor, zu mir nach Hause zu kommen und so lange zu klingeln, bis ich die Tür öffne. Zu meinem Glück habe ich es geschafft, sie irgendwie davon abzuhalten.

Noch jetzt sitzt der Verrat so tief, dass ich kein Wort darüber verlieren könnte, ohne in Tränen auszubrechen. Fühlt es sich so an, verliebt zu sein? Fühlt es sich so an, wenn einem das Herz bricht? Wenn ja, kann ich dankend in Zukunft darauf verzichten.

Ich dachte eigentlich, meinem Herzen könnte niemand etwas anhaben. Aber dann kam Rush und wirbelte meine Ordnung durcheinander. Wie konnte ich nur so dumm sein, und glauben, dass das mit uns einen Sinn hätte haben können?

Er hat mir nie etwas über sich erzählt, und hätte ich die Zügel nicht selbst in die Hand genommen, wüsste ich immer noch nichts von seiner Schwester. Und obwohl ich sie nur einmal gesehen habe, vermisse ich sie schon. »Okay. Ich werde dich sicher nicht bedrängen, Süße.« René wirft einen Blick in den Terminkalender. »Den Zehn-Uhr-Termin kann ich für dich übernehmen. Den um zwölf leider nicht.«

»Danke, René.« Im selben Moment ertönt die Glocke der Tür und ein Kunde tritt herein. René versperrt mir die Sicht, und als er sich umdreht, zwinkert er.

»Da ist doch die perfekte Aufmunterung für dich, Anna.« Mein Blick huscht zur Tür, und als ich in reuevolle, blaue Augen blicke, will ich am liebsten einfach aus dem Laden stürmen oder ihm die Reue aus dem Gesicht schlagen. Oder mich einfach in Luft auflösen.

»Anna -«

»René, würdest du ihn übernehmen? Ich kotze sonst.« Mit diesen Worten stehe ich unsicher vom Stuhl auf, gehe um den Tresen herum, und renne an ihm vorbei. Bevor ich verschwinden kann, packt er mich bei der Hand.

»Lass mich los, Rush.« René kommt ebenfalls um den Tresen herum und baut sich vor ihm auf. »Hey, du solltest gehen, hörst du?« Aber er lässt sich davon nicht beeindrucken und schenkt meinem Boss keinerlei Beachtung.

»Hör mir zu, Anna. Du hast das alles falsch verstanden.« Er geht gedanklich vor mir auf die Knie, aber ich lasse mich davon gar nicht erst einwickeln. »Verpiss dich, Rush. Ich weiß jetzt, wieso ich nicht in diese Klinik kommen sollte. Es ist okay. Aber geh einfach und tisch mir keine Lügengeschichten auf, um dein Gewissen reinzuwaschen.« Meine Worte sollten druckvoller sein, aber das, was über meine Lippen kommt, ist eindeutig zu schwach.

»Soll ich ihn rausschmeißen?« René stellt sich zwischen uns, aber ich schüttle den Kopf. »Brauchst du nicht. Er wird schon von allein gehen.« Ich sehe ihn nicht an, weiß aber, dass Tränen in seinen Augenwinkeln schimmern.

»Anna, ich -«

»Lass es einfach. Ich habe verstanden, wir sind alle Sünder und kommen in die Hölle, nicht wahr?« Dieses Mal traue ich mich, ihm ins Gesicht zu sehen, bereue es aber sofort. Weil sein Anblick viel zu viel mit mir anstellt. »Du hattest recht: Es gibt keine Diamanten unter uns Menschen.« Ich schlucke die Tränen herunter, um wenigstens vor ihm stark zu bleiben.

»Entschuldigt mich.« Und mit diesen Worten stürme ich aus dem Salon und renne planlos über die Straße. Ich muss einfach nur weit weg. Weit, weit weg … Und zu meinem Glück folgt er mir nicht einmal, als ich mich über die Schulter nach ihm umsehe.

***

»Moment. Noch mal von vorne.« Alex schließt die Augen und atmet tief durch. »Du bist ihm also in diese Klinik gefolgt, hast eine Show vorgetäuscht und dieses Buch abfotografiert?«

»Das hab ich doch schon gesagt, Alex.« Wir sitzen gemeinsam bei ihr zu Hause und ich schütte ihr mehr oder weniger mein Herz aus. Sie musste bisher noch keinen einzigen Liebeskummer bei mir therapieren, darum wollte sie mir erst nicht glauben, als ich ihr die Story erzählt habe.

»Und dann hast du herausgefunden, dass es seine Schwester ist, und beschlossen, sie zu besuchen?« Ich nicke. »Und dann ist er ausgeflippt. Und als du ihm beim nächsten Mal sein Handy hinbringen wolltest, hast du ihn mit einer anderen erwischt.« Wieder nicke ich, obwohl ich es leid bin, überhaupt noch eine Sekunde länger darüber nachzudenken.

Ich habe schon weitaus schlimmere Sachen in meinem Leben durchgemacht, ein verdammtes gebrochenes Herz werde ich da auch noch überstehen. Muss es überleben. Für Ruby.

»Dieser Kerl hat wirklich Probleme«, zischt sie wütend. Und ja, die hat er. Aber die Probleme gehen mich jetzt nichts mehr an. Ich habe keine Kraft, mich neben dem Chaos zu Hause auch noch um sein Drama zu kümmern.

»Ach, Süße. Ich würde dich gern ablenken, weiß aber nicht, wie, wenn du nicht mit auf die Party willst.« Alex lässt die Schultern hängen. »Ich brauche keine Party. Ich brauche einfach nur einen ruhigen Abend mit meiner besten Freundin. Meinst du das geht?« Hoffnungsvoll sehe ich sie an, und als sie nickt, kuschle ich mich an ihre Schulter.

»Danke, Alex. Danke, dass du gerade der einzige Mensch bist, auf den ich noch zählen kann.« Sie tätschelt unbeholfen meinen Kopf und küsst meine Stirn. Wie Mumsy damals immer. Als sie noch Mom war. »Immer, Anna. Für dich immer. Glaub mir, ich wünschte, ich hätte ihm nie etwas über dich verraten, wenn ich gewusst hätte, was für ein Mensch er ist.«

RUSH

»Wo ist Anna?« Abby sitzt neben mir auf dem Bett und schaukelt mit den Beinen vor und zurück. Sie trägt noch ihren Pyjama, und würde ihr Name nicht auf der Brust neben dem Logo eingestickt sein, könnte man glatt vergessen, dass wir überhaupt in der Klinik sind.

»Sie muss viel arbeiten.« Allein beim Gedanken an die Situation vor drei Tagen wird mir schwindelig und Magensäure steigt in mir auf. Immer wieder versuche ich, sie zu erreichen, aber sie will mich nicht sehen. Wer kann es ihr verübeln?

Ich habe viel mehr als ihre Ignoranz verdient. Schmerzen. Üble Schmerzen. Würde sie mich an sich heranlassen, würde ich ihr erlauben, all das mit ihrem Messer zu tun, was sie braucht, um mir zu verzeihen. Aber sie wird mir nicht verzeihen.

»Ich mag Anna. Sie ist nett.« Verträumt sieht meine Schwester durch den Raum, und als sie mich mit einer Gesichtshälfte anlächelt, wird mein Herz in Sekundenschnelle tonnenschwer. Jedes Mal, wenn ich sie sehe, erinnert es mich an diesen Nachmittag vor sechs Jahren zurück. Jedes Mal, wenn ich die Ausmaße sehe, würde ich mir am liebsten die Kugel geben. Aber ich kann nicht. Ihretwegen. Weil sie nur noch mich in ihrem Leben hat. Wie könnte ich ihr auch noch die letzte Freude nehmen? Eines steht fest: Abby würde es nicht überstehen.

Ich greife nach der Hand meiner Schwester und runzle die Stirn. Alles in mir wehrt sich dagegen, die nächsten Worte auszusprechen, aber ich weiß, dass es keinen anderen Weg gibt, wenn ich ihr keine falschen Hoffnungen machen will.

»Hör zu, Abby.« Tief durchatmen … »Anna wird vermutlich nicht mehr herkommen können.« Sofort sackt ihr rechter Mundwinkel nach unten und eine Starre tritt in ihr Gesicht.

»Wieso nicht?« An ihrer Hand in meiner spüre ich, dass sie unkontrolliert zittert. Ich verfluche die Gedächtnislücken, die sie immer wieder heimsuchen. Aber in dieser Sekunde wünschte ich mir, sie würde mich einfach fragen, wer Anna ist.

Das würde nämlich bedeuten, dass sie sie schon vergessen hat. Meine Schwester braucht nur wenige Sekunden, um sich an einen Menschen zu gewöhnen und an ihn zu klammern. Immerhin hat sie keine Freunde da draußen, und selbst hier drin kämpft eigentlich jeder für sich allein. Es ist kein Wunder, dass sie sofort ihr ganzes Herz in neue Kontakte legt.

»Es liegt nicht an dir, Süße. Es ist nur … schwierig zwischen uns.« Abby ist schon fünfzehn, aber seit dem Unfall ist sie in der Entwicklung immer etwas hinterher.

Und auf keinen Fall habe ich vor, mit ihr über meine Frauengeschichten zu reden. Sie würde es nicht verstehen. Ich verstehe es ja, verdammt noch mal, selbst nicht. Bevor meine Schwester antworten kann, klopft es zaghaft an der Tür.

Sekunden später geht sie auf und wir beide trauen unseren Augen nicht. Ich blicke in blaue Augen, die wir geerbt haben, und in ein verkniffenes Lächeln. Meine Mutter.

»Mom!« Abby springt vom Bett herunter und rennt zur Tür, um sich in die Arme dieser Verräterin zu werfen. Sie liebt sie, trotz allem, was sie getan hat. Sie vergöttert sie.

Erst auf den zweiten Blick fällt mir mein Vater auf. Er nickt mir zur Begrüßung zu, widmet sich dann aber wieder seiner Tochter, weil er es liebt, meinen Blicken auszuweichen. Es ist einfacher, mich zu ignorieren, als sich mit mir auseinandersetzen zu müssen.

»Hallo, Abby Schatz. Wie geht es dir?« Mom streicht über ihre blonden Haare und wirft mir flehende Blicke zu. Ich weiß, was sie will. Sie will, dass ich den Mund halte, anstatt an die Decke zu gehen, dabei steht in mir bereits alles in Flammen. Wie können sie es wagen, hier aufzutauchen, als wäre es nichts?

»Abby?« Meine Schwester umklammert meine Mutter, als hätte sie Angst, sie könnte sonst verschwinden, und sieht mich fragend an.

»Würdest du eine Schwester holen und sie fragen, ob wir zum Essen bleiben können?« Zerknirscht werfe ich einen Blick zu meinen Eltern, die genau wissen, was ich vorhabe. Abby nickt und rennt anschließend in den Flur. Ich stürze mich zur Tür und schlage sie mit voller Wucht zu. Meine Hand verweilt auf ihr und ich lehne die Stirn gegen sie.

»Was. Wollt. Ihr. Hier?« Ich schaffe es nicht, mich von dieser Tür zu lösen, aus Angst, Abby könnte gleich schon zurück sein.

»Wir hatten Sehnsucht, Rush. Das verstehst du doch sicher.« Meine Mutter schreckt zusammen, als ich meine Faust gegen die Tür donnere und mich vor ihr aufbaue.

»Ihr hattet SEHNSUCHT?« Ich schreie, weil ich in ihrer Gegenwart immer die Kontrolle über mich und meine Stimme verliere. Zu meinem Glück bekommt Abby hiervon nichts mit. Sie würde es nicht verstehen. Sie würde mich sogar ganz sicher dafür hassen.

»Rush, beruhige dich.«

»Nein, Dad.« Ich bringe ihn mit einem scharfen Blick zum Schweigen. »Ihr könnt nicht einfach hier aufkreuzen und dann wieder Monate lang nicht. Sie ist eure Tochter, verdammt!«

»Und genau deshalb besuchen wir sie, wenn wir es für richtig halten«, antwortet meine Mutter verbissen.

»Und das kommt einmal im halben Jahr vor. Habt ihr eine Ahnung, was es mit ihr anstellt, wenn ihr danach wieder verschwindet und nicht wiederkommt?« Sie sehen mich fassungslos an. Spreche ich etwa in der falschen Sprache mit ihnen? »Unsere Besuche tun ihr gut!« Mein Vater will die Worte glaubhaft rüberbringen, aber er schafft es nicht. »Wenn sie regelmäßig wären, vielleicht. Aber so macht ihr sie nur kaputt, ohne es zu merken.«

»Rush, du kannst uns nicht ein Leben lang bestrafen. Sie ist unser Kind und dementsprechend treffen wir auch unsere Entscheidungen. Ob du willst oder nicht. Und wenn wir sie vermissen, besuchen wir sie.«

Anscheinend vermisst ihr sie ziemlich wenig …

»Wenn ihr sie vermisst, hättet ihr sie zu Hause behandeln lassen können. Ihr hättet ihr alles geben können, was sie braucht. Liebe. Eine Familie.

Anstatt sie einfach gegen ihren Willen hier einzusperren, weil es ja ach so einfach ist, die Verantwortung abzugeben«, knurre ich meine Mutter an und stehe kurz davor, meine letzte Fassung an diese Frau zu verlieren.

Seit diesem Tag vor sechs Jahren sehe ich nur noch das Monster in ihr, das sie zu verstecken versucht. Für andere ist ihre Fassade vielleicht blickdicht, aber nicht für mich.

»So einfach ist das nicht. Sie braucht medizinische Unterstützung. Und die können wir ihr zu Hause nicht geben, Rush!«

»Natürlich. Es gibt genug Mittel und Wege.« Ich baue Distanz zu ihnen auf. »Lasst euch eines gesagt sein. Wenn ich genug Geld habe, um sie aus diesem Loch rauszuholen, werde ich es tun. Ob ihr wollt oder nicht – ihr habt schon genug Leben zerstört.«

Mit diesen Worten reiße ich die Tür auf und stürme auf den Flur. Zu meinem Glück fehlt von Abby jede Spur, weil sie immer noch auf der Suche nach einer

Schwester ist. Ich renne nach draußen in den Garten, lehne mich gegen die Backsteinwand und lasse mich langsam an ihr nach unten gleiten.

Ich weiß, dass ich das hier verdient habe. Jeden Schmerz, jede Träne. Jeden inneren Konflikt. Alles. Ich habe jeden einzelnen Dämon verdient, der vor sechs Jahren in mir gesät wurde. Und trotzdem tun sie mir so verdammt weh.

ANNA

»Wann findet das nächste Rennen statt, Alex?« Das ist die erste Frage, die mir entflieht, als ich aus dem Wagen steige. Alles in mir brennt und das Adrenalin feuert immer noch durch meinen Körper, auch wenn das Rennen offiziell vorbei ist.

»In zwei Wochen.« Ich schließe die Augen, balle die Hände zu Fäusten und presse sie mir auf die geschlossenen Lider. Scheiße.

»Hey, Hunter hatte einfach nur einen guten Tag.« Sie tätschelt meinen Arm, während ich versuche, nicht Amok zu laufen. »Einfach nur einen guten Tag«, wiederhole ich murmelnd. Und als dieses Arschloch auch noch überheblich als Sieger aus seinem Mustang steigt, stürme ich auf ihn zu.

»Na, Chapman. Gaspedal eingerostet?« Sein süffisantes Grinsen treibt mich zur Weißglut. Ich habe diesen Kerl schon immer gehasst, weil er, wenn er mal an einem Rennen teilnimmt, immer die Nase vorn hat. Zu meinem Glück hat wenigstens Thunder eingesehen, dass er das Feld räumen muss.

»Sicher nicht«, antworte ich knurrend und werfe einen Blick auf sein Gefährt. Ich liebe diesen Wagen, aber in Momenten wie diesen hasse ich ihn, weil er mich heute dreitausend gekostet hat. Dreitausend, die ich für die nächsten Monate hätte gebrauchen können.

»Hör zu, Süße.« Er legt den Kopf schief. »Beim nächsten Mal lasse ich dich extra gewinnen. Was meinst du? Deal?«

Wenn es einen Menschen gibt, den ich in dieser Zeit noch mehr hasse als Rush, ist es dieser Kerl vor mir. Mit dem Tattoo über seinem rechten Auge liegen ihm die Weiber zu Füßen, ich habe nichts weiter als Verachtung für ihn übrig. So war es schon, als er das erste Mal gegen mich angetreten ist und mir die Show gestohlen hat.

»Fick dich, Hunter.« Und mit diesen Worten stapfe ich zurück zu meinem Wagen und somit auch zu Alex. »Was hat er gesagt?« Sie schielt zu ihm herüber, und ihre Augen brennen vor Neugier. Klar, er sieht vielleicht nicht übel aus, aber mehr als Titten und Ärsche hat er eh nicht im Kopf. Ein Wunder, dass er es überhaupt schafft, sich auf ein Rennen zu fokussieren.

»Kaum zu glauben, dass er jetzt handzahm geworden sein soll«, murmelt meine beste Freundin seufzend. »Hunter und handzahm?« Ein Lachen steckt in meiner Kehle fest, weil diese Worte viel zu absurd sind.

»Ja, er hat doch jetzt diese Kleine. Die Tochter von Richardson. Dem Anwalt?«, sagt Alex flüsternd und bedauerlich zugleich. Und tatsächlich, als ich das nächste Mal zu ihm sehe, wirft sich ein kleines Blondchen in seine Arme und er küsst sie stürmisch. »Gott, ich kotze gleich.«

In den letzten Wochen bekomme ich von jedem Paar Herpes. Ich hasse sie mehr denn je. Hasse es, wenn Menschen Händchen halten. Hasse es, wenn Menschen sich gelogene Dinge ins Ohr flüstern. Ich habe nie an die große Liebe geglaubt, aber vor einigen Wochen ist jeglicher Glaube an das L-Wort vergraben worden.

»Hat Rush sich schon mal gemeldet?« Sie lehnt sich gegen meine Schönheit und sieht mich fragend an, dabei würde ich sie gern in die Hölle schicken, weil sie seinen Namen so leichtfertig ausgesprochen hat. »Hat aufgehört.« Mittlerweile ist es draußen nicht mehr sonderlich heiß und ich reibe mir die Finger. »Er taucht ja auch nicht mehr auf. Als wäre er einfach verschwunden.«

Und es stimmt. Rush ist seit diesem Tag in der Klinik bei keinem Rennen mehr aufgetaucht. Und er hat auch nicht mehr versucht, mich im Salon zu besuchen, um mir »alles zu erklären«. Ich scheiße auf seine Erklärung. Und ich habe keine Lust, mich in seine Beziehung zu diesem Mädchen einzumischen, dafür habe ich genug andere Probleme in meinem Leben.

»Hör zu, ich komme heute nicht mit in den Club. Muss nach Hause.« Will nach Hause. Seltsam, dass ich das erste Mal seit einer Ewigkeit die stickige, beengende Wohnung dem *Slaughter* nach einem Rennen vorziehe. Normalerweise bin ich froh um jede Sekunde, in der ich meiner Mutter nicht dabei zusehen muss, wie sie sich selbst zugrunde richtet. Aber der Gedanke daran, ich könnte im Club Rush begegnen, schnürt meine Kehle zu. »Okay, schade. Aber halt mich auf dem Laufenden, was Rush betrifft.« Alex gibt mir einen Kuss auf die Wange und ich steige in meinen frisch reparierten Wagen. Fuck, ich hätte das Geld wirklich gebrauchen können, die Rechnung der Werkstatt könnte mit ihren achthundert Dollar mein Todesurteil bedeuten. Zu meinem Glück habe ich noch dreißig Tage Zeit, bis ich mir Gedanken um die nächste Miete machen muss.

Bevor ich losfahre, werfe ich noch einen Blick zu Hunter, der lässig mit seinem Mädchen im Arm an seinem Wagen lehnt. Ich strecke ihm meinen Mittelfinger entgegen, starte den Motor und fahre los.

***

Als ich die Wohnung öffne, weiß ich schon, dass etwas nicht stimmt. Woran es liegt, weiß ich nicht, aber als ich Sekunden später ein Schluchzen höre, stürme ich sofort in Rubys Zimmer. Es ist mitten in der Nacht, was zur Hölle ist passiert? Es wäre nicht das erste Mal, dass mein kleiner Bruder Albträume hat, die ihm den Schlaf kosten.

»Ruby, warum bist du noch auf?« Er sitzt auf seinem Bett und schluchzt. Dann fällt mein Blick auf den Verband an seiner rechten Hand. Sofort bin ich bei ihm und knie mich vor ihn. »Hey, was ist da passiert?« Ich nehme die Hand in meine und wickle den Verband ab. Zum Vorschein kommt eine glühend rote

Handinnenfläche mit Brandblasen auf ihr, die mich schlucken lassen.

»Gott, Rubs!«

»Ich wollte mir nur etwas zu essen machen«, sagt er leise, weil er Angst hat, er könnte Ärger bekommen. »Aber ich habe dir doch das Essen in den Kühlschrank gestellt, Schatz.«

»Ich wollte was anderes essen.« Er senkt den Blick und als ich gegen seine Hand stoße, zuckt er zusammen. »Damit müssen wir in ein Krankenhaus, Ruby!« Mit diesen Worten lege ich den Verband wieder an, damit kein Dreck in die Wunde kommt.

»Hast du Mumsy Bescheid gegeben?« Allein beim Gedanken daran, dass er stundenlang hier mit diesen Schmerzen sitzen musste, während ich dieses Rennen verloren habe, werde ich wütend.

Auf meine Mutter. Auf mich, auf die ganze verdammte Welt. In diesem Moment, hier mit meinem verletzten Bruder vor mir, in diesem viel zu engen und spärlich eingerichteten Raum, steigt mein Hass ins Unermessliche.

»Ja, aber sie ist sofort wieder eingeschlafen. Sie hat sich die Hand nicht ansehen wollen, Annie«, sagt er und wischt sich die Tränen weg. Während alles in mir Feuer fängt. Bis jetzt habe ich immer versucht, meine Mutter vor der Wut in mir zu schützen, aber hier und jetzt hat sie eine Grenze überschritten. Und ich kann nicht mehr länger dabei zusehen, wie sie meinen Bruder mit sich in die Dunkelheit zieht.

»Wartest du hier?« Er nickt, ich küsse seine Stirn und renne in den Flur, um danach, ohne anzuklopfen, in das Schlafzimmer zu platzen. Meine Mutter stöhnt, als ich das Licht anschalte und mich auf sie stürze. In dieser Sekunde vergesse ich mich völlig, meine Gefühle fahren Achterbahn.

»Annie, Schatz?«

»Lass das, Mom!«, zische ich. »Hast du wirklich gar kein Herz mehr?« Ihre Augen sind nur kleine Schlitze, als ich sie am Kragen des Pullis packe und sie zwinge, sich aufzusetzen. Sie stinkt nach mehreren Tagen ohne Dusche. Ihre Haare triefen vor Fett und ihre Haut ist fleckig. »Was meinst du?« Verwirrt sieht sie mich an.

»Was ich meine?« Ich lache, stürme zu Ruby ins Zimmer, packe ihn bei der unverletzten Hand und baue mich mit ihm vor ihr auf. Danach halte ich die verbundene Hand in die Höhe. Meine Mutter sieht sie, aber sie verzieht keine Miene dabei, als würde sie nicht verstehen, was das hier zu bedeuten hat. Wo ist ihre Menschlichkeit hin?

»Er hat Schmerzen! Wie kannst du … wie kannst du dein Selbstmitleid über die Schmerzen deines Sohnes stellen?« Ich weiß, dass mein Ausbruch ihre Situation nur verschlimmert, aber ich habe mir lange genug auf die Zunge gebissen. Tag für Tag habe ich die Wut in mir genährt, jetzt will sie wie eine Bombe platzen. Und in dieser Sekunde denke ich nicht daran, was die Explosion alles zerstören könnte.

»Es … ich wusste nicht, dass es so schlimm ist. Annie, Schatz, du weißt, ich will nur das Beste -«

»Halt den Mund, Mom! Sag mir nicht, dass du nur das Beste für uns willst. Du hattest so oft die Chance, zur Therapie zu gehen. So oft. Wie oft hast du mir versprochen, dass du dich zusammenreißt? Dass du dich ab jetzt um uns kümmern willst? Wie oft, Mom? Ich bin es leid. Ich … ich kann nicht immer hier sein und auf dich aufpassen. Ich muss Geld verdienen, damit dein Kind nicht verhungert!«

Tränen rinnen über mein Gesicht, die ich nicht mal versuche, zu verstecken. Und als meine Mutter ebenfalls zu weinen beginnt, will ich einfach nur raus hier. Raus aus diesem Leben, weg von den Menschen, die mir immer wieder wehtun.

Ruby steht versteinert neben mir und sieht immer noch beschämt zu Boden. Glaubt er wirklich, das hier sei seine Schuld? Dass all das nicht passiert wäre, wenn er auf mich gehört hätte? Es zerbricht mir das Herz, dass er immer all die Fehler bei sich sucht, obwohl er das Opfer hier ist. Obwohl er derjenige ist, der Kind sein sollte. Kein Mensch sollte in seinem Alter so viel Verantwortung übernehmen müssen wie er.

»Annie, ich kämpfe. Jeden Tag kämpfe ich. Aber ich bin zu schwach«, schluchzt Mom und vergräbt das schmale Gesicht in den dürren Händen. Händen mit Fingernägeln, unter denen sich der Dreck der letzten Wochen sammelt.

»Du kämpfst nicht genug. Und wenn es so weitergeht, wird das ein böses Ende für uns alle nehmen. Mach endlich die Augen auf, Mom.« Ich will noch so vieles loswerden, aber die meisten Dinge davon soll mein Bruder nicht hören, also beiße ich mir auf die Zunge. Ein letztes Mal sehe ich den Geist meiner Mutter an.

»Wir alle haben mit unseren Dämonen zu kämpfen.« Ich schicke Ruby zurück in sein Zimmer und verlasse das Schlafzimmer. Bevor ich gehe, halte ich inne. »Du darfst sie nicht akzeptieren. Sonst wird er bald weg sein. Und dann kann ich dir auch nicht mehr helfen.«

RUSH

Ein Klingeln reißt mich aus dem ohnehin unruhigen Schlaf. Der Blick auf die Uhr zeigt mir, dass es mitten in der Nacht ist. Wer zur Hölle ruft mich mitten in der Nacht an?

»Black«, nehme ich das Gespräch grummelnd an, ohne auf die Nummer zu achten, oder darauf, woher ich sie kennen könnte.

Doch als ich panische Stimmen im Hintergrund höre, sitze ich im Bett und bin hellwach. Weil ich sofort weiß, woher diese Stimmen kommen und was sie bedeuten könnten.

»Rush?« Es ist Florence, und allein beim Gedanken daran, dass etwas mit Abby nicht stimmen könnte, schnürt sich meine Kehle zusammen.

»Florence, was ist los?« Sie ruft mich nie an. Und nie mitten in der Nacht. Meine Nummer ist nur für Notfälle hinterlegt worden.

»Du solltest in die Klinik kommen. Wie schnell kannst du hier sein?« Alles in mir will sie fragen, was passiert ist, aber ich weiß, dass ich in dieser Sekunde keine Zeit verlieren darf.

Immerhin weiß ich, wie viel wenige entscheidende Sekunden zerstören können. Für immer. »Ich bin gleich da.«

***

Kaum zwanzig Minuten später parke ich den Wagen auf der Einfahrt und spüre, wie das Blut aus meinem Gesicht weicht. Die Sirenen nehme ich nur im Hintergrund wahr, das, was meine ganzen Sinne für sich einnimmt, ist die Liege, die gerade in den Krankenwagen verfrachtet wird. Ich schalte den Motor nicht aus, stürme aus dem Wagen und über die Einfahrt zu einem der Sanitäter.

»Was ist passiert?« Ich spüre Stiche in meiner Brust und Tränen in meinen Augenwinkeln, der Sanitäter sieht mich starr an. »Wer sind Sie?« Seine Frage ist berechtigt, aber in dieser Sekunde würde ich ihm dafür gern die Fresse polieren. Er soll mir einfach nur sagen, was passiert ist!

»Ist das Abby?« Meine Stimme bricht beim Aussprechen der Frage zusammen. »Entschuldigen Sie, aber ich kann Ihnen jetzt keine Auskunft geben. Für Informationen fragen Sie die Schwestern.«

Der Mann lässt mich hier stehen, und da mittlerweile der Krankenwagen geschlossen ist, kann ich nicht sehen, wer in ihm liegt. Doch egal, wer es ist, ich weiß, dass es mich umbringen wird. In mir schreit alles danach, diesem Sanitäter eine reinzuhauen, aber ich bringe mich gerade noch unter Kontrolle.

Wie in Trance stürme ich am Empfang vorbei, ohne mich anzumelden. Renne über den Flur, und als ich Florence vor ihrem Zimmer entdecke, stürzt sie sich in meine Arme. Ihre Mascara ist von Tränen verwischt und ihre Lippen zittern, als hätte sie einen wahr gewordenen Albtraum hinter sich.

»Wo ist sie? Wo ist meine Schwester?« Florence schüttelt den Kopf.

»Nicht Abigail, Rush. Audrey. Es … es geht um Audrey.« Mein Herz setzt aus und das schlechte Gewissen übermannt mich, weil ich in keiner Sekunde an sie gedacht habe. Weil ich einen Tunnelblick hatte, und am Ende des Tunnels stand immer nur sie.

»Was ist passiert?« Meine Atmung flacht ab, als Florence die Tür zu ihrem Zimmer aufstößt. Unsicher folge ich ihr ins Innere, in dem noch zwei Sanitäter stehen. Und in dem alles nach ihr riecht.

»Hier sollte niemand reinkommen«, sagt der Schmächtige von ihnen und bestraft mich mit warnenden Blicken.

»Sie ist meine Freundin«, knurre ich ihn an und stoße sie zur Seite. Als ich einen Blick ins Badezimmer werfe, das sie bis eben blockiert haben, wird mir schlecht. Ich sacke nach vorn, schlage mit den Knien auf den Fliesen auf und stütze die Hände auf ihnen ab.

Blut.

Da ist überall dieses Blut.

Überall dieses rote Wasser.

Überall Dämonen.

»Was … wie«, krächze ich. Florence bittet die Sanitäter, uns einen Moment allein zu lassen, und als die Tür ins Schloss fällt, kann ich es nicht länger zurückhalten und breche in Tränen aus. Überall dieses Blut. Was macht dieses Blut hier?

»Sie hat sich hier eingesperrt, obwohl sie zur Therapie musste«, sagt Florence. Mein Blick fällt auf die aufgetretene Tür und anschließend zurück zu den von Blut bedeckten Fliesen.

»Was hat sie getan?« Ich weiß es. Ich weiß es und dieses Wissen bringt mich um den Verstand. Ich war nicht hier! Ich hätte hier sein sollen. Bei ihr. Sie davon abhalten sollen.

»Audrey hat versucht, sich das Leben zu nehmen. Wir wissen nicht, wie sie an die Rasierklingen gekommen ist, aber -«

Ihre Stimme bricht ab, und als mein Blick auf die blutverschmierten Klingen am Badewannenrand fällt, übergebe ich mich.

Ich beuge mich weiter nach vorn und kotze alles aus mir heraus. Jedes Gefühl, jeden Schmerz. Einfach alles. Die Magensäure betäubt meine Kehle.

»Wieso? Wieso sollte sie so was tun?« Ich war doch gestern noch bei ihr. Gestern war alles wie immer. Wir saßen im Garten und haben über Gott und die Welt geredet. Sie war ganz normal! Das ergibt alles keinen Sinn!

»Wieso hätte sie das tun sollen?« Ich stemme mich hoch und gehe auf Florence zu. Sie sieht mich verständnislos an, geht um mich herum und schaltet das

Licht im Bad aus, damit das Blut in der Dunkelheit verschwindet und sie es nicht länger sehen muss.

»Du hättest deine Freundin nicht herbringen dürfen, Rush. Audrey ist krank. Das war sie schon damals.« Die Wahrheit sickert durch meinen Körper, aber begreifen will ich sie nicht. Mein Verstand will nicht einsehen, dass es daran liegt. Dass ICH die Schuld auf meinen Schultern trage.

»Ich habe Anna seit Wochen nicht gesehen und das weiß sie«, sage ich schwach, aber mein Protest bringt nichts. Florence weiß, dass es nichts ändert.

»Sie liebt dich wirklich, Rush. Für sie war dieser Tag Gift.« Neue Tränen brechen aus mir heraus und legen alles in mir in Trümmern. Wie soll ich je damit leben? Wie soll ich hiernach wieder atmen können?

»Hör zu, es hat keinen Sinn, nun in Schuld zu ertrinken, aber du kannst jetzt die Handbremse ziehen.« Ihre Worte dringen zu mir durch, aber ich verstehe nur die Hälfte von dem, was sie sagt.

»Ich verstehe nicht -« Florence beißt sich auf die Unterlippe, greift nach meiner Hand und drückt sie an ihre.

»Jetzt ist der Moment gekommen, indem du die Karten offenlegen musst. Wenn du sie nicht gehen lässt, wird das nicht ihr letzter Versuch gewesen sein. Das hier muss einfach scheitern, Rush.«

Und ich weiß genau, was sie damit meint. Plötzlich liegt alles so klar vor mir wie nie zuvor. »Ich werde ins Krankenhaus fahren.« Mit diesen Worten verlasse ich dieses Zimmer, das mir viel zu vertraut ist. So vertraut sollte mir hier nur ein Raum sein …

***

Egal, wie sehr ich es versuche, ich kann den Blick nicht von dem Verband lassen, der an ihrem Handgelenk angebracht ist. Er macht das hier viel zu real und der Wunsch, das hier sei bloß ein Albtraum, verpufft im Takt der Maschinen, an die sie angebracht ist. Audrey liegt in diesem viel zu sterilen, für sie viel zu großen Bett im Krankenhaus. Sie sieht so verloren darin aus. So verloren sollte sie niemals aussehen, und erst recht nicht meinetwegen.

Ihre sonst rosigen Lippen haben zahlreiche Risse und sehen ungesund und ausgetrocknet aus. Tiefe violette Schatten unter ihren Augen zeigen ihre Erschöpfung. Wie konnte ich in den letzten Tagen nicht sehen, wie es in ihr aussieht? Bin ich wirklich so blind?

»Wie konntest du das tun, Liebling?« Meine Stimme ist kaum mehr als ein Flüstern, während ich ihre leblose Hand in meine nehme.

Seitdem sind viele Stunden vergangen, und ich musste verdammt hart dafür kämpfen, dass sie mich zu ihr ins Zimmer und nicht auf dem Flur schmoren lassen.

»Du hättest mit mir reden können«, sage ich noch matt. Sie kann mich nicht hören, weil sie zu erschöpft ist und schläft, aber ich muss einfach sprechen, sonst verliere ich den Verstand. Meine Worte müssen einfach raus, auch wenn sie ungehört bleiben.

»Du hättest mir sagen können, was dich belastet. Ich hätte dir zugehört. Ich habe dir immer zugehört, Audrey.« Seit drei Jahren … Drei verdammt langen Jahren.

»Aber reden hätte nichts daran geändert«, antwortet sie mir plötzlich und schlägt ihre Lider auf. Ihre grauen Augen sehen direkt in meine, aber ich erkenne das Mädchen darin nicht mehr wieder.

Ihre dünne Hand verweilt in meiner, aber nur, weil sie zu schwach ist, sie zurückzunehmen. Ich bin mir sicher, dass sie sich sonst von mir lösen würde.

»Hey, Liebling.« Ich rutsche mit dem Stuhl dichter an sie heran, aber dieses Mal erscheint kein Lächeln auf ihrem Gesicht, weil ich sie so nenne.

»Hast du sie auch so genannt?«, will sie räuspernd wissen. »Hast du auch ihre Hand gehalten wie meine jetzt?«

»Audrey, ich habe sie seitdem nicht mehr gesehen, das habe ich dir versprochen und das meine ich auch so.« Auch wenn ich jeden Tag an sie gedacht habe, habe ich ihren Wunsch akzeptiert.

Audrey hustet sich den Schmerz von der Seele, und als ich ihr Wasser reichen will, schüttelt sie den Kopf, weil sie meine Hilfe nicht will. »Ich glaube dir«, sagt sie unerwartet. »Aber … wieso hast du es dann getan? Wieso … wieso wolltest du es beenden?« Ich verstehe nichts mehr und mein Herz donnert brutal gegen mein Brustbein.

»Denkst du, ich sehe nicht, was du wirklich willst?« Die Frage bedarf keiner Antwort, und ich hätte auch keine passende parat. Mit dem Daumen streiche ich über ihre kalte Hand, weil ich etwas mit den Händen tun muss, um nicht den Verstand zu verlieren.

»Du vermisst sie, habe ich recht?« Ihre Frage reißt mich aus dem Konzept. Ich will Nein sagen, aber sie kommt mir dazwischen. »Mich anzulügen, macht es nur schlimmer.« Also fasse ich meinen ganzen Mut zusammen und nicke.

»Ich vermisse sie.« Ich vermisse sie mehr, als ich jemals einen verdammten Menschen neben meiner Schwester vermisst habe.

Aber wie kann ich das aussprechen? Genau das ist der Grund dafür, dass Audrey jetzt vor mir liegt. Wenn ich ihr die ganze Wahrheit sage, verpasse ich ihr damit den Todesstoß.

»Siehst du.« Sie sieht von mir weg und starrt in die Luft. »Auch, wenn du keinen Kontakt zu ihr hast, siehst du mich so seltsam an. Als würdest du dir wünschen, ich wäre sie und nicht ich.«

»Das stimmt nicht. Ich sehe dich, Liebling.« Wie kann sie einen Moment lang so etwas Absurdes denken? »Rush.« Wieder ein Husten. Wieder lehnt sie das Wasser ab, das ich ihr reichen will.

»Wir hätten reden können. Du hättest mit mir reden müssen.« Ich darf ihr keine Schuld hieran geben, immerhin weiß ich, wie labil sie ist. Aber ein Teil in mir will sie anschreien, weil sie mir ihre Dämonen verschwiegen hat.

Im Grunde genommen, sind wir uns ähnlicher als je zuvor, seit wir uns kennen. Wir beide sind verschlossen und haben eine Fassade, hinter der wir uns verstecken, weil es so einfacher ist.

»Was hätte das schon geändert«, murmelt sie. Eigentlich will ich sie in den Arm nehmen und ihr versichern, dass alles gut wird.

Aber ich weiß, das Florence mich dafür in die Hölle schicken würde. Dass ich damit nur noch alles schlimmer machen würde. Wenn ich jetzt nicht die Handbremse ziehe, werde ich nie den Absprung schaffen.

»Du weißt, dass ich dich liebe. Aber … aber ich kann das nicht mehr.« Ich spreche das aus, was ich schon vor Jahren hätte sagen müssen.

»Ich kann dir nicht geben, was du suchst, Audrey. Das konnte ich damals nicht und das werde ich nie können. Wie könnte das mit uns funktionieren?« Sie schluckt, nickt aber.

»Wieso hast du es überhaupt versucht? Wieso hast du dich mit mir angefreundet?« Erinnerungen bauschen sich in mir auf und ich versuche, nicht wie ein Baby zu heulen. Sie braucht jetzt Stärke und die muss ich ihr geben, anstatt sie unter meiner Schwäche zu begraben.

»Du brauchtest mich. Und ich brauchte dich auch.« Ich erinnere mich an das fünfzehnjährige Mädchen, das alleine auf dem Flur saß und die Wände anstarrte. Sie wurde gerade eingeliefert und hatte niemanden. Niemanden, der sie regelmäßig besuchte oder sich mit ihr unterhielt.

Niemanden, dem sie ihre Gedanken anvertrauen konnte und niemanden, der sie in den Arm nahm. Bis auf mich. Wie hätte ich sie sich selbst überlassen sollen?

Und dann war ich schneller in einem Teufelskreis gefangen, als ich etwas dagegen hätte tun können. Meine Gefühle waren nie mehr als freundschaftlich, aber wie sollte ich sie enttäuschen? Sie hatte nichts. Ich war alles für sie. Und so wurde ich zu einer Marionette meiner Schuldgefühle und zum Mittelpunkt ihres Lebens in der Klinik.

»Ich habe dich aufgehalten.« Sie runzelt die Stirn, als meine Worte zu ihr durchdringen. »Ich habe dich hier festgehalten.«

Mein Mund wird trocken und das Pochen meines Herzens immer heftiger. Ich will alles richtig machen, wieso nur gelingt es mir immer, alles nur schlimmer zu machen? Wieso kann ich nicht perfekt sein? Wie kann ich mir überhaupt noch ins Gesicht sehen? Nach all dem, was ICH getan habe?

»Du hast mich nie aufgehalten.« Ich lüge. Wieso lüge ich schon wieder? Im Grunde genommen, habe ich die letzten Jahre für sie geopfert und habe alles andere nach hinten gestellt.

»Mach dir nichts vor, Rush.« Das erste Mal, seit sie wach ist, erwidert sie den Druck meiner Hand und lächelt mich müde an. Aber das Lächeln erreicht ihre Augen nicht.

»Wie geht es jetzt weiter?«, frage ich sie, weil ich wissen muss, was jetzt passiert. Wie soll ich ihr helfen, ohne sie noch tiefer nach unten zu ziehen? Entweder bleibe ich bei ihr und spiele sie kaputt oder ich gehe und spiele sie kaputt. Beide Optionen haben dasselbe Ende. Nur, dass ich bei einer mich selbst mit opfere.

»Meine Mutter ist auf dem Weg hierher.« Sie drängt die Tränen weg.

»Sie wird mich mitnehmen. Nach Hause. Vorerst. Wie es dann weitergeht, hat mir noch niemand gesagt, aber ich befürchte, dass ich verlegt werde.« Ich lasse den Kopf auf ihre Oberschenkel unter der Decke fallen und atme tief durch. Sie wird gehen. Und ich werde mit meinen Schuldgefühlen zurückbleiben und darin ertrinken.

»Ich liebe dich, Rush.« Sie nimmt meine Hand und führt sie zu ihrem Mund. Ihre rissigen Lippen streifen meine zitternden Finger.

»Aber wir sind Gift füreinander, oder?« Ihre Frage rauscht durch mein Innerstes und verwüstet alles. Mit einem müden Lächeln auf den Lippen sehe ich sie an.

Dieses wunderschöne Mädchen, das seit Jahren neben meiner Schwester den größten Platz in meinem Herzen einnimmt. »Du bist für niemanden Gift, Audrey. Aber ich … ich bin dein Gift. Und deshalb muss es hier enden.«

ANNA

»Auf den Sieg!« Alex, Leo und ich stehen an der Bar im *Slaughter* und erheben unsere Drinks, um auf das Rennen anzustoßen. »Ich wusste, dass du es noch draufhast!« Meine beste Freundin sieht mich glücklich an.

»Hatte sie es je nicht drauf?« Leo lächelt mich warm an, und neben den zweitausend Dollar in meiner Jeans erfüllen mich die stolzen Blicke meiner Freunde am meisten.

Eigentlich ging ich felsenfest davon aus, das Rennen – wie die vorherigen – in den Sand zu setzen. Doch zu meinem Glück nahm niemand teil, der mir hätte zur Konkurrenz werden können.

»Ich bin echt erleichtert.« Zaghaft nippe ich an meinem Becher. »Sag mal, was trinkst du da eigentlich? Wodka pur?« Alex nimmt mir den Becher ab und runzelt die Stirn, als sie einen Schluck nimmt. Danach schüttelt sie sich angewidert.

»Wasser?«

»Ich will heute nichts trinken«, antworte ich schulterzuckend und reiße das Wasser wieder an mich.

»Aber du musst doch feiern, Anna! Auf den Sieg hast du doch wochenlang gewartet!« Sie stemmt die Hände in die Hüften, schiebt sich in ihrem knappen Outfit an den Tresen und bestellt einen Whiskey beim Barkeeper.

»Alex, ich will wirklich nichts trinken.« Doch das hindert meine beste Freundin nicht daran, mir Sekunden später das Glas mit brauner Flüssigkeit gegen die Brust zu drücken. Leo funkelt mich an und zieht mich an sich.

»Na, wollen wir danach den Sieg bei mir feiern? Wie damals? Ich vermisse dich.« Seine anzügliche Stimme sorgte damals immer für ein Flattern in meiner Brust, heute spüre ich nichts dabei.

Ich will ihm gerade antworten, als die Meute um uns herum ins Tuscheln gerät. Eine Traube sammelt sich direkt neben der Bar, sie bildet einen Kreis und alle starren sie in die Mitte.

»Okay, da scheint es abzugehen. Lass uns nachsehen.« Froh um die Distanz zu Leo, folge ich Alex zu dem Kreis aus Schaulustigen, und als wir uns durch die Reihen gedrängt haben, zerplatzen meine Nerven wie gekochte Eier. Neben dem Glas, das mir aus der Hand rutscht und am Boden zerspringt. Der Whiskey läuft über den Beton.

»Ist er das?« Alex krallt sich an meinem Arm fest, während ich die Leute um mich herum wie in Trance beiseiteschiebe und vor ihm auf die Knie falle. Sein Gesicht ist blasser denn je, Schweißperlen benetzen seine Haut und seine Augen verdrehen sich nach hinten. Er liegt hier am Boden, unter ihm zahlreiche

Kippen und zertretene Becher. Einen Moment lang kann ich mich nicht rühren, kann ihn einfach nur ansehen und langsam in Panik ausbrechen. Speichel rinnt aus seinem Mundwinkel und ein Veilchen prangt über seinem rechten Auge.

»Rush?« Die Musik im Club ist zu laut, sodass ich meine eigene Stimme nicht hören kann. Wie eine Irre rüttle ich an seiner Schulter, aber er regt sich nicht. Lediglich das ungleichmäßige Heben und Senken seiner Brust zeigt mir, dass er noch atmet. Und dass es ihm schwerfällt, Luft zu holen. Ich taste nach meinem Handy in meiner Jeans, finde es aber nicht. Scheiße!

»Kann jemand einen Krankenwagen rufen?« Mein Blick schnellt über die Schaulustigen, die uns einfach nur anstarren, als wären wir Teil eines Theaterstücks. Entweder sie hören mich nicht, oder sie ignorieren mich bewusst. Keiner rührt sich vom Fleck und denkt daran, etwas zu tun oder ihm zu helfen.

»Ruft einen Krankenwagen, verdammt!« Aber niemand reagiert. Alle stehen nur da und glotzen uns grinsend an. Ich sehe panisch zwischen Rush und Alex hin und her, die in der Menge verschwindet und anschließend mit Leo als Verstärkung zurückkommt.

»Was ist mit ihm?« Leo fällt neben mir auf die Knie und ich kann meine Tränen nicht länger zurückhalten. Wieso ruft denn niemand einen Krankenwagen? Wieso hilft uns niemand?

»Ich … Ich weiß es nicht.« Ich zerre Alex zu mir nach unten. »Kannst du einen Krankenwagen rufen? Mein Handy ist weg!« Sie sieht mich nickend an, kramt ihr Smartphone heraus und wählt den Notruf. Aber dann schüttelt sie fluchend den Kopf. »Kein Empfang. Alles tot.« Alles tot … alles tot. Wieder fällt mein Blick auf den Speichel, der aus seinem Mundwinkel rinnt. Alles tot. Alles tot.

»Leo, hilfst du mir, ihn rauszutragen?« Ohne zu zögern, packt er Rush am Kragen und hievt ihn nach oben. Ich stemme mich durch die Menge, schreie, fluche, beleidige. Weil niemand auf die Idee kommt, uns einen Fluchtweg zu geben.

Tränen brennen in meinen Augenwinkeln, als wir es endlich geschafft haben, ihn nach draußen zu bringen. Er hält sich kaum selbst auf den Beinen und er stinkt nach Alk und Hasch.

Tief in mir drin weiß ich aber, dass mehr als ein bisschen Kraut hinter seinem Zusammenbruch steckt. Beim Gedanken daran, was er sich und seinem Körper angetan hat, steigt Galle in mir auf.

»Bring ihn in meinen Wagen. Ich fahre ihn zum Krankenhaus«, befehle ich Leo und renne über die Straße zum Parkplatz. Erst, als Rush das erste Mal etwas sagt, halte ich an.

»Kein Krankenhaus«, krächzt er. »Kein Krankenhaus.« Ich fahre herum und sehe ihm in die immer noch verdrehten, blauen Augen. Ohne auf seine Worte zu hören, sehe ich Leo an.

»Leg ihn auf die Rückbank.« Er ignoriert Rushs Protest, ich öffne ihm die Hintertür und Leo verfrachtet ihn auf die Bank.

»Danke.« Meine Knie zittern und alles in mir steht in Flammen. Gedanken fahren Karussell und Gefühle werden zu Taubheit.

Ich habe Rush seit Wochen nicht mehr gesehen, und ihn jetzt so am Boden zu erblicken, macht mehr mit mir, als ich zulassen sollte. Es bricht einen Teil meiner Schutzmauer ab und sie löst sich puffend in Luft auf.

»Sollen wir dich begleiten?« Alex tritt keuchend hinter uns. Sie stützt die Hände auf den nackten Knien ab, aber ich schüttle den Kopf.

»Ich schaff das.« Ich muss es schaffen. Auch wenn es mich nichts mehr angeht, was mit ihm passiert, fühle ich mich verantwortlich für ihn. Was für eine bescheuerte Welt. Wieso kümmert es mich? Wieso … ist er mir immer noch so wichtig?

»Sicher?« Jetzt ist es Leo, der mir nicht von der Seite weicht, aber ich muss einfach allein sein. Allein mit ihm. Muss ihm irgendwie helfen, auch wenn ich noch nicht genau weiß, wie.

Wenn er wirklich mehr im Blut hat als Alkohol, wird das spätestens im Krankenhaus auf ihn zurückfallen. Keine Ahnung, was dann mit ihm passiert.

»Danke.« Ich lasse beide vor meinem Wagen stehen und steige anschließend ein.

Als ich den Motor starte, sehen sie mich unbehaglich an, und sie weichen auch nicht vom Fleck, als ich schließlich den Parkplatz hinter mir lasse und Gas gebe.

Mein Blick huscht immer wieder in den Rückspiegel zu ihm. Zu seinem zitternden Körper, der bleichen Haut und dem Schweiß auf seiner Stirn. »Bitte, Anna.« Seine Worte sorgen für einen Kloß in meinem Hals. Erst jetzt fällt mir auf, wie sehr ich es vermisst habe, meinen Namen aus seinem Mund zu hören.

»Bitte kein Krankenhaus.« Er hustet und ich wäge meine Möglichkeiten ab. Es wäre nicht das erste Mal, dass ich jemandem helfe, die Nacht nach einem Absturz zu überstehen.

Andererseits … schmerzt mich seine Nähe. Allein der Klang seiner Stimme brennt sich in meine Haut wie die glühenden Spitzen von Zigaretten.

Immer wieder murmelt er, dass ich ihn unter keinen Umständen ins Krankenhaus bringen soll. Und immer wieder schneidet sich seine Bitte in meine Brust wie ein Messer. »Kein Krankenhaus. Kein Krankenhaus.«

***

Zwanzig Minuten später stehe ich an der Straße vor meinem Zuhause. Starre in das flackernde Licht der Hausnummer und frage mich, was ich hier mache. Rush ist eingeschlafen, nachdem er mich angebettelt hat, ihn nicht ins Krankenhaus zu bringen. Mein Knie wippt nervös auf und ab. Was will ich hier mit ihm? Wenn Ruby ihn so sieht … Wenn Mom ihn sieht. Eine Weile lang sitze ich noch hinterm Steuer und ringe mit meinen Gedanken. Überlege, welche Möglichkeiten mir bleiben und ob ich das Risiko wirklich eingehen soll.

Im Endeffekt verwerfe ich die Zweifel, steige aus und hieve ihn von der Rückbank. Er schlägt die Lider nicht auf, kann sich aber immerhin wieder auf eigenen Beinen halten.

»Geht es?« Er nickt, aber sein Nicken kommt verzögert. Er krallt sich an meiner Jacke fest und sein Kopf sinkt nach unten auf meine Schulter. Unbeholfen schließe ich die Tür hinter ihm und schleife ihn mit aller Kraft, die ich besitze, zur Tür.

»Kannst du Treppen steigen?«, frage ich ihn erschöpft, weil er nicht gerade leicht ist und er sich wie ein nasser Sack in meine Arme fallen lässt. Wieder ein teilnahmsloses Nicken seinerseits.

»Ich kann«, antwortet er so leise, dass ich ihn kaum verstehen kann. Noch immer ist seine Haut weiß wie eine Kalkwand und erst jetzt fällt mir die Platzwunde an seinem Mund auf.

Ob er sich geprügelt hat? Mühsam krame ich meinen Schlüssel hervor und schließe auf, schaffe es gerade so, ihn in die erste Etage zu befördern, und öffne leise die Wohnung.

»Du musst leise sein, hörst du?« Ich weiß nicht, ob er meinen Worten folgen kann, aber weil er nichts sagt, schiebe ich ihn herein und bugsiere ihn direkt ins Badezimmer, nachdem ich die Wohnung verschlossen habe.

Es riecht muffig im Bad, weil ich vergessen habe, die Wäsche aus der Maschine zu nehmen und meine Mutter zu schwach ist, um aufzustehen. Eilig streife ich meine Jacke aus und werfe sie zu Boden.

»Setz dich.« Ich drücke Rush auf den Badewannenrand, doch als er fast nach hinten kippt, sobald ich ihn loslasse, entscheide ich mich um und verfrachte ihn stattdessen auf die Toilette, sodass er sich anlehnen kann. Danach krame ich in unserem Badezimmerschrank nach Sachen, mit denen ich ihm helfen kann.

Im Endeffekt finde ich ein altes Desinfektionsmittel, auf dessen Flasche das Etikett bereits verblasst ist.

Ich nehme mir ein Wattepad, tropfe die Flüssigkeit darauf und positioniere mich vor ihm. Sobald ich es auf seine Wunde am Mundwinkel drücke, zuckt er heftig unter dem Schmerz zusammen.

»Hast du dich geprügelt?« Meine Frage ist überflüssig, immerhin sieht das jeder Blinde. Das Veilchen hat er sicher nicht durch den Alkohol bekommen.

»Erinner mich nicht«, antwortet er und lehnt den Kopf nach hinten. Langsam kehrt ein wenig Farbe in sein Gesicht zurück und ich fahre ein letztes Mal über die Wunde am Mund, bevor ich das blutige Wattepad ins Waschbecken schmeiße.

»Was hast du alles genommen, Rush?« Ich positioniere meine Beine links und rechts neben ihm, damit er mir nicht zur Seite wegkippt, und öffne mit den Daumen seine Augen, indem ich die Lider nach oben schiebe. Die Pupillen sind groß und starr. »Rush, was hast du genommen?«, wiederhole ich die Frage ernster.

»Erinner mich nicht«, antwortet er wieder. Schmerzhaft verzieht er das Gesicht, während ich überlege, was ich jetzt tun soll. Ich kann ihm unmöglich Schmerztabletten geben, ohne zu wissen, was er noch im Blut hat.

Also bleibe ich hier stehen und sehe ihn an. Sehe ihm in sein gequältes Gesicht und spüre, wie sich meine Brust mit Schwärze füllt. Mit Angst. Angst um ihn, obwohl er mir egal sein sollte.

»Mach den Mund auf, Rush.« Widerwillig spaltet er die Lippen, auch wenn sich alles in mir dagegen wehrt, schiebe ich ihm zwei Finger in den Rachen, damit er sich übergeben und den Mist loswerden kann.

Aber außer einem röchelnden Würgen passiert nichts. Letztendlich gebe ich auf und lasse von ihm ab. »Du solltest schlafen«, sage ich resigniert und versuche, neutral zu klingen.

Er sollte seinen Rausch ausschlafen und dann einfach wieder aus meinem Leben verschwinden. Wieso stellt sein Anblick auch Wochen später immer noch so viel in mir an? Wieso kann ich ihn nicht einfach weiterhin hassen? Wieso nicht?

»Komm, wir bringen dich ins Bett.« Gerade, als ich ihn hochzerren will, fällt er nach vorn. Seine Stirn lehnt an meiner Brust und er krallt sich wie ein Ertrinkender an meinem Shirt fest.

Versteinert stehe ich vor ihm, sehe auf seinen blonden Kopf an meiner Brust hinab und erstarre, als ich etwas Nasses unter dem Stoff meines Oberteils spüre. Seine Schultern beben heftig und er krallt sich noch enger in die Haut unter dem Shirt. »Rush?« Ich will ihn an den Schultern zurückschieben, aber er ist selbst in seinem Zustand zu stark für mich. Ein leises Wimmern erklingt und macht mich bewegungsunfähig. Er weint. Er krallt sich an mir fest und weint dabei.

»Hey, Rush.« Ich rüttle an ihm, aber er will sich einfach nicht beruhigen.

»Alles wird gut, hörst du? Morgen sieht es schon wieder besser aus«, sage ich ihm, glaube mir aber selbst nicht.

Das, was ihn gerade im Griff hat, ist stärker als ein paar Stunden Schlaf. Manche Dämonen sind stärker als andere. Dieser hier … scheint sein stärkster zu sein.

»Anna«, wispert er. »Anna.« Er wiederholt meinen Namen wie ein Mantra, als wäre er ihm heilig. Mein Shirt ist mittlerweile von seinen Tränen durchnässt und ich lasse es einfach zu. Bin sein Anker, auch wenn er mich in die Tiefe reißt.

»Rush, alles ist gut.« Ich lege meine Hände auf seine bebenden Schultern und knete sie sanft, aber das Zittern nimmt nicht ab.

»Wie soll alles gut werden? Ich … ich tue jedem weh.« Ich habe ihn noch nie so am Boden erlebt wie in diesem Moment. Selbst als er im Club zusammengebrochen ist, war er nicht so hilflos wie hier in diesem schäbigen Badezimmer unserer Wohnung.

Mit den dreckigen, schimmligen Kacheln, den hässlichen, gelben Fliesen und dem muffigen Geruch nach alter, nasser Wäsche. Rush presst seine Stirn so stark gegen mich, dass es fast wehtut.

»Wovon redest du, Rush?« Ja, er hat mir wehgetan. Aber ich glaube nicht, dass er deshalb diesen Zusammenbruch hatte. Schließlich ist das schon Wochen her!

»Audrey … sie … sie -« Seine Stimme bricht ab und neue Tränen durchweichen mein Shirt. Ich lasse meine Hände derweil auf seinem Nacken und schließe die Augen.

Allein der Gedanke an dieses Mädchen lässt mich innerlich brennen. Die Gedanken an diese Gefühle … bringen mich um. Rush gräbt seine Nägel in meine Haut, als das Shirt nach oben rutscht und seine Hände auf meinen nackten Hüften liegen. Noch immer stinkt er nach Alkohol und Kraut.

»Was ist mit ihr, Rush?« Ich will es, im Grunde genommen, nicht wissen, aber in dieser Sekunde stelle ich meinen Stolz nach hinten. Wenn er reden muss, um mich dann loszulassen, werde ich ihm zuhören. Ich muss.

»Sie wollte sich umbringen, Anna.« Das erste Mal hebt er den Kopf und sieht mich aus geröteten und verschleierten Augen an. Und selten habe ich so viel Schmerz in Augen gesehen wie hier mit ihm.

»Da war überall dieses Blut. Überall dieses Blut. Überall ihr Blut, Anna«, schluchzt er und presst sich wieder gegen mich.

Meine Beine zittern, weil die Pose unangenehm in den Knien schmerzt, aber ich bleibe stehen. Versuche, zu verstehen, was er mir sagen will. Wieso sie so etwas tun sollte, obwohl sie ihn an seiner Seite hat.

»Wieso hat sie das getan?«, frage ich zögerlich. Das Mädchen blitzt vor meinen Augen auf. Sie war wunderschön.

Und sie trug so viel Liebe in ihrem Blick, als sie auf der Bank neben ihm saß. Bis sie mich entdeckte und die Liebe zu Enttäuschung wurde.

Rush fährt mit seinen Händen an meinen Hüften weiter nach hinten, und als er auf meinem Rücken verweilt, drückt er mich noch dichter gegen sein tränennasses Gesicht. Beinah habe ich das Gefühl, seine Tränen verschmelzen mit meiner Haut.

»Sie glaubt, ich will immer noch dich«, antwortet er leise und mein Rachen trocknet aus. Bis jetzt hatte ich mich gut im Griff, aber gerade weiß ich nicht, wohin mit meinen Gefühlen.

»Wieso denkt sie so was?« Schmerzhaft presse ich die Augen zusammen, um die Tränen zu verdrängen, aber als ich die Lider aufschlage, sind sie immer noch da. Meine Fingerspitzen verweilen auf seinem kalten Nacken und fahren eigenständig Linien auf ihm nach, ohne dass ich es ihnen befohlen habe.

Ich sollte ihn nicht so berühren und ich sollte nicht zulassen, dass er mich so intim berührt. Aber wieso fühlt es sich so gut an?

»Weil sie recht hat.« Seine Stimme ist immer noch nicht ganz die alte, aber mittlerweile scheint er wieder klarer zu sehen. Und seine Worte sollten nicht dafür sorgen, dass sich ein warmes Gefühl wellenartig in mir ausbreitet.

»Wovon redest du da, Rush?« Ich versuche, nicht nach unten zu sehen, versuche, stark zu bleiben. Aber als seine Schultern wieder zu beben anfangen, bin ich machtlos.

Vor ihm rutsche ich nach unten und sitze schneller auf seinem Schoß, als ich mich davon abhalten kann. Seine Hände liegen immer noch auf meinem nackten Rücken und seine Stirn lehnt jetzt gegen meine. Seine Wimpern sind nass von Tränen und werfen Schatten auf seine Wangen. Diese wunderschönen Wimpern. Diese wunderschönen Wangen.

»Ich tue jedem weh, Anna. Dir. Ihr. Meiner Schwester. Ich gehöre in die Hölle.« Seine Worte treffen mich mit voller Wucht. Unsicher sitze ich auf seinem Schoß und wünschte mir, dass alles anders wäre. Dass er nicht so traurig und ich nicht so unsicher wäre.

»Wir kommen doch alle in die Hölle, oder?« Er lächelt matt, als ich ihn an seine Worte erinnere. »Und wenn wir alle in die Hölle kommen, sind wir wenigstens nicht einsam.«

»Ich habe sie vor drei Jahren kennengelernt.« Er hält die Augen weiterhin geschlossen, während alles in mir zerspringt.

Auf keinen Fall ertrage ich es, ihre Geschichte zu hören. Zu hören, wie sehr er sie liebt und wie wichtig sie ihm ist. Aber ich bleibe trotzdem sitzen und warte ab, auch wenn es mein Todesurteil sein wird. »Sie war so einsam. Und … schön.« Er runzelt die Stirn. »Sie war das einsamste und schönste Mädchen, das ich je gesehen habe.« Er lächelt beim Gedanken an sie.

Und ich spüre mein Herz dabei brechen. Zwei Hälften, zwei Gefühle. Enttäuschung und Dankbarkeit. Enttäuschung, weil er sie wirklich zu lieben scheint, und Dankbarkeit, weil er mich das erste Mal nicht wegstößt.

»Anfangs waren wir nur Freunde. Ich habe ihr Gesellschaft geleistet, damit sie nicht so allein ist. Immer, wenn ich meine Schwester besucht habe, habe ich auch sie besucht. Irgendwann war es so selbstverständlich, dass wir jeden Tag zusammen waren.« Tränen tropfen von seinem Gesicht auf meine Hände, die leblos zwischen uns auf seinem Schoß liegen.

»Für mich war sie wie eine zweite kleine Schwester.« Er lacht verbittert. »Aber für sie … für sie war es anders.« Ich halte den Atem an. Bin ganz still. So still.

»Sie hat sich schneller in mich verliebt als sonst jemand. Sie … wenn sie liebt, dann mit ganzem Herzen, Anna.«

Wie Schleifpapier kommen die Worte über seine rissigen Lippen. Während ich weiterhin auf seinem Schoß sitze und sein Anker bin. Ich ertrinke in seinen Worten und lasse es zu, dass der Druck stärker wird. Weil ich ihn nicht unterbreche.

»Und irgendwann habe ich es einfach akzeptiert. Irgendwann war es okay für mich, dass sie mehr will.« Ich erstarre, als ich verstehe, was er mir sagen will.

»Was meinst du damit?« Meine Worte sind dünn, genau wie die Luft in diesem viel zu kleinen, stickigen Raum. Rush öffnet die Lider und sieht direkt in meine Augen.

Wie kann man sich in dieses Gesicht nicht verlieben? Ich verstehe Audrey. Ich verstehe jeden Menschen auf der Welt, der sich in diese Augen verliebt. Es sind die reinsten blauen Augen, die ich je gesehen habe.

»Ich liebe sie nicht, Anna.« Sein Geständnis gleicht einer Ohrfeige, die mich wachrüttelt. »Nicht auf die Art, wie sie mich liebt. Ich … sie ist meine kleine Audrey, weißt du?«

Wieder zucken seine Mundwinkel bei der Erinnerung und meine bleiben derweil starr zusammengepresst. »Aber ihr seid ein Paar?« Ich will die Frage gar nicht stellen, aber ich muss es wissen. Muss wissen, was das hier zu bedeuten hat. Wieso er sich an mich krallt, während sie ihn abgöttisch liebt. Wieso er hier bei mir und nicht bei ihr ist.

»Sie hat sich an mich geklammert, ohne es zu merken. Ich habe ihr gesagt, dass ich nicht mehr für sie sein kann als ein Freund. Aber sie wollte es nicht akzeptieren. Sie … sie hat mich erdrückt und ich wollte ihr nicht wehtun. Ich wollte alles, nur nie, dass sie meinetwegen traurig ist.« Die Zeit steht still um uns herum.

»Du spielst ihren Freund? Seit … seit wann?« Rush blickt von mir weg und starrt auf die verdreckten Kacheln am Fußboden. Er will mich nicht ansehen.

»Sieh mich an, Rush. Wie lange schon?« Nur schweren Herzens löst er den Blick vom Boden. »Seit zwei Jahren.«

Er zuckt mit den Schultern, als wäre das hier keine große Sache. Als würde er mir nicht gerade das Herz aus der Brust reißen und mir die Illusion rauben. Als würde er mir gerade nicht jeden Grund nehmen, aus dem ich ihn hassen kann. Wie kann ich ihn für so etwas hassen?

»Das ist … das ist das Traurigste und Selbstloseste, was ich je gehört habe, Rush.« Meine Worte sorgen dafür, dass er den Kopf schüttelt. Dabei tropfen seine Tränen wieder auf meine Haut.

»Sie wollte sich umbringen. Sie … ich habe alles kaputtgemacht.« Und dann bricht er endgültig zusammen und heult wie ein Baby. Wie Bäche rinnen die Tränen über sein Gesicht und verwischen das Blut am Mund mit sich.

»Hey.« Ich ziehe ihn in meine Arme und wiege ihn leicht vor und zurück. »Das sind die Dämonen, Rush. Weißt du noch? Nach jedem Tief kommt ein Hoch?« Ich nehme sein Gesicht in meine Hände, spüre die Bartstoppeln, weil er sich seit Tagen nicht rasiert hat, und suche seinen Blick.

»Es wird bessere Tage geben«, verspreche ich ihm, obwohl ich nicht weiß, ob es stimmt. Nach dem, was er mir erzählt hat, weiß ich gar nichts mehr. Und niemand weiß besser als ich, dass jedes Tief die Glücksgefühle eines Hochs kaputtmacht.

»Ich kann nicht. Ich kann nicht immer so tun, als wäre alles okay. Als wäre es okay für mich, sie zu küssen.«

In dieser Sekunde bricht etwas in mir brutal entzwei. Mein Herz. »Ich kann sie nicht mehr küssen, wenn es eigentlich andere Lippen sind, die ich will.« Er sieht zu meinem Mund hinab und Hunger flammt in seinen Augen auf. Rush will meine Lippen. Meine.

»Ich kann sie nicht berühren und ihre Hand halten, wenn es die falsche Hand ist.« Mit diesen Worten finden seine Finger meine und wir verschränken die Hände miteinander.

»Ich kann sie nicht lieben, wenn ich dich liebe«, setzt er schließlich noch hinterher und verpasst mir damit eine Kugel direkt ins Herz. Er liebt mich. Er liebt mich? Er kann mich nicht lieben! Wie könnte er? Wie könnte das real sein?

»Du … du …«

»Ich liebe dich«, murmelt er und lässt seine Stirn wieder gegen meine fallen. Das erste Mal, seit wir uns kennen, stellt er mich seinen Dämonen vor. »Vermutlich habe ich das schon getan, als ich dich das erste Mal gesehen habe.« Er atmet rasselnd.

»Und weil ich dich liebe, hat sie versucht, sich das Leben zu nehmen, Anna. Ich tue jedem weh. Erst meiner Schwester, jetzt ihr und … und dir habe ich auch wehgetan.« Doch in diesem Moment sind mir die Schmerzen der letzten Wochen egal.

»Was ist mit deiner Schwester passiert?« Ich sollte ihm diese Last nicht aufzwingen, das weiß ich. Ich sollte ihn einfach nur halten, aber wer weiß, wann er mir das nächste Mal soweit vertraut? Und er liebt mich.

»Ich hätte sie fast umgebracht. Ich … ich bin schuld daran, dass sie in der Klinik ist. Daran, dass sie nie wieder ein normales Leben führen kann. Ich, Anna. Ich bin das Monster. Ich bin der Dämon.«

RUSH

6 Jahre zuvor

»Komm her, Baby.« Tiny steht vor der verschlossenen Tür meines Zimmers und beißt sich verführerisch auf die Unterlippe. Sie trägt einen viel zu unsittlich kurzen Rock und presst ihre braungebrannten Beine zusammen.

»Wie lange haben wir Zeit?« Sie kommt auf mich zu, und als ich sie an mich reiße, beginne ich, ihren Hals zu küssen. Jede freie Stelle ihrer Haut. Jeden Zentimeter.

»Wie lange, Rush?«, fragt sie atemlos. Nur widerwillig stoppe ich meine Erkundungstour, um ihr zu antworten. »Ein paar Stunden, schätze ich.« Sie gräbt ihre Hände in mein Haar und presst sich gegen mich, wobei ich verdammt hart werde. Auf diesen Tag habe ich mich schon seit Wochen gefreut.

»Ein paar Stunden nur für uns?« Sie sieht mich grinsend an, und als ich nicke, leuchten ihre grauen Augen auf. Ich habe keine Ahnung, ob unsere Beziehung schon so weit ist, aber ich will es ausnutzen, dass meine Eltern nicht da und wir ungestört sind.

»Nur für uns«, verspreche ich, und küsse wieder ihren Hals, hinunter bis zu ihrem Schlüsselbein. Tiny stellt sich auf Zehenspitzen, damit ich sie besser küssen kann, und seufzt wohlig auf.

»Wo sind deine Eltern denn?« Ich lasse von ihrer weichen braunen Haut ab und ziehe die Brauen hoch. »Sicher, dass du darüber reden willst? Jetzt?« Ich werfe einen Blick auf meine Jeans, die sich über meinem Schritt spannt. Tiny lässt von mir ab und rauft sich die rotbraunen Haare.

»Tut mir leid, ich bin nur … echt nervös. Das hier ist mein erstes Mal, Rush.« Sie senkt den Blick, als wäre es ihr peinlich, dass sie noch keinen Sex hatte. Dabei macht sie gerade das noch unwiderstehlicher. Außerdem ist es nicht so, als hätte ich sonderlich viel Erfahrung in dem Gebiet, nur, weil ich es zweimal getan habe. Sie macht sich viel zu viele Gedanken.

»Okay, komm her.« Ich setze mich auf mein Bett und sie krabbelt auf meinen Schoß. »Meine Eltern sind Einkäufe erledigen, das dauert mindestens noch eine Stunde, aber eher zwei.«

Ich will ihr versichern, dass uns niemand stören wird. Dass sie sich fallen lassen kann. Wenn sie es möchte. Aber der Druck, mit dem sie ihre Mitte auf mich presst, spricht Bände: Sie will es. Dringend. Sie zupft an meinem Shirt und starrt auf meine Brust.

»Und was ist mit deiner Schwester? Sie könnte uns hören«, sagt sie und Blut schießt in ihre Wangen. Mit ihren roten Wangen sieht sie zum Anbeißen süß aus. Ich nehme ihre Hände und platziere sie auf meinen

Schultern. »Ich habe Abby erlaubt, fernzuschauen. So lange sie will. Das darf sie bei unseren Eltern nicht, glaub mir, sie wird uns nicht stören«, murmle ich und beginne wieder, ihren Hals zu küssen. Ihren verführerischen Hals. Der viel zu gut riecht und mir das Blut in die südliche Region schießen lässt.

Tiny beißt sich auf die Lippe und nickt. Gott, ist das heiß. Und als ich sie schließlich auf das Bett bugsiere und mich über sie beuge, lässt sie sich endlich fallen und denkt nicht mehr so viel nach. Stattdessen gräbt sie ihre Nägel in meinen nackten Rücken, nachdem ich mir das Shirt ausgezogen habe.

Ich fahre mit der Zunge über ihre Brüste, hinab zu ihrem schmalen Bauch mit dem Piercing und anschließend zu ihrer Mitte. Wir küssen uns. Überall. Wir streicheln uns. Überall. Und wir vergessen dabei alles um uns herum. Ich sehe nur noch sie und sie nur noch mich. Das hier ist der perfekte Zeitpunkt für unser erstes Mal.

»Bist du bereit?«, frage ich sie stockend, als wir nackt im Bett liegen. Sie nickt und ich kann sehen, wie nervös ihr Brustkorb auf und ab geht. »Ich bin bereit.« Sie schließt die Augen. »Wird es wehtun?« Die Antwort gebe ich ihr in Form eines sanften Kusses auf den Mund. »Ich tue dir nicht weh, vertrau mir.« Dabei weiß ich, dass ich darauf keinen Einfluss habe.

Und als wir Sekunden später miteinander verschmelzen, sieht man ihrem Blick an, dass sie Schmerzen hat. Aber mit jedem Mal, in dem ich in sie eindringe, wird ihr Blick klarer und ihr Körper entspannt sich unter mir. Und als sie sogar leise meinen Namen stöhnt, weiß ich, dass die Schmerzen vergessen sind. Sie kratzt meinen Rücken blutig, aber das ist mir egal, solange ich ihr so nah sein kann.

Ich dringe in sie ein.

Schmecke den Himmel.

Höre ein Klopfen.

Dringe in sie ein.

Schmecke den Himmel.

Höre ein stärkeres Klopfen.

»Rush, hörst du das?« Ich halte inne, und tatsächlich: Da ist wieder dieses Klopfen, das immer lauter und heftiger wird. Ich sehe mich zur Tür um. »Abby, lass uns in Ruhe!«, rufe ich ihr zu, aber das Klopfen bleibt.

»Ignoriere sie einfach, sie hört gleich auf«, verspreche ich Tiny grinsend und dringe wieder in sie ein. Höre wieder dieses Klopfen, das langsam an Intensität abnimmt.

Ich höre etwas vor der Tür keuchen, aber ich habe nur Augen und Ohren für das Mädchen unter mir. Und als das Klopfen schließlich verstummt, dringe ich ein letztes Mal in sie ein und ergieße mich in den Schutz.

Ich rolle mich von Tiny herunter und gebe ihr einen Kuss auf die heiße Schläfe. Sie sieht mich aus flatternden Augen an. »Das war schön«, sagt sie atemlos. Ich fahre mit den Fingerspitzen über ihre weiche Haut und küsse ihren zuckenden Mundwinkel. »Das war es.« Es widerstrebt mir, mich jetzt von ihr zu lösen, aber ich muss.

»Ich geh schnell schauen, was meine nervige Schwester wollte. Warte hier auf mich und lass die Sachen aus.« Und mit diesen Worten und einem letzten Kuss auf ihr Schlüsselbein ziehe ich mir Shorts und Jeans über, um das Zimmer aufzuschließen und nach ihr zu sehen.

Doch als ich in den Flur trete, entweicht die angestaute Luft aus meiner Lunge und ich spüre, wie der restliche Sauerstoff in meinem Körper in Flammen aufgeht.

»Abby?« Mein Blick fällt auf meine Schwester, die am Boden unserer Diele liegt und nach Luft ringt. Ihre Augen huschen panisch zu mir herüber und wieder zurück zur Decke. »Abby, steh auf!« Ich stürze mich auf die Knie, ziehe sie auf meinen Schoß und spüre Tränen in meine Augen schießen. Was zur Hölle passiert hier?

ANNA

»Was ist passiert?« Ich will meiner Stimme nicht anhören lassen, dass ich schockiert bin. Das Letzte, was Rush jetzt gebrauchen kann, sind meine Vorwürfe, für etwas, das ihn seit sechs Jahren belastet.

»Sie muss sich verschluckt haben. Ich … ich habe ihr erlaubt, sich am Süßigkeitenschrank meiner Eltern zu bedienen. Ich … ich wollte einfach, dass sie mich in Ruhe lässt, Anna. Verstehst du?« Wir sitzen immer noch im Bad auf der Toilette. Er unter mir, ich auf seinem Schoß. Mittlerweile müssen seine Oberschenkel schon taub sein, aber wenn ja, überspielt er es und tut, als wäre ich federleicht.

»Ich wollte, dass sie mich in Ruhe lässt, ich wollte, dass sie einfach beschäftigt ist, Anna.« Seine Stimme ist dunkler als je zuvor, aber dafür viel klarer als vor einer halben Stunde noch.

»Das war ein Unfall, Rush«, sage ich schwach und wenig überzeugend. Ich kann mir nur ausmalen, wie er sich fühlen muss. Wie er sich an diesem Tag gefühlt haben muss, als er seine Schwester um Luft ringend am Boden fand, weil er nicht aufgepasst hat.

»Ein Unfall? Das war kein Unfall, Anna«, knurrt er. Er schiebt mich von seinem Schoß und steht auf. Seine Beine sind immer noch wackelig, aber er droht nicht, umzukippen. Rush läuft in diesem viel zu kleinen Bad hin und her. Sein Gesicht erschrocken wie das eines Rehs.

»Meine Eltern sagten, dass ich auf sie aufpassen soll. Ich habe lieber mit diesem Mädchen geschlafen, als meiner Verantwortung als großer Bruder nachzugehen. Ich … Gott, ich bin schuld an allem. Hätte ich mich mit ihr beschäftigt, wäre es nicht passiert. Hätte ich ihr nicht erlaubt, an den Schrank zu gehen, obwohl meine Eltern es verboten haben, hätte sie sich nicht verschluckt. Hätte ich das Zimmer nicht abgeschlossen, hätte sie reinkommen können. Hätte … hätte ich doch bloß alles anders gemacht.« Das letzte Wort ist nichts weiter als ein Flüstern.

»Seit sechs Jahren frage ich mich, auf wie viele verschiedene Weisen ich das hätte verhindern können.« Er sieht mich nicht an, während ich unsicher zurück auf den Toilettensitz rutsche. In diesem Moment sind meine Beine vermutlich schwächer als seine und ich brauche den Halt unter mir, um nicht zusammenzubrechen. Wenigstens einer muss von uns beiden stark bleiben.

»Stattdessen habe ich mich für diese eine Weise entschieden, ihr das Leben zu ruinieren, Anna. Sag mir, wie soll ich damit leben? Mit dieser Schuld? Jeden Tag, wenn ich wach werde, ist sie da und schlingt sich um mich, schnürt meine verdammte Kehle zu. Jeden

Abend, wenn ich einschlafe, wartet sie in den Träumen auf mich. Jedes Mal, wenn ich in den Spiegel blicke und ihre blauen Augen in meinen sehe, will ich sterben.« Mittlerweile erinnert nichts mehr daran, dass er vor einer Stunde noch fast ohnmächtig war.

»Rush, hör mir zu.« Ich stehe auf und gehe auf ihn zu. Ich schlinge die Arme um seinen Nacken und sehe ihn starr an.

»Das, was passiert ist, ist schrecklich. Und ich kann mir nicht vorstellen, wie schlimm es für dich ist, jeden Morgen damit aufzuwachen, ohne etwas ändern zu können. Aber … aber du hast ihr doch nicht wehtun wollen. Du wolltest doch nie, dass das passiert. Du warst jung und … und du hast einen Fehler gemacht, ja. Aber du darfst dich nicht ein Leben lang dafür bestrafen.« Er wendet den Blick ab, weil er mittlerweile an dem Punkt angelangt ist, an dem ihm seine Schwäche vor mir peinlich ist.

»Du liebst sie, das habe ich gesehen. Und sie liebt dich. Sie gibt dir nicht die Schuld«, sage ich aus fester Überzeugung. »Ich weiß. Aber ich hasse mich dafür. Jeden Tag. Immer, wenn ich sehe, dass ihr linker Mundwinkel unten bleibt, wenn sie lächeln will. Immer, wenn sie Sachen vergisst, die man in ihrem Alter nicht vergessen sollte. Immer, wenn ihre Hände zittern, wenn sie ihre Gefühle nicht im Griff hat, immer, wenn sie versucht, etwas zu schreiben, es aber nicht mehr kann wie früher, denke ich daran, was ich ihr angetan habe. Sie wollte immer Schriftstellerin werden, Anna. Jetzt ist sie schon glücklich, wenn sie mehr als einen Satz zu

Papier bringen kann. Sie … sie hat lange keine Luft bekommen und der Sauerstoffmangel in ihrem Kopf hat diese hypoxischen Schäden in ihr hinterlassen, die nie wieder ganz zurückgehen werden, Anna. Ich habe meine Schwester fast umgebracht und sie wird nie ohne diese Einschränkungen leben können.« Er keucht, als er die Worte so kalt und ehrlich ausspricht.

Eine Gänsehaut jagt über meinen Körper, weil mich das Ausgesprochene schier wahnsinnig macht. Doch noch wahnsinniger macht es mich, dass ich ihm nicht helfen kann. Dass er in seiner Schuld ertrinkt und ich dieses Mal nicht sein Anker sein kann.

»Manchmal wünschte ich mir, es würde Ruby nicht geben«, gestehe ich plötzlich. Ich will, dass er weiß, dass er nicht der einzige Mensch ist, der Dinge zu bereuen hat.

»Wenn er nicht wäre … wenn er nicht wäre, hätte ich vielleicht eine Jugend gehabt. Dann hätte ich meine Nachmittage mit meinen Freunden verbringen können, damit, mich zu verlieben.« Ich halte den Atem an. »Ich hätte nicht hier sein müssen, um auf ihn aufzupassen. Hätte nicht dafür sorgen müssen, dass immer etwas zu essen auf dem Tisch steht. Hätte ihm nicht all meine Aufmerksamkeit in meinem Leben schenken müssen.«

Rush sieht mich voller Verständnis an. Er verurteilt mich nicht, weil ich diese Gedanken habe. Weil ich hin und wieder ein anderes Leben will als das, was mir zugeteilt wurde.

»Und dann gibt es die Momente, in denen ich kurz davorstand, meiner Mutter das heimzuzahlen, was sie uns angetan hat. Ich … als sie einmal Rubys Geburtstag vergessen hat und er am Boden zerstört war. Sie hat es nicht verstanden, sie wollte sich nicht mal dazu durchringen, ihm ein Lied zu singen, damit er nicht mehr weint. An diesem Tag … ich wollte ihr am liebsten ihre Tabletten geben und sie sie mit Wodka herunterspülen lassen. Ich dachte, wenn sie nicht mehr wäre, würde Ruby nicht einem Geist hinterherrennen. Wenn sie nicht mehr wäre, wäre alles irgendwie leichter und erträglicher. Ich müsste mich nicht mehr schlecht fühlen, wenn ich an ihrem Zimmer vorbeigehe, ohne mit ihr zu reden. Weil das Zimmer dann leer wäre.« Tränen finden ihren Weg über meine Wangen. Wangen, die vor Scham und Schuld glühen. Weil ich in diesem Moment meine Dämonen teile und das erste Mal in meinem Leben laut ausspreche.

»Aber das sind nur Phasen, Rush. Das sind nur Phasen, und im nächsten Moment bereue ich jeden Gedanken davon, weil ich Mom und Ruby mehr als mein Leben liebe. Weil ich lieber ihren Geist hier habe, als gar nichts mehr. Das alles sind nur Tiefs zwischen ganz vielen Hochs«, setze ich bestärkend hinterher. Ich lehne mich an seine Brust, und als er schließlich seine Hände auf meinen Rücken drückt und mich an sich zieht, füllt sich meine Lunge wieder mit reinem Sauerstoff. Ich bekomme wieder Luft und sie fühlt sich nicht mehr an, als würde sie brennen. Ich fühle mich wieder lebendig, auch wenn mich dieses Eingeständnis um den Verstand bringt.

»Wir alle haben Dämonen. Manche sind stärker, manche schwächer. Aber wir müssen mit ihnen leben und weitermachen.« Seine Finger fahren Kreise über meinen nackten Rücken und er vergräbt das Gesicht in meinen Haaren. Rush inhaliert den Duft meiner Haare und entspannt sich.

»Wieso fährst du die Rennen wirklich, Rush? Ich weiß, dass es nicht des Spaßes wegen ist.« Das wusste ich von Anfang an. Die Entschlossenheit in seinem Blick hatte nichts mit Spaß zu tun.

»Ich will meine Eltern leiden sehen. Ich will, dass sie keine ruhige Minute in ihrem Leben haben«, presst er hervor. Ich warte, bis er mir mehr anvertraut, weil ich weiß, dass das nicht alles ist. Dass es immer noch Dinge gibt, die ungesagt sind.

»Sie haben Abby in diese Klinik gesteckt, sie wollten vertuschen, was wirklich passiert ist. Sie … sie wollten nicht, dass jemand erfährt, wie es passiert ist. Sie sagen, es war ein Unfall. Sie … sie haben sie in diese Klinik gesteckt, weil sie keine Lust hatten, ihr ein Zuhause zu geben.« Ich presse mich noch dichter an ihn und halte ihn, hier im dumpfen Licht der alten Glühbirne über uns. »Du kannst nicht ewig von Rache leben, Rush. Dämonen ernähren sich von diesen Gefühlen. Du darfst sie nicht füttern.«

»Ich weiß. Aber für den Moment ist das die einzige Möglichkeit für mich, damit fertigzuwerden, ohne mich umzubringen«, gibt er erschlagen zu. Er klingt so müde und auch ich spüre die Erschöpfung in jeder Pore. Ich fahre über seinen Oberarm und streife unter dem Shirt eine der zahlreichen weißen Striemen.

»Die Narben …«

»… haben nicht geholfen. Nur für den Moment.« Die Wahrheit schlägt mir unverblümt entgegen und lässt mich schlucken.

»Ich bin hier für dich, hörst du?« Sein Blick trifft auf meinen. »Ich bin hier und du kannst auf mich zählen. Ich. Bin. Hier. Du bist nicht allein mit deinen Schatten«, versichere ich ihm und presse seine Hand dicht an meine. Er fährt mit dem Blick über mein Gesicht.

»Sie vermisst dich«, sagt er plötzlich. »Abigail vermisst dich. Sie klammert sich schnell an Menschen und dich hat sie sofort in ihr Herz geschlossen.« Sein Geständnis wärmt mich gänzlich auf und die Kälte der letzten Monate verpufft in mir unter der Wahrheit. Ich vergesse sogar, dass wir uns wochenlang nicht gesehen haben. Dass er mir das Herz gebrochen hat, weil er das eines anderen Mädchens schützen wollte.

»Ich finde sie auch großartig.« Selten habe ich einen so wundervollen Menschen wie sie getroffen. Und ihr Bruder, ihr kaputter Bruder, der gerade vor mir steht, ist mindestens genauso wundervoll, auch wenn er es nicht sehen will. Man muss ihm nur beibringen, wieder mehr in sich zu sehen, als das Monster, das er aus sich gemacht hat.

»Würdest du … würdest du mitkommen, wenn ich sie das nächste Mal besuche?« Man sieht, dass es alles von ihm abverlangt, mich das zu fragen, dabei liegt meine Antwort schon längst auf der Hand.

»Was ist mit Audrey?« Es ist viel zu viel. Viel zu viele Informationen für einen Abend. Zu viele erdrückende Emotionen. Aber ich komme klar. Irgendwie. Ich muss klarkommen, um ihm eine Stütze zu sein.

»Sie wird verlegt. Es ist das Beste für sie ... ich war heute Nacht bei ihr und habe ihr gesagt, dass es nicht mehr geht.« Ich nicke und kuschle mich wieder an seine Brust. »Ich komme mit. Ich ... ich komme mit dir, Rush. Denn ich liebe dich auch mit deinen Dämonen.«

RUSH

Früher

»Sie wartet schon den ganzen Tag auf deinen Besuch, bei der Therapie war sie gar nicht bei der Sache und hat die ganze Zeit geträumt.« Florence, die erst seit Kurzem hier arbeitet und mit der ich mich von den Schwestern am besten verstehe, lässt mich die Besucherliste unterschreiben. Ich nippe an meinem Coffee-to-go und grinse sie an.

»Sollte ich mich jetzt dafür entschuldigen, dass sich meine Schwester auf mich freut?« Sie schüttelt den Kopf. »Vor den Therapeuten vielleicht, vor mir nicht«, verrät sie mir hinter vorgehaltener Hand. »Und jetzt geh schon. Sie dreht sicher schon Kreise in ihrem Zimmer oder kratzt die Tapete von den Wänden.« Ich klopfe zum Abschied auf den Tresen und gehe mit dem heißen Becher in den Flur.

Ihr Zimmer wurde ans andere Ende des Ganges verlegt, damit sie schneller im Garten sein kann und einen Blick auf den Hafen hat. Abigail liebte das Wasser schon immer. Es war nicht leicht, die Schwestern zu

255

überreden, aber als das Zimmer leer wurde, hatten sie keine Argumente mehr gegen mich. Ich gehe über den Flur, starre auf das helle Linoleum, und als ich zwei Füße in weißen Socken mit schwarzen Punkten vor mir sehe, halte ich an. Mein Blick wandert über die schmalen Beine eines Mädchens, das an die Wand gelehnt im Flur sitzt.

Sie hat blondes, langes Haar und ihre klaren, grauen Augen starren einfach nur an die Wand auf der anderen Seite. Das Mädchen trägt eine Art Nachthemd. Mitten am Tag? Ich runzle die Stirn und überlege, ob ich sie mir nicht nur einbilde. Bin ich jetzt schon verrückt geworden?

»Hey.« Sie zuckt zusammen, als ich sie anspreche. Normalerweise sollte ich einfach weitergehen, um zu Abby zu kommen, aber dieses Mädchen sieht aus, als würde sie gleich in Tränen ausbrechen. Wie könnte ich da einfach weitergehen? Ich kann es nicht. Also bleibe ich vor ihr stehen und warte vergeblich auf eine Antwort.

»Gefällt dir die Wand?« Mein Witz sorgt dafür, dass sie viel zu kurz lächelt, mich aber immer noch nicht ansieht. Sie weicht meinem Blick aus, also setze ich mich ihr gegenüber an die andere Wand, damit sie mich nicht mehr ignorieren kann. Ihre Augen sehen in meine und ihre Miene klart für eine Millisekunde auf, als sie mich sieht. »Jetzt gefällt sie mir«, sagt sie schüchtern und ihre Wangen werden rot. Gott, die Kleine ist wirklich süß.

»Bist du neu hier?« Ganz sicher. Ich würde mich an sie erinnern, wenn ich sie schon einmal hier gesehen hätte, das steht fest. Sie sticht nicht sonderlich aus der Menge heraus, aber für mich wirkt sie besonders. Ihr verlorener Blick ist besonders.

Sie nickt.

»Ätzend hier drin, oder?«

Wieder nickt sie.

»Wieso bist du hier?«, frage ich sie, ohne ein Blatt vor den Mund zu nehmen. Ich weiß, dass in der Klinik alle möglichen Dinge behandelt werden. Sie ist auf Jugendliche spezialisiert und es gibt für beinahe alles Spezialisten. Manche sind nur tagsüber hier und nachts und am Wochenende zu Hause. Andere … wie meine Schwester, sind immer hier.

Weil es kein Zuhause mehr für sie gibt. Weil meine Eltern ihr dieses Zuhause genommen haben. Galle steigt in mir auf und um mich zu beruhigen, sehe ich wieder das Mädchen vor mir an und versuche, herauszufinden, was sie hier macht. Im Vergleich zu meiner Schwester sieht man ihr nichts an.

Ihr Blick wandert zu ihren Handgelenken, an denen jeweils ein Verband angebracht ist. Ich schlucke. Weiß genau, was das zu bedeuten hat. Sie zieht die langen Ärmel ihres Hemdes herunter, sodass die Verbände darunter verschwinden. Angesichts der Tatsache, dass sie versucht hat, sich das Leben zu nehmen, bin ich mir sicher, dass sie genau wie meine Schwester dauerhaft unter Beobachtung sein wird.

»So schlimm ist es nicht mehr, wenn man öfter hier ist«, gehe ich gar nicht auf die Verbände ein. Wer will schon gern über so etwas mit einem Fremden reden? Sie legt den Kopf schief.

»Bist du … bist du auch Patient?« Beinahe kann ich Hoffnung in ihren Augen aufkeimen sehen, die ich ungern zerstören will.

»Nein, meine Schwester ist hier. Aber ich komme jeden Tag her.« Und das Funkeln ihrer Augen nimmt nicht ab. Ich nippe an meinem Kaffee und lasse sie dabei nicht aus den Augen.

»Ich kenne hier niemanden. Ich … ich finde nicht so schnell Anschluss.« Sie senkt die Lider und zupft an dem Stoff des weißen Nachthemdes. Ihre Zehen in den gepunkteten Socken streifen meine Knie.

»Wir könnten Freunde sein«, schlage ich ihr vor, ohne über meine Worte nachzudenken. Und auch als sie mich anlächelt, will ich das Angebot nicht zurücknehmen.

»Wieso?« Die Frage ist nur ein Hauchen. Ich stemme mich von der Wand ab und gehe zu ihr herüber, um mich stattdessen neben sie zu setzen. Mein Oberschenkel berührt ihren und sie zuckt zusammen. An ihren nackten Beinen kann ich sehen, dass sie eine Gänsehaut hat.

»Weil ich dich mag«, antworte ich ehrlich. »Und jeder Freunde braucht.« Vielleicht könnte sie auch eine Freundin von Abby werden? Das Mädchen streicht sich schüchtern das Haar hinter die Ohren und sieht mich von der Seite an. Doch als ich den Blick erwidere, sieht sie wieder weg. Ich leere den Becher und stelle ihn neben mir ab. Danach halte ich dem Mädchen meine Hand hin, die sie erst entsetzt mustert, und dann sachte schüttelt.

»Ich bin Rush«, stelle ich mich vor und kassiere ein strahlendes, aber zurückhaltendes Lächeln. Sie lässt ihre Hand einen Moment länger in meiner, bevor sie sie zurückzieht und wieder am Saum des Hemdes spielt.

»Willst du mir nicht deinen Namen verraten? Freunde kennen für gewöhnlich die Namen des anderen«, sage ich und hebe die Brauen. Sie schüttelt über sich selbst den Kopf, weil ihr ihr Benehmen peinlich ist.

»Audrey«, sagt sie zitternd. »Ich bin Audrey. Und ich bin ab heute deine Freundin.« Sie strahlt. Und ich werde alles dafür tun, dieses Strahlen immer zu beschützen. Egal, was ich dafür tun muss. Ganz egal, was …

ANNA

»Meinst du, sie wird es mögen?« Wieso, um Himmels willen, bin ich eigentlich so nervös? Es ist ja nicht so, als würde ich eine Prüfung ablegen müssen. Rush zieht mich an sich. »Mach dir keine Gedanken. Sie wird es lieben. So wie dich.«

»Danke.« Wir stehen am Empfang und die Schwester sieht uns stumm an. Und wenn mich nicht alles täuscht, gefällt es ihr nicht sonderlich, dass ich hier bin. Ihre Blicke sprechen das aus, was ihr Mund verschweigt.

»Also, Florence. Wie sehe ich aus?« Rush richtet den Kragen seines Hemdes. Er ist schon den ganzen Tag total neben der Spur, und ich frage mich, wieso er so nervös ist. Habe ich irgendetwas verpasst?

»Du siehst super aus«, versichert sie ihm und schenkt ihm ein warmes Lächeln, bevor sie mir ein skeptisches gibt. Kein Wunder, dass sie mich nicht sonderlich leiden kann, wenn mein Auftauchen vor vielen Wochen für so viele Probleme gesorgt hat. Immerhin hat ein Mädchen versucht, sich das Leben zu nehmen, weil es mich gibt. Wäre ich nicht hier aufgetaucht, wäre all das nicht passiert.

»Na, dann wollen wir mal.« Rush packt mich bei der Hand und zerrt mich durch die Glastüren in den Flur und anschließend zu ihrem Zimmer am Ende des Ganges.

Leise Musik dringt durch die Tür zu uns durch, und als ich meinen Lieblingssong von Taylor Swift erkenne, muss ich lächeln. Abby wird mir immer sympathischer. Vielleicht ist sie die Schwester für mich, die ich nie hatte?

»Drei, zwei, eins.« Und mit diesen Worten öffnet Rush die Tür und wir beginnen, ihr ein Ständchen zu singen. Abby sitzt fröhlich auf ihrem Bett und beobachtet unsere Show. Nachdem wir das schräge Lied beendet haben, wirft sie sich in unsere Arme.

»Happy Birthday«, sagen Rush und ich im Chor. Abby sieht mich aus glänzenden Augen an und es fühlt sich an, als würde ich sie schon mein ganzes Leben lang kennen.

»Du hast Anna hergebracht«, stellt sie glücklich fest und drückt uns beide noch einmal fest an sich. Ihre blonden Haare sind zu einer aufwendigen Flechtfrisur nach oben gesteckt und sie trägt heute sogar ein wenig Make-up. Aber auch ohne Rouge strahlen ihre Wange rosa.

»Sag mal, hast du Lippenstift drauf?« Rush nimmt ihr Gesicht in seine Hände und begutachtet es wenig begeistert. Abby schüttelt ihn ab und verengt die Augen. »Ich bin sechzehn, Rush. Lippenstift wird da

261

wohl erlaubt sein«, kichert sie und dieses Mal wandert auch ihr linker Mundwinkel nach oben.

»Genau, Rush. Lass sie. Es sieht schön aus«, versichere ich ihr und kassiere dafür ein Schnauben von Rush. »Fällst du mir gerade echt in den Rücken, Anna? Dafür habe ich dich nicht mitgenommen!« Schulterzuckend packe ich Abby am Arm und führe sie zum Bett.

»Mädchen müssen zusammenhalten. Gewöhn dich besser schnell dran.« Abby nickt zustimmend und kichert wieder.

»Also, ich hab was für dich.« Mit diesen Worten überreiche ich ihr mein Geschenk, an dem ich die ganzen letzten Tage gesessen habe. Sie öffnet zögernd die Schleife und holt anschließend das Notizbuch heraus.

»Mach es auf«, flüstere ich ihr zu. Und als sie meine kleinen Verzierungen an den Ecken sieht, grinst sie über beide Ohren. »Dein Bruder hat mir erzählt, dass du gern schreibst«, erkläre ich mein Geschenk. »Und dass du selbst gebastelte Notizbücher liebst.«

Sie wirft sich in meine Arme und schluchzt heftig. »Deshalb habe ich gedacht, bastle ich dir eins.« Sie wirkt aufgrund des Geschenks total neben der Spur, dabei ist es doch bloß ein Buch! Ich lege meine Arme um sie und drücke sie fest an mich.

»Danke, Anna. Danke.« Wir liegen uns weiter in den Armen, bis Rush sich räuspert. Er lehnt an der Tür, ein Bein angewinkelt, und sieht uns nervös an. Was ist heute bloß los mit ihm? Er benimmt sich schon den ganzen Tag so seltsam!

»Wenn du willst, können wir dir zu Hause einen ganzen Schrank für deine Bücher hinstellen«, sagt er mit matter Stimme. Abby löst sich stirnrunzelnd von mir und sieht ihren Bruder fragend an, genau wie ich. Wovon spricht er?

»Wie jetzt?« Wir beide sagen diese Worte wie im Chor und müssen lachen. Er spielt am Saum seines Hemdes und knabbert nervös an seiner Lippe. Danach stößt er sich von der Tür ab, kniet sich vor das Bett und atmet tief durch. Selten habe ich so viel Panik in seinen Augen aufblitzen sehen wie in diesem Moment.

»Dachtest du, ich habe kein Geschenk für dich?«, fragt er und zieht einen Mundwinkel nach oben. Abbys Hand liegt in meiner und ich drücke sie fest an mich.

»Aber was ist mein Geschenk?« Wir beide stehen auf dem Schlauch und warten darauf, dass Rush endlich Klartext spricht.

»Na ja …« Wieder beißt er sich auf die Lippe und sieht dabei verdammt heiß aus. »Ich habe in den letzten Jahren z-ziemlich viel Geld gespart«, stottert er. Noch immer tappen wir im Dunkeln.

»Nun rück schon raus, Rush!«, drängle ich, weil ich wissen will, was er vor mir verheimlicht hat.

»Und jetzt habe ich das Geld zusammen, um alles zu Hause für dich vorzubereiten. Es ist vielleicht alles ein bisschen kleiner als hier, aber …«

»Was vorzubereiten?« Abbys Hand zittert in meiner und ich muss ebenfalls zittern. »Für deinen Einzug bei mir.« Mir entgleiten die Gesichtszüge und auch Abby weiß nicht, wohin mit ihren Mundwinkeln. »WAS?«, fragt sie so laut, dass es in meinen Ohren schmerzt.

»Es ist alles schon mit den Schwestern abgesprochen. Florence wird dreimal in der Woche vorbeikommen, um dich zu behandeln. Wenn es sein muss, auch öfter. Oder weniger, das kommt ganz darauf an. Du wirst dein eigenes Zimmer bei mir haben und … und du kannst bei mir sein.« Er lacht unsicher. »Wenn du es willst, heißt es.

Ich kann verstehen, wenn du keinen Bock hast, bei deinem kontrollsüchtigen Bruder zu hausen. Ich bin sicher ein schrecklicher Mitbewohner.«

Ehe er noch weiterreden kann, hat Abby sich in seine Arme geworfen. Sie presst ihr Gesicht an seine Brust und weint bitterlich.

»Hey, hey, so schlimm ist der Vorschlag nun auch nicht«, witzelt er nervös. Tränen brennen in meinen Augen, weil ich selten Teil von etwas Schönerem war.

»Das ist … das ist das schönste Geschenk«, schluchzt sie heftig an seinem Shirt und zittert am ganzen Körper.

»Wann?« Sie löst sich von ihm und sieht ihn erwartungsvoll an. Ihre Mascara hängt auf ihren Wangen und ihre Lippen beben.

»Am Wochenende.« Wieder wirft sie sich in seine Arme und als Rush mich und meine Rührung sieht, zuckt er mit den Schultern. Wie konnte er mir das verheimlichen? Und doch bin ich ihm nicht böse, sondern dankbar.

Es ist, als hätte er sich seit diesem Abend, an dem er sich mir geöffnet hat, verändert. Er beginnt langsam, sich selbst zu verzeihen, was damals passiert ist. Weil er einsehen muss, dass man die Vergangenheit nicht ändern kann und dass es ein Unfall war.

»Am Wochenende. Aber was sagen Mom und Dad dazu?«, quiekt Abby und springt auf. »Sie haben zugestimmt, wenn du es willst.« Dankbarkeit blitzt in seinen Zügen auf, obwohl er seine Eltern eigentlich verabscheut.

»Ich muss das meinen Freunden erzählen. Ich … ich bin sofort wieder da!« Und mit diesen Worten hat sie das Zimmer verlassen. »Bist du sauer?«, fragt Rush zaghaft nach und setzt sich zu mir aufs Bett, sobald die Tür ins Schloss fällt. Ich schüttle ungläubig den Kopf.

»Sauer? Gott, Rush, nein! Ich bin gerührt«, sage ich schluckend und lehne mich an ihn. »Auch wenn ich sie kaum kenne, war es so schön, zu sehen, wie glücklich sie darüber ist.«

Ich wische mir die Tränen weg, und als eine neue nachkommt, übernimmt Rush den Job für mich. Sein Daumen verweilt auf meiner erhitzten Haut und ein Kribbeln breitet sich in mir aus wie bei einer Lawine.

»Dagegen stinkt mein Notizbuch ziemlich ab.« Ich muss kehlig lachen.

»Sie liebt es. Glaub mir.« Ich lehne mich an seine Schulter und gemeinsam sehen wir durch die großen Fenster nach draußen in den Garten, in dem Abby von einem Mädchen zum nächsten rennt.

Glücklich sehen wir ihr dabei zu und Wärme durchflutet mein Herz und meine ganze Brust. Aufgeregt wirft sie sich in die Arme einer älteren Schwester und man kann sehen, dass ihre Schultern immer noch beben.

»Diese Fürsorglichkeit steht dir wirklich gut«, sage ich, als ich das Glänzen in seinen Augen sehe, mit dem er seiner Schwester zusieht.

Er presst mich an sich und ich bette meinen Kopf an seine warme Brust. Inhaliere seinen Duft nach Zitronengras und Meer. Und fühle mich vollkommen.

»Ach ja?« Er küsst meinen Scheitel und ich sehe zu ihm auf. Präge mir sein Gesicht genauestens ein. »Das Geld von den Rennen … du brauchtest es, um alles vorzubereiten.«

Ich erinnere mich an das erste Rennen, bei dem er mir den Sieg gestohlen hat. Ich erinnere mich an mein Gefühl, versagt zu haben und an das Geld, das er mir gegeben hat, obwohl wir uns nicht kannten. Rush nickt langsam. Wie konnte ich ihn auch nur in einer Sekunde verabscheuen?

»Und trotzdem hast du mir das Geld gegeben, obwohl ich dich wie Abschaum behandelt habe.« Plötzlich schäme ich mich für mein Verhalten. Schäme mich für alles, was ich ihm an den Kopf geworfen habe, ohne ihn und seine Dämonen zu kennen.

Hätte ich doch bloß hinter diese Fassade geschaut, anstatt ihn gleich zu verurteilen. Hätte ich doch bloß gewusst, was für Opfer er in seinem Leben bringt, um seine Fehler auszubessern.

»Es ist okay, du brauchtest das Geld«, sagt er ehrlich und verstärkt den Druck seiner Hände auf meinem Rücken.

»Ja, aber du warst mir nichts sch-« Bevor ich den Satz beenden kann, liegen seine Lippen auf meinen. Ich teile meine Lippen seufzend, damit seine Zunge in meinen Mund eindringen kann, und spüre Schmetterlinge in mir wachsen.

Alles dreht sich. Alles fühlt sich so rein und perfekt an. Hier mit ihm. Das Glück ist greifbar in der Luft und ich genieße den Druck, mit dem seine Zunge meine massiert.

»Was -« Ich löse mich widerwillig von seinen weichen, warmen Lippen, um ihm in die blauen Augen zu sehen und mich darin zu verlieren. »Was ist das mit uns?«

Bis jetzt haben wir dem, was uns verbindet, noch keinen Namen gegeben. Aber je länger er mich so treu ansieht, desto mehr weckt es den Wunsch in mir, das hier zu benennen.

Zu wissen, wohin das mit uns führen kann. Rush streichelt mit dem Daumen über meine nackten Arme, woraufhin sich die Haare aufstellen und mich eine Gänsehaut überrollt.

»Willst du wissen, was ich über uns denke?« Seine Stimme ist rau und dunkel und viel zu schön. Wie kann man sich nicht in sie verlieben? In die Gefühle, die sie in einem weckt?

Ich nicke und spüre einen Kloß in meinem Hals entstehen. Je länger ich hier mit ihm sitze und mich in seinen Augen verliere, desto größer wird er. Rush küsst meinen Mundwinkel. »Ich denke, wir sind die Diamanten unter den Steinen, Anna Chapman.«

ANNA

Zwei Jahre später

»Oh Gott, ich bin so nervös.« Ich öffne wild und hysterisch alle Schränke in der Küche, auf der Suche nach der Brotdose, die ich vor zwei Wochen für diesen Tag gekauft hatte. »Irgendwo hier muss sie doch sein!«

Ich wühle mich durch Geschirrhandtücher, alte Tupperdosen, diverse Kakaopackungen und finde sie letztendlich im untersten Schrank unter den Müllbeuteln.

»Ha!« Glücklich hole ich sie heraus und verstaue das Essen in ihr, das ich gestern Abend vorbereitet habe, weil ich vor Aufregung kein Auge zubekommen habe. Also bestand meine Nacht darin, hier in der Küche Brote zu schmieren. Viel mehr Brote, als er an einem Tag essen kann.

»Hyperventiliert hier gerade jemand?« Seine Stimme sorgt für Schauder, die über meinen Rücken rennen wie Langstreckenläufer, und als er dicht hinter mir stehen bleibt und sein warmer Atem auf meinen Nacken trifft, entspanne ich mich.

»Ein bisschen vielleicht?«, frage ich zaghaft, öffne die linke Schublade, hole einen Schokoriegel heraus und stecke ihn ebenfalls in die Dose, weil ich weiß, wie sehr er die liebt.

»Meinst du, er schafft es?« Rush legt seine Hände auf meine Hüften und dreht mich um, sodass ich zwischen ihm und der Küchenzeile eingesperrt bin. Sein Blick wandert über mein aufgelöstes Gesicht.

»Natürlich schafft er das.« Seine Worte sollten mich beruhigen, aber irgendetwas in mir hält mich davon ab, ihm zu glauben.

»Aber er ist so schüchtern und ... und er spricht nicht gern vor anderen Menschen.« Und er ist mein kleiner Bruder, verdammt.

Mein Ein und Alles.

Der Mensch, für den ich ins Fegefeuer oder über heiße Kohlen gehen würde. Für ihn würde ich mir eine Kugel einfangen und bis ans andere Ende der Welt gehen.

»So, wie ich Rubs kenne, packt er das.« Ich nicke und zwinge mich, ihm zu glauben. Ruby wohnt seit einem Jahr bei uns. Nachdem Abby hier einzog, ging es mit Mom weiter bergab, und irgendwann konnte und wollte ich nicht mehr dabei zusehen, wie mein kleiner Bruder in seinem Zimmer von seinen Schatten malträtiert wurde. Von ihren Schatten.

Also habe ich seine Sachen gepackt und bin mit ihm hergekommen, auch wenn Mom alles andere als begeistert von meinem Entschluss war.

»Hey, Anna. Atme einfach durch, okay? Die ersten Tage sind vielleicht hart, aber dann wird es besser.« Er legt seine Hand an meine Wange und ich schmiege mich gegen sie.

»Du klingst wie ein Vater«, sage ich grinsend. Rush verzieht keine Miene dabei. »Vielleicht … fühle ich mich auch wie einer. So ein kleines bisschen.« Sein Geständnis entlockt mir ein noch breiteres Lächeln.

Kaum zu glauben, wie gut ihm diese Rolle steht. Wir selbst haben noch nicht über Kinder nachgedacht, weil wir mit unseren Geschwistern schon genug Arbeit haben, aber hier und in diesem Moment, kann ich mir vorstellen, eine eigene Familie mit ihm zu gründen.

In den letzten zwei Jahren hat sich mein Leben um einhundertachtzig Grad gedreht. Ich wohne jetzt hier bei ihm, mit Abby und Ruby. Schlafe jede Nacht in den Armen des Mannes ein, den ich liebe. Und meine Mutter … hat endlich eine Therapie angefangen. Vermutlich war es die richtige Entscheidung, Ruby mitzunehmen, so konnte sie darüber nachdenken, was sie alles durch ihre Depression verloren hatte.

Mittlerweile kann sie sogar wieder lächeln, wenn wir sie besuchen. Sie wird wieder gesund, davon gehe ich fest aus. Das Strahlen kommt Stück für Stück in ihre Augen zurück und ihr Gesicht verwandelt sich wieder in die alte Schönheit, die sie vor Dads Tod war.

»Ich habe nur so Angst, irgendwas vergessen zu haben.« Sobald ich die Worte ausgesprochen habe, geht Rush zu Rubs' neuem Schulranzen herüber und blickt hinein.

»Ist seine Federtasche drin?«, frage ich.

»Federtasche, check.« Er hält sie in die Höhe und lässt sie demonstrativ wieder reinfallen. »Und das Hausaufgabenheft?«

»Hausaufgabenheft, check.«

»Die Trinkflasche?«

»Check.«

»Und der Ordner mit den Heftern?«

»Check.« Rush kommt wieder zu mir herüber und küsst meinen Mundwinkel. »Es ist alles da, Kitten. Du musst dich dringend entspannen. Ganz dringend.« Er greift um mich herum nach der Brotdose und verstaut sie anschließend im Schulranzen, bevor er ihn mit einem Schwung verschließt.

»Okay. Okay.« In dem Moment, in dem ich wie wild anfange, die Arbeitsplatte zu putzen, kommen Abby und Ruby in die Küche. Abby gibt uns beiden einen Kuss auf die Wange und setzt sich dann mit einem Buch in der Hand an den Tisch.

Sie wird mittlerweile stundenweise zu Hause unterrichtet und ihr fällt das Schreiben schon viel leichter. Immer, wenn ich sie ansehe, weiß ich, dass es keinen stärkeren Menschen als sie gibt.

Ruby entdeckt seinen Schulranzen und setzt ihn sich euphorisch auf, verheddert sich aber dabei mit den Trägern. »Hey, Kumpel. Ich helfe dir.« Rush nimmt ihm den Ranzen ab und setzt ihn meinem Bruder richtig herum auf. Er strahlt über das ganze Gesicht. »Bist du nervös?« Rush geht in die Hocke und Rubs schüttelt den Kopf.

»Nein!« Er wirft mir einen wissenden Blick zu, der schreit: Siehst du? Alles wird gut. Und ich entspanne mich tatsächlich und lasse den Lappen in die Spüle fallen, weil es keinen Sinn hat, etwas Sauberes zu säubern.

»Wenn etwas ist, weißt du, wie du uns erreichen kannst, oder?« Ich gehe in die Hocke und nehme meinen Bruder in die Arme. Kaum zu glauben, dass er jetzt wirklich die Schule wechselt!

Die ersten zwei Jahre meines Studiums der Psychologie haben meine Zeit so sehr beansprucht, dass sie nahezu an mir vorbeigerast sind. Plötzlich ist der Winter vorbei und der Sommer kommt zurück. Und dann wieder umgekehrt. Es ist ein niemals endender Kreislauf.

»Ich weiß, Annie. Ich schaff das«, sagt mein Bruder salutierend. Und als er mich breit angrinst und ich ein Stück der Choco Pops vom Frühstück zwischen seiner Zahnlücke sehe, stemme ich die Hände in die Hüften.

»Du hast dir noch nicht die Zähne geputzt?« Rubs schließt eilig den Mund, presst die Lippen aufeinander und schüttelt ertappt den Kopf.

»Dann los! Das ist keine Bitte, Ruby, sondern ein Befehl. Sonst wirst du zu spät kommen und das sehen Lehrer nicht gern«, drohe ich ihm. Sofort rennt er mit dem Ranzen bepackt ins Badezimmer.

Mein Blick fällt auf die Autos auf dem Ranzen und ich muss lachen. Seit Rush mit uns in seinem Supra zum Zoo gefahren ist, ist mein Bruder verrückt nach Autos.So wie wir.

Nur, dass wir jetzt keine Rennen mehr fahren, weil sie zu gefährlich sind und wir nicht riskieren können, dass unsere Familie auseinanderbricht.

Das hält uns jedoch nicht davon ab, hin und wieder Gas zu geben und in alte Muster zu verfallen, wenn wir allein unterwegs sind. Ich stehe auf und schmiege mich in Rushs Arme.

»Du bist eine tolle große Schwester«, flüstert er mir ins Ohr. »Und du bist ein toller großer Bruder«, erwidere ich sein Kompliment und meine jedes Wort ernst. Das, was er für Abigail auf sich genommen hat, ist nicht in Worte zu fassen.

Dreimal die Woche kommt eine Schwester zu uns nach Hause, einmal die Woche ihr behandelnder Arzt. Und es ist schön, zu sehen, wie sehr sie hier aufblüht.

Wir beide sehen Abby an, die mit Kopfhörern am Esstisch sitzt und in ihr Lehrbuch vertieft ist. Wenn alles glatt läuft, kann sie bald den Abschluss nachholen.

Sie bemerkt unsere Blicke und sieht von ihrem Buch hoch, Fragend zerrt sie einen Stöpsel aus ihrem Ohr. »Was ist?« Sie runzelt die Stirn. »Ihr guckt, als hätte man euch überfahren.« Sie lacht und die Falte auf der Stirn glättet sich wieder.

»Wir gucken nur«, antworten Rush und ich gleichzeitig. »Ah … okay?« Und mit diesen Worten schenkt sie uns ein strahlendes Lächeln, steckt sich die Kopfhörer wieder in die Ohren und vertieft sich in ihr Buch. Rush zieht mich noch dichter in seine Arme und küsst meine Schläfe. Sein Atem streift flüchtig meine Wange, als er alles in mir mit seinen Worten zum Rasen bringt. »Ich liebe es, wie sie strahlt, wenn sie dich sieht.« Plötzlich ist die Sorge um Ruby und seinen ersten Schultag verschwunden.

Ich weiß, dass wir alles schaffen. Gemeinsam. Die letzten zwei Jahre waren nicht leicht, aber wir haben es geschafft. Und mittlerweile fühlt es sich an, als wären wir eine große, verrückte Familie. Wir sind vielleicht nicht perfekt, aber wir sind verdammt nah dran.

»Und ich liebe es, wie DU strahlst, wenn du mich siehst«, sage ich und sehe ihn lächelnd an. Und wie auf Knopfdruck entsteht genau dieses Lächeln Sekunden später auf seinen Lippen, das ich meine.

Ich stelle mich auf die Zehenspitzen und küsse seinen Mundwinkel, der verräterisch zuckt. Wir haben immer noch mit unseren Dämonen zu kämpfen, aber im Vergleich zu früher, sind wir jetzt nicht mehr allein mit ihnen.

Wir haben uns. Und zusammen sind wir stärker als sie. Zusammen können sie uns nichts mehr anhaben, und das ist alles, was zählt.

»Fuck, Kitten. Du machst mich wirklich zu einem Good Guy, kann das sein?« Er schaut mich gepeinigt an, aber innerlich weiß ich, dass es ihm gefällt. Dass er sein neues

Ich mehr mag, als er zugeben will. Er hat endlich gelernt, die Vergangenheit Vergangenheit sein zu lassen und sich auf die Zukunft zu konzentrieren. Es war ein harter Kampf, aber ich bereue keine Sekunde lang, ihn dabei unterstützt zu haben.

Ich lehne den Kopf an seine Brust und schlinge die Arme um seine Taille. »Ich liebe alle Seiten an dir«, sage ich glücklich. Und als er dieses eine Wort Sekunden später in mein Haar flüstert, zerspringt mein Herz in Millionen Teile.

»Diamant.« Seine Lippen wandern sanft über meine Schläfe hinab zu meinem Ohr, an dem er innehält. »Du bist ein verdammter Diamant.«

ENDE

Danke an meine Eskalationsleser, die jedes Mal an die Decke gehen, wenn ein neuer Band der Reihe erscheint. Danke an alle Thunder-Liebhaber und alle Hunter-Verehrer für eure zahlreichen Nachrichten und Rezensionen. Danke an jeden, der gespannt auf Anna und Rush gewartet hat. Ich hoffe, ihr habt die drei Männer nicht zu sehr miteinander verglichen, denn jeder hat seine Story, jeder ist ein Unikat. Und Rush für mich ein ganz besonderes. <3 Bleibt farbenfroh!

Sarah Stankewitz lebt mit ihrem Freund in einer kleinen Stadt mitten in Brandenburg.

Schon in ihrer Kindheit liebte sie es, Worte aneinanderzureihen und damit Geschichten zu erschaffen. Seit ihrem Debütroman lässt sie ihrer Fantasie freien Lauf und ist immer wieder auf der Suche nach neuen Inspirationsquellen. Musik, Kerzen und ein bequemer Arbeitsplatz dürfen im Hause der Autorin ebensowenig fehlen wie eine leckere Tasse Cappuccino. Ihre Geschichten spiegeln das wider, was sie sich stets von einem guten Roman erhofft: Liebe, Leidenschaft und eine Prise Humor.

LOVE AND ASHES

SARAH STANKEWITZ

Sie tanzt in seiner Stille. Er flüstert in ihrer Lautstärke. Zusammen sind sie wie ein Schneesturm mitten im Sommer. Love and Ashes.

LOVE

Er ist mein bester Freund. Ich darf ihn nicht lieben. Ich darf ihn nicht küssen. Und genau deshalb fällt es mir so unsagbar schwer, mich an die Regeln zu halten. Gott ...

ASHES

Sie ist meine beste Freundin. Ich darf sie nicht wollen. Ich darf sie nicht lieben. Ich darf nicht ... und im selben Moment ziehe ich sie an mich und küsse sie, als gäbe es kein Morgen mehr. Fuck, Love ...

Als Lova ihren positiven Test in der Hand hält, bricht eine Welt für sie zusammen. Wie soll sie ein Baby großziehen, wenn sie selbst noch nicht weiß, wie ihr Leben einmal aussehen soll? Und als sie der Vater des Kindes auch noch mit dem Baby im Bauch sitzen lässt, weiß sie, dass sie das alleine nicht packt. Der einzige Lichtblick? Ihr bester Freund und Seelenverwandter Ashes, der seit fünf Jahren immer für sie da ist. Und der von Tag zu Tag unwiderstehlicher für die 22-Jährige wird. Sind das wirklich nur die verrückt spielenden Hormone? Oder ist sie dabei, sich in ihren besten Freund zu verlieben? Und wenn ja - kann es ein Happy End für sie geben?

ASHES

»Wo ist dein Schlafzimmer, Süßer?« Olivia fährt mit ihrer Hand über meine Brust und beginnt, mein Hemd Knopf für Knopf zu öffnen, während ihre Freundin meinen Hals küsst. Fuck, ich bin im verdammten siebten Himmel.

»Hier drüben«, antworte ich raunend, greife jeweils eine Hand der beiden und führe sie an meinem Wohnzimmer vorbei in mein Schlafzimmer. Sobald wir die Tür hinter uns geschlossen haben, drehe ich mich zu Olivia um und ziehe sie an mich heran. Ihre blonden, langen Haare legen sich wie ein Schleier auf ihren Rücken, als ich ihr das Top abstreife und ihren BH öffne.

Amanda steht neben uns und streichelt sich über ihr üppiges Dekolleté, weil es sie anmacht, uns zuzusehen. Wie das hier passieren konnte? Gott, ich habe wirklich keine Ahnung.

Alles, an was ich mich erinnere, ist die Hand der kleinen Blondine in meinem Schritt an der Bar, in der ich nach meinem Feierabend war. Sekunden später befanden wir uns schon zu dritt auf dem Weg zu mir. »Wollen wir nicht aufs Bett gehen?«, fragt Amanda stöhnend, packt mich am Hemdkragen, führt mich zum Bett und schubst mich auf die Matratze.

Die beiden setzen sich vor mir aufs Bett und liefern mir die Show des Jahrhunderts.

Olivia zieht Amanda an sich heran und Sekunden später leckt sie über die Nippel ihrer besten Freundin. Fuck, ist das heiß. Das hier ist das Schärfste, was ich je gesehen habe. Und ich habe schon vieles gesehen.

Mein Schwanz ist hart und fühlt sich in meiner Jeans gefangen, während Olivia ihrer Freundin das Kleid auszieht und ihre Titten ebenfalls aus ihrem Gefängnis befreit. Als sich die beiden anschließend ihre Zungen in den Hals stecken, öffne ich meinen Gürtel und meine Jeans, um meine Latte zu befreien.

Meine Hand fährt langsam an meinem Schwanz auf und ab, während die beiden mich zwischen ihren Küssen immer wieder ansehen und den Blickkontakt zu mir suchen.

»Na, gefällt es dir?«, fragt Amanda und leckt sich über die Lippen. Wie zwei Raubkatzen lassen sie voneinander ab und schleichen auf mich zu, meine Hand bearbeitet derweil weiterhin meinen Schwanz.

»Lass mich das machen, Süßer.« Amanda legt ihre Hand um meine, nimmt sie weg und führt ihre vollen Lippen an meinen Schwanz. Als sie ihn schließlich in ihren Mund schiebt, keuche ich auf.

Olivia legt sich neben mich, nimmt mein Gesicht in ihre Hände und lässt ihre Zunge in meinen Mund gleiten. Ich stöhne unter den

Bewegungen ihrer Freundin in ihren Rachen und platze fast vor Geilheit. Das hier ist noch viel besser, als man es sich immer vorgestellt hat.

»Macht es dich an, sie zu schmecken, während ich es dir besorge?«, will die Schönheit an meinem Schwanz wissen, und alles, was ich erwidere, ist ein kehliges Knurren. Ich lasse von Olivias Mund ab und fahre stattdessen mit meiner Zunge über ihre steifen Brustwarzen.

Mit sanften, aber schnellen Bewegungen bearbeitet Amanda mich. Derweil zieht Olivia auch ihren Rock mitsamt Slip aus und setzt sich auf mein Gesicht. Sie drückt mir ihre Mitte gegen den Mund und ich schiebe meine Zunge in ihre Pussy, was sie augenblicklich zum Stöhnen bringt.

Auf keinen Fall darf ich kommen, bevor ich beide gefickt habe, das würde ich mir nie verzeihen.

Wie oft wird einem die Gelegenheit geboten, dass man zwei Frauen in seinem Bett hat? Und dann auch noch beste Freundinnen? Das hier ist der gottverdammte Sechser im Lotto.

»Gott, Ashes. Du bist der Wahnsinn«, keucht Olivia, die mir immer noch ihre Mitte ins Gesicht presst und ihre Nässe auf meinen Lippen verteilt.

Meine Hände umfassen ihren Arsch, während Amanda langsam, aber sicher das Interesse an ihrem Blowjob verliert. Sie stößt Olivia zur Seite und nimmt ihren Platz ein.

»Du musst teilen, Liv«, raunt sie. Mir soll es recht sein … Doch womit ich nicht gerechnet habe, ist das folgende Theater.

»Ich war aber noch nicht fertig, Amanda. Wir hatten doch einen Plan!« Sie setzt sich auf ihre Fersen und sieht ihre Freundin, die auf meinem Gesicht hockt, wütend an. Gott, ist das ihr verdammter Ernst?

»Wir hatten keinen Plan. Der Plan war, einen Kerl abzuschleppen, mehr nicht«, antwortet Amanda bissig und denkt gar nicht daran, von mir runterzugehen.

Olivia gibt einen wütenden Laut von sich und stemmt die Hände in die Hüften, was aufgrund ihrer nackten Titten, die dabei nach unten sacken, albern aussieht.

»Ich habe ihn kennengelernt, also solltest du mir dankbar sein, dass ich ihn mit dir teile«, zischt sie deutlich angepisst.

Ich schließe die Augen, lege den Kopf in den Nacken und versuche, zu verhindern, dass mein Schwanz schlaff wird.

Krampfhaft denke ich an etwas Geiles, doch als die beiden anfangen, zu diskutieren, wer zuerst meinen Schwanz in sich spüren will, verliere ich jegliche Lust an dieser Scheiße. Was für ein übler Plot Twist.

Ich schiebe Amanda von mir herunter, stelle mich auf, ziehe mir die Hose wieder über und schließe den Gürtel. Die beiden Streithähne scheinen nicht einmal zu bemerken, dass sie alles in den Sand gesetzt haben, bevor es überhaupt losgehen konnte.

Eine Weile stehe ich noch vor dem Bett und sehe den beiden kopfschüttelnd beim Streiten zu, bevor ich mir die Haare raufe und anschließend, nachdem ich mir ein Shirt übergezogen habe, das Schlafzimmer verlasse.

Es ist mir sogar egal, dass das hier meine Wohnung ist und die zwei Fremden nackt in meinem Schlafzimmer hocken. Im Moment brauche ich nur eins: Ablenkung von diesem völlig seltsamen Szenario gerade eben.

Ich schnappe mir meine Lederjacke, ziehe sie über, stopfe meinen Schlüssel in die Jeanstasche und wähle ihre Nummer. Es dauert keine zehn Sekunden, bis sie abnimmt.

»Hey, Ashes.«

»Hey, Love.« Gott, ihre Stimme zu hören, tut echt gut. Ich schließe die Tür hinter mir und sofort verstummen die Schreie der beiden Weiber in meinem Zimmer.

Ich kann nur hoffen, dass meine Nachbarin den Streit der beiden nicht hört. Ich bin mir sicher, dass ihr Herz so viel Ungezogenheit nicht verkraften würde.

»Hast du Zeit?«, frage ich sie voller Hoffnung, weil mir erst jetzt auffällt, dass wir uns viel zu lange nicht mehr getroffen haben.

»Für dich immer. Ist irgendwas?« Sie fragt mich so einfühlsam, dass ich sie augenblicklich in den Arm nehmen will. Sie ist die perfekte beste Freundin. Perfekt für mich.

»Da sind zwei hysterische, nackte Frauen in meinem Schlafzimmer, die sich darum streiten, wen ich zuerst ficken soll. Was ist das? Alarmstufe rot?«, witzle ich und kann mir ein Lachen nicht verkneifen, als ich höre, dass sie empört die Luft anhält.

»Nein!«

»Doch?«

»Du hattest einen verdammten Dreier, Ashes?« Nur Love kann diese Frage ermahnend und zur selben Zeit neugierig stellen. Ich stiefle die Treppen nach unten, und als ich schließlich an die frische Luft trete, entspanne ich mich.

»Nein, Love. Ich wollte, echt. Aber … ich will dich jetzt einfach treffen, okay? Krisensitzung?«

»Wer hätte gedacht, dass wir jemals so eine Krisensitzung abhalten würden.« Ich könnte schwören, dass sie gerade fassungslos den Kopf schüttelt. Und dafür liebe ich die Kleine.

»Also, wann bist du da?« Mit diesen Worten steuere ich den anliegenden Spielplatz und das darauf befindliche Baumhaus an.

»Gib mir zehn Minuten. Und denk dran: Ich will jedes Detail wissen!« Sekunden später bricht die Leitung ab. Ich stopfe mein Handy zurück in die Tasche und gehe grinsend auf das Baumhaus zu. Zwei nackte Frauen liegen in meinem Bett und streiten sich um meinen Schwanz … Und alles, worauf ich mich freue, ist Love. Fuck, ich bin der kaputteste Kerl dieser Welt.

LOVE

Es dauert keine zehn Minuten, bis ich den Spielplatz vor seiner Wohnung erreiche und das Baumhaus ansteuere. Diesen Platz hier nutzen wir schon, seit wir vor fünf Jahren zu Seelenverwandten wurden. Und es ist jedes Mal, als würde ich nach Hause kommen, wenn ich die morsche Leiter nach oben steige und Angst habe, sie bricht unter meinem Gewicht zusammen.

»Komm, ich helfe dir.« Grinsend nehme ich seine Hand und lasse mir von ihm ins Baumhaus helfen.

Ich knie mich hin, und als Ashes meinen Kopf umfasst und mir einen Kuss auf die Stirn gibt, weiß ich, dass ich die richtige Entscheidung getroffen habe. Ashes ist das genaue Gegenteil von Isaac.

Dort, wo Isaac die Stirn runzelt, lacht Ashes. In Situationen, wo mein Freund ausflippt, bewahrt mein bester Freund immer einen kühlen Kopf. Außerdem habe ich ihn schon viel zu lange nicht mehr gesehen. Es ist sicher schon acht Tage her und das gleicht einem verdammten Rekord in unserer Freundschaft.

»Deine Haare sind ein Desaster«, lache ich und wuschle ihm durch die mittlerweile ziemlich unordentlichen langen, braunen Haare.

Er zuckt mit den Schultern, lehnt sich gegen die Wand des Baumhauses und klopft auf den Platz neben sich. Sofort krabble ich zu ihm herüber und gemeinsam starren wir aus dem Fenster, das uns einen Blick auf den vom Mond beleuchteten Spielplatz gewährt.

»Das liegt daran, dass die beiden Frauen wie Raubkatzen auf mich losgegangen sind.« Ein Lächeln umspielt seine Lippen, das ich mit einem Stirnrunzeln kommentiere.

»Wehe, die Story ist nicht gut. Isaac war nicht begeistert, dass ich noch hergekommen bin.« Ich knuffe ihm in die Seite und lehne meinen Kopf gegen seine Schulter, weil ich es liebe, ihn als mein Kissen zu benutzen.

Würde uns jemand hier sehen, könnte man meinen, wir wären ein Paar, aber so war das zwischen uns nie.

Klar, Ashes hat mehr als einen Reiz, aber ich habe schnell gelernt, ihn mit neutralen Augen zu sehen.

So, wie er nie auf die Idee kommen würde, mehr aus unserer Freundschaft zu machen. Jeder weiß, dass solche Storys nie gut enden. Und wenn ich nur einen Wunsch frei hätte, wäre es ein Happy End für uns beide.

»Die Story ist lahm und da liegt das Problem. Die beiden waren wirklich heiß … aber die haben sich echt darüber gestritten, wer auf meinem Gesicht kommen soll.

Das war so was von schräg. Wenn man sich seinen ersten Dreier vorstellt, hat man ein anderes Bild im Kopf.«

Ich verziehe angewidert das Gesicht. Nur Ashes schafft es, dass ich mich nicht übergeben muss, weil ich weiß, wie ich ihn nehmen muss.

»Das sind Luxusprobleme, weißt du, Ashes? Andere haben nicht mal eine Frau in ihrem Bett und du hast gleich zwei bei dir, die sich um dein Gesicht streiten. Damit solltest du ins Fernsehen gehen, ich bin mir sicher, dass alle Männer der Stadt Scheiße vor deiner Tür anzünden würden.«

»Ich bin nicht zum Schuss gekommen, Love. Das hier ist kein verdammtes Luxusproblem. Das ist, als würde man dir eine Oreotorte vor die Nase setzen und würde sie dann wegstellen, bevor du probieren und dir den Bauch vollschlagen kannst. Das sind Grundbedürfnisse!«

»Du hast deine Weiber gerade nicht ernsthaft mit einer göttlichen Oreotorte verglichen, oder?« Empört sehe ich ihn an.

Sein Profil ist markant, sein Bart mittlerweile viel voller als sonst. So als hätte er sich seit Wochen nicht rasiert. Kein Wunder, dass ihm die Weiber so zu Füßen liegen, er sieht aus wie ein Rockstar.

»Beides ist lecker. Also, ja, ich vergleiche die Pussy einer Frau gern mit einer Torte.« Er zwinkert, fischt eine Zigarette aus der Lederjacke und zündet sie an.

»Du bist widerlich.«

»Und trotzdem liebst du mich«, sagt er siegessicher, weil er weiß, dass er recht hat. Der Kerl könnte auf Fäkalien stehen und ich würde ihn immer noch lieben, weil ich mir ein Leben ohne ihn und seine schrägen Storys gar nicht mehr vorstellen kann. Was für ein trostloses Leben wäre ein Leben ohne Ashes Coleman?

»Du solltest diese Liebe aber nicht bis zur Schmerzgrenze ausreizen.«

»Du kennst doch mein Motto, Kleines. Sage, was wahr ist.« Seine Augen finden meine, und obwohl es hier dunkel ist, leuchten sie regelrecht, wenn sie mich sehen. »Klar, kenn ich das. Trinke, was klar ist«, fange ich an, sein albernes Lebensmotto zu vervollständigen. Ashes nimmt mir den dritten Punkt ab. »Iss, was gar ist.«

»Sammle, was rar ist«, fahre ich fort und warte darauf, dass er den letzten Punkt ausspricht.

»Bumse, was da ist. Ich bin der Meinung, dass jeder Mensch nach diesem Motto leben sollte. Wozu sonst der ganze Scheiß? Das Leben ist so schon trostlos genug.«

Plötzlich wird er ernst und ich kuschle mich noch dichter an ihn heran, weil ich weiß, dass ihn hin und wieder Dämonen plagen, die ihm niemand nehmen kann. Man kann nur probieren, sie zu bekämpfen.

»Ich habe dich vermisst, du Dummkopf.«

»Ich dich auch, du Nervensäge.« Er legt seinen Arm um meine Schulter und bläst den Rauch aus seiner Lunge direkt in mein Gesicht.

»Du solltest dringend damit aufhören. Sonst kannst du mit fünfzig nicht mehr bumsen, was da ist, weil du keine Puste mehr hast.«

Ich nehme die Kippe, die zwischen seinen Lippen steckt, und schiebe sie stattdessen zwischen meine. Hin und wieder brauche ich das Gefühl, etwas anderes als Sauerstoff in meiner Lunge zu haben, auch wenn ich ihm immer wieder eintrichtern will, dass er den Scheiß lassen soll. Immerhin frisst er die Kippen im Vergleich zu mir wie Kaugummis.

»Und du solltest dich dringend von Isaac trennen. Aber du hörst ja auch nicht auf mich.« Mit diesen Worten hat Ashes mir die Kippe wieder entrissen und nimmt kopfschüttelnd und mit geschlossenen Augen einen tiefen Zug.

»Ich weiß nicht, was du meinst.« Ich mime die Ahnungslose, auch wenn ich genau weiß, was er meint. Und dass er in einigen Punkten sogar recht hat.

»Du weißt, was ich meine. Dieser Kerl ist nicht gut genug für dich. Außerdem will er dich nur für sich beanspruchen und das nervt«, zischt er und starrt gemeinsam mit mir aus dem Fenster.

Die Schaukel wippt leicht unter dem Wind vor und zurück, sonst ist alles totenstill da draußen. Genau deshalb lieben wir diesen Ort so sehr, tagsüber ist er voll von Leben und spielender Kinder, nachts gehört er uns. Hier stört uns niemand bei unseren oft mehr als seltsamen Gesprächen.

»Aber er liebt mich«, halte ich dagegen.

»Ja, er liebt es, dich zu besitzen.« Zu gern würde ich ihn vom Gegenteil überzeugen, aber ich weiß nicht mal, ob ich *mich* davon überzeugen kann.

»Du liebst es auch, mich zu besitzen«, erinnere ich ihn. Ashes sieht mich aus seinen stürmischen Augen an, seine Haare hängen ihm wild in die Stirn.

»Aber ich weiß auch, wie ich dich behandeln muss. Dieser Kerl hat sie nicht mehr alle, Love. Kaum zu glauben, dass du es schon seit einem Jahr mit dem alten Knacker aushältst. Kriegt der überhaupt noch einen hoch?«

Er zieht die Stirn kraus und drückt die Kippe anschließend auf dem Boden des Baumhauses aus. Immer an derselben Stelle, sodass mittlerweile ein fetter Brandfleck den Boden ziert. »Du tust ja so, als wäre er schon mit einem Bein im Grab!«

»Der Kerl ist fast dreißig, Love. Dein unschuldiger zweiundzwanzigjähriger Körper ist doch viel zu jungfräulich für einen alten Sack wie ihn.« Wieder boxe ich ihm gegen die Schulter, weil seine Worte in so vielen Hinsichten albern sind.

»Erstens ist er erst achtundzwanzig und zweitens ist mein Körper nicht mehr jungfräulich.« Ich recke das Kinn in die Höhe und lasse die Augenbrauen tanzen, weil ich weiß, dass es ihn auf die Palme bringt, wenn ich über mein Sexleben spreche. Verdrehte Welt, oder?

»Du bist meine kleine Schwester. Hör auf, mir so was zu erzählen!«

»Aber du darfst mir von deinem Dreier erzählen?«

»Fast-Dreier. Du hast vergessen, dass die beiden immer noch allein in meinem Bett liegen. Vermutlich besorgen sie es sich gerade gegenseitig und ich sitze lieber hier mit dir, anstatt ihnen die Hintern zu versohlen.«

»Mist, die sind noch in deiner Wohnung?« Meine Augen schnellen zu dem Eingang seines Wohnhauses und ich pruste los.

»Noch habe ich sie nicht rauskommen sehen. Da rein kann ich auf keinen Fall allein gehen«, flüstert er mir ins Ohr und sieht mich flehend an. Ich atme tief durch und krabble genervt zum Ausgang, um nach unten zu klettern, weil er seine Bitte nicht einmal mehr aussprechen muss.

»Wo willst du hin?« Ashes lugt nach unten und grinst teuflisch, weil er genau weiß, was ich vorhabe.

»Ich werde meinen besten Freund vor den beiden Tyrannen in seinem Schlafzimmer retten. Dank mir später.« Ich stapfe über den Rasen zu seiner Tür und muss lachen, als ich höre, dass er mir folgt. Da ich selbst einen Schlüssel besitze, warte ich nicht auf ihn, um den Hausflur und anschließend die Wohnung zu öffnen.

»Sei nicht zu hart zu ihnen, Kleines«, raunt Ashes hinter mir und legt seine Hände auf meine Schultern. Sekunden später ertönt ein tiefes Stöhnen aus seinem Schlafzimmer.

»Gott, die treiben es echt«, flüstere ich angewidert und reiße die Tür auf. Zum Vorschein kommen zwei nackte Frauen, eine blond, eine brünett.

Der Kopf der Brünetten steckt zwischen den Schenkeln der Blondine, und als sie uns bemerken, erstarren sie und die Dunkelhaarige lässt von ihrem Schmuckkästchen ab.

»So, Ladys. Die Show ist vorbei.« Ich sammle ihre mehr als dürftigen Klamotten auf, werfe sie zu ihnen aufs Bett und stemme die Hände in die Hüften.

»Wer ist das, Ashes?«, will die Blondine entsetzt wissen. Er steht direkt neben mir mit den Händen in den Taschen und zuckt mit den Schultern.

»Ich bin seine Freundin. Und in zwei Wochen bin ich seine Frau, also wäre es wirklich schön, wenn ihr euer Lesbenspiel in einem anderen Bett weiterführen könntet. Danke.«

Ich halte meine Hand mit dem Ring meiner Grandma nach oben und sehe sie abwartend an.

Sie schnappen sich ihre Klamotten, ziehen sie über und rappeln sich auf.

Vor mir bleibt die Brünette stehen und mustert mich mit Argusaugen. Man kann sehen, wie es in ihrem dürftigen Hirn rattert. Ob da überhaupt etwas zum Rattern ist?

»Bist du dir sicher, dass du den da heiraten willst? Immerhin wollte er uns eben noch ficken.« Ihre abschätzende Art macht mich wütend und so schiebe ich sie schwungvoll aus dem Schlafzimmer.

»Das lass mal meine Sorge sein und jetzt zieht Leine.« Die beiden tuscheln etwas und verlassen anschließend murmelnd und unbefriedigt die Wohnung. Ashes klatscht in die Hände und sieht mich mit Tränen in den Augen an.

»Du bist immer noch das Highlight meines Lebens, Love.« Er legt seinen Arm um mich und führt mich aus dem Schlafzimmer, in dem alles nach Sex stinkt. Doch anstatt mich zur Tür zu bringen, schiebt er mich wie selbstverständlich ins Wohnzimmer.

»Na, was sagst du zu einem *Friends*-Marathon mit Pizza?« Anzüglich leckt er sich über die Lippen und ich lasse mich, ohne zu zögern, auf seine Couch fallen.

»Okay – aber die Pizza geht auf dich. Das ist meine Bezahlung.« Ich werfe ihm ein Zwinkern zu, das er mit einem noch breiteren Lächeln erwidert.

»Gott, ich habe dich echt vermisst, Love.« Wärme durchflutet meine Brust und ich lehne mich auf dem Sofa zurück, während Ashes aus seiner offenen Küche den Flyer mit den Pizzen und der Nummer des Lieferservice holt.

»Du bist unverbesserlich, Ashes.« Er wählt die Nummer des Lieferanten, lässt mich dabei aber in keiner Sekunde aus den Augen. Sein rechter Mundwinkel wandert nach oben und meiner mit ihm, als würde mein Körper immer genau das tun, was er macht.

Wenn er lacht, lache ich. Wenn er weint, weine ich. Wenn er wütend ist, tobt in mir ein Sturm, und wenn er glücklich ist, ist meine Welt perfekt. Eines steht fest:

Eine Welt ohne Ashes wäre eine verdammt trostlose. Und in diesem Moment vergesse ich vollkommen, dass ich Isaac versprochen hatte, gleich zurück zu sein.